MY DAUGHTE TO
"RANK S" ADVEN
MOJIKAKIYA PRESEN
JN101866

冒険者になりたいと
都に出て
行った娘が
門司柿家
MOJIKAKIYA
toi8
ILLUSTRATION
9
Sランクになってた
MY DAUGHTER GREW UP TO
"RANK S" ADVENTURER.

PERSONS 登場人物

【異名（？）：赤鬼】
若い頃に夢破れ
故郷に戻った元冒険者。
過去を清算するため
旅に出るようになる。

【異名：黒髪の戦乙女】
ベルグリフの娘で
最高位Sランクの冒険者。
お父さん大好き。

アンジェリンとパーティを組む
弓使いのAAAランク冒険者。
3人のパーティでまとめ役を務める。

魔法が得意なAAAランク冒険者。
アンジェリンたちと
パーティを組んでいる。

【異名：天蓋砕き】
ベルグリフの元仲間の一人。
冒険者に復帰した
Sランクの大魔導。

【異名：覇王剣】
Sランク冒険者である凄腕の剣士。
ベルグリフの元仲間の一人で
時を経て和解することが出来た。

ベルグリフの元仲間で、
メンバーの紅一点。
現在は帝国に反旗を翻し、
追われる立場にいるが……。

STORY　あらすじ

元仲間のパーシヴァルと再会し、再び心を通わせることができたベルグリフ。
再会を喜ぶ一方、アンジェリンは昔の仲間たちと笑いあう
父親の見たことのない笑顔に心を締め付けられるが、
カシムとパーシヴァルの言葉で、いつもの調子に戻るのだった。

元仲間の最後の一人、サティを捜して帝都を目指す一行は
国に反旗を翻すエルフがいる、という情報を手にする。
ベルグリフとアンジェリンは手がかりを求め、
二手に分かれて行動をすることになる。

その後、アンジェリンは追手から逃げるサティと偶然出会い
咄嗟に助力をしたことで、ともに難を逃れる。
ベルグリフの名を聞いたサティは涙を流し、
自分が狙われている理由、そして帝国の陰謀を語る。
アンジェリンは自分も、父も、仲間も手を貸すと言うが
サティは寂し気に微笑むと転移魔法を展開し

「待って！　駄目だよ……！」
「あなたと会えて嬉しかった……わたしの事は忘れてね」

アンジェリンの前から姿を消すのだった。

MY DAUGHTER GROW UP TO "RANK S" ADVENTURER.

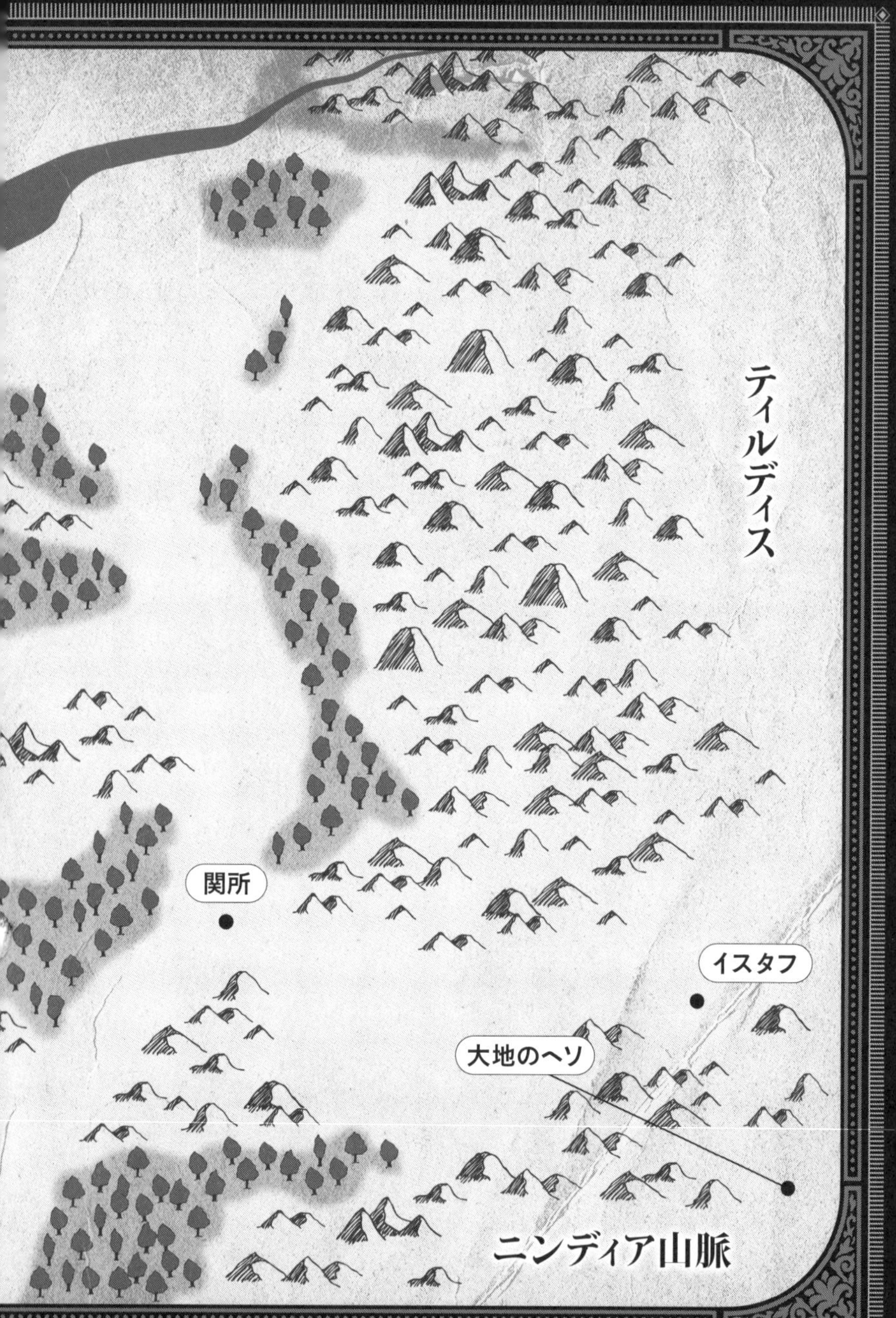
ティルディス
関所
イスタフ
大地のヘソ
ニンディア山脈

MY DAUGHTER GREW UP TO "RANK S" ADVENTURER.
WORLD MAP
公都エストガル
帝都
フィンデール
温泉の村
至ルクレシア
至ダダン

CONTENTS

第九章

MY DAUGHTER
GREW UP TO
"RANK S"
ADVENTURER.

一二一　庭園から見上げる夜空には星が輝いて

庭園から見上げる夜空には星が輝いていたが、断続的に流れて来る雲がひっきりなしにそれを覆い、また通り過ぎた。

四方を冷たい石壁に遮られ、嫌に狭苦しい印象の庭園だが、庭木や花々は丁寧に整えられ、小ぢんまりとしながらも美しい彩りを持っていた。

しんしんと空から冷気が降りて来る。まだ霜が降りるほどではないが、夜露は木々の葉を濡らし、壁で揺らめく黄輝石のランプの光を照り返してきらきら光った。

中央の植え込みに隠れるようにして、テーブルと椅子が一セット置いてある。そこに端整な顔立ちの男が腰かけていた。白く質の良い服に身を包み、黄の濃い金髪はランプの灯を照り返して黄金のように光っている。ローデシア帝国皇太子ベンジャミンだ。

ベンジャミンは少し面白くなさそうに顔をしかめ、指先でテーブルをこつこつと叩いた。

「また失敗ねえ……流石にこう失敗続きじゃ面白くないな」

「申し訳ありません、想定外の邪魔が入りまして」

傍らに膝を突いていたエストガル大公の三男、フランソワがそう言って頭を垂れた。しかし目だけは落ち着かなげに揺れている。あちこちの暗がりから視線と気配を感じるようだ。

ベンジャミンは乱暴に頭を掻き、嘆息して椅子の背にもたれた。

「いや、それはいいんだ。おかげでエルフをおびき出す事はできた。仕留め損なったのは完全に失敗だったけど」

フィンデールでエルフを襲撃する作戦は、二度とも失敗していた。一度目はまだしも、二度目は邪魔が入ったという。だがその直後、エルフは直接ベンジャミンの首を狙って帝都に現れた。結界に干渉されるという事が焦りになったのは間違いあるまい。

しかしシュバイツとヘクターによって阻まれ、そのままエルフは返り討ちに遭い命を落とす、筈だった。

「よもや〝黒髪の戦乙女〟が現れるとはなあ」

フランソワの眉がぴくりと動き、顔を上げた。

「あれが現れたのですか？」

「そうさ、そのせいでシュバイツとヘクターが揃っていたのにエルフを取り逃がした」

ベンジャミンは後ろを見返って言った。

「マイトレーヤはどうなったかな。殺されただろうかね？」

「相手が〝覇王剣〟だけならばそうだったろう。しかし〝赤鬼〟はそのような事はすまい。あれはそういう男だ」

白いローブを着て、フードを目深にかぶった男、〝災厄の蒼炎〟シュバイツがそう言った。ベンジャミンがにやりと笑った。

「随分買ってるんだね。要するに甘ちゃんって事かい？」

「甘くはある。しかし弱くはない。奴に関しては甘さというのは強みだ。ルクレシア貴族の小娘も、失敗作の小僧もすっかりあれに懐いているようだ。あの小悪魔《インプ》も籠絡されている可能性もある」

「人たらしってわけか。ふふ、シュバイツ、君もしばらく一緒に行動して籠絡されたんじゃないだろうね？」

「疑似人格の方はな。だからこそ、奴らの内情もよく分かる」

「……君が裏切るのだけは勘弁だよ？」

「裏切るだと？」

シュバイツはフードの下から、鋭い目をしてベンジャミンを見た。

「それはこちらの台詞だ。貴様、皇太子の座に愛着でもできたのではないだろうな」

ベンジャミンは顔を逸らし、何食わぬ表情で空を見上げた。

「……心配するなよ。君の研究と好奇心を阻害するつもりはないさ」

フランソワが怪訝な顔をして二人を交互に見た。シュバイツは腕を組み直し、不機嫌そうに嘆息した。

「まあ、いい。いずれにせよ、あの連中が障害になるのは間違いない」

「君がそこまで言うのは珍しいね。まあ、〝黒髪の戦乙女〟にはこちらの計画を何度も阻まれているからねえ……ぼつぼつ決着をつけないといけないかな？」

「……いずれにせよ気を抜くな。動きが派手になれば、教皇庁にも気取られる可能性がある」

ベンジャミンは嘆息し、椅子の背にもたれた。

「ようやくエルフにけりが付きそうだと思ったら、また変なのが紛れて来るとはね。手ばかりかかって困っちゃうよ」

それから横目でフランソワの方を見た。

「君には次の仕事を頼もうかな。次はしくじらないでよ？　行ってよし」

「はっ……」

緊張した面持ちだったフランソワは一礼して立ち去った。ベンジャミンは頬杖を突いて呟いた。

「敵は増えた……となると、こっちももう少し手駒を増やさないといけないかな。やれやれ、その連中とエルフが合流する前になんとかけりを付けないとなあ」

「生半可な実力の者ばかりでは連中は止められんぞ」

シュバイツが言った。ベンジャミンは立ち上がり、腰の短剣を引き抜いた。

「君が本気を出してくれればいいのに。ま、そういうタイプじゃないのは知ってるけどさ」

「俺は政治ごっこには興味がない。貴様の道楽にも付き合ってやるだけありがたいと思え」

「はいはい、分かってるよ……」

ベンジャミンは指先を短剣で傷つけた。横一文字の傷からぷくりと血の玉が膨れ上がった。そこに手の平をかざして小さく何か呟く。溢れて来た血はテーブルに滴った。ベンジャミンは何か唱えながら、血の出る指先でテーブルの上に何か描き始めた。魔法陣だ。

陣が完成に近づくにつれ、赤い光がぼんやりと漂い出した。薄く透き通った死霊がベンジャミンを取り巻くように浮かび上がる。やがて魔法陣の中心から黒い渦が巻き上がり、それが空中で人の形を取り始めた。

ベンジャミンは満足そうに頷き、そのまま詠唱を続けながら指を動かす。生ぬるい風が木の葉を巻き上げながら空に吹き上がって、中庭は次第に奇妙な気配に染まって行った。

腕組みして眺めていたシュバイツがぽつりと呟いた。

「……この戦いで事象流のうねりを高められるか、否か」

○

高い城壁のずっと上まで目をやると、何だかくらくらするような心持だった。思わずよろめきそうになるが、ハッとして足を踏み締める。

帝都ローデシアの話は、トルネラにやって来る行商人や流浪の民、吟遊詩人たちからよく出た。長い歴史を誇るこの帝国の首都は絢爛かつ重厚で、異国の旅人たちもその大きさと建物の意匠の見事さに感心するという。

田舎から上京したというのがぴったり当てはまるベルグリフなどは、イスタフやヨベムよりも大きな城壁にすでに威圧されていた。フィンデールも大きかったが、帝都はまた物凄い。

遠くから見れば、夜という事もあって、山の影に紛れた黒く平坦なものにしか見えなかったが、近くで種々の照明に照らされたそれを見れば、過去の戦いの傷跡があちこちに刻まれていて、相応の歴史の深さを感じさせた。

こんな状況で来たのでなければ、ゆっくりと見て回れたのだがとベルグリフは苦笑し、それから軽く両頬を叩いて気を引き締めた。遊びで来たのではない。

アンジェリンたちからの連絡を受けたベルグリフたちは、マイトレーヤの転移魔法で帝都の傍まで移動した。マイトレーヤは「実力を見せる時が来た」と張り切った。彼女の転移魔法は影を利用したものらしく、他に使う者はいないと豪語していたが、魔法に疎いベルグリフなどにはよく分からなかった。しかし転移魔法というのが高等なものだというのは分かる。カシムやマリアでさえ習得していないのだ。

ともあれ転移魔法というのを初めて経験したが、水に沈むような感覚があったと思うや、しばらく目をいくら凝らしても見えない漆黒の闇の中を漂った。そうして不意に浮かび上がるような感じがして、気付くと暗がりに立っていた。

あまり人の多い所に転移するのは避けたかったようで、転移したのは帝都から少し離れた辺りである。そこから小一時間歩いて帝都へと近づく間、いくつもの馬車とすれ違い、いくつもの馬車に追い抜かれた。

旅の常識としては夜間移動というのは避けるべきなのだが、帝都からフィンデールの間は軍が駐留している事もあり、治安の良さは折り紙付きのようだった。だから乗合馬車や行商人の馬車まで走っている。時間を問わず人と品物が行き来して、その為に経済が活性化しているのだろう。

それ一つとっても、献策して実現させた皇太子ベンジャミンの手腕というのは並大抵ではあるまいと思う。まだ都の外、もう陽が落ちて暗くなっているにもかかわらず目の前で賑やかに栄えている市の様子といい、為政者としては優秀である事に疑いの余地はない。

「……偽者とは、な」

だからこそ、敵対するのが残念な気がした。事情を知らない人々からすれば、自分たちの生活の質を向上させてくれた恩人なのだ。成果を目の当たりにすると、ベルグリフの心境は複雑になった。

自らの生活に一生懸命な人々からすれば、皇太子が偽者だろうが何だろうが関係ないだろう。

サティに会ったアンジェリンの話によれば、裏では罪のない女性たちを使った非道な実験に手を染めているという。それは許される事ではないだろう。だが、目の前の繁栄もまた事実だ。感情的にベンジャミンを全否定できるほど、もう自分は若くなくなってしまったとベルグリフは嘆息した。

「何を考えてるの」

すぐ傍に立っていたマイトレーヤが言った。小悪魔《インプ》の角を隠す為だろう、布帽子を目深にかぶり、その上からフードまでかけている。

「いや、何でもないよ。手ごわい相手だな、と思ってね」

「怖気づいた？　逃げるなら今のうち」

「怖いけどね」

けど逃げるわけにはいかないさ、とベルグリフは笑ってマイトレーヤの頭をくしゃりと撫でた。マイトレーヤは不満そうに口を尖らした。

「子ども扱いしないで」

「ああ、ごめんごめん」

マイトレーヤはふんと鼻を鳴らしたが、それでもどことなくびくびくした様子でベルグリフのマントを握った。

転移してから帝都の前まで来るのに小一時間かかった。辺りはすっかり夜の帳が降りている。日中はまだ柔らかかった空気が急に刺すような冷たさを伴って来たように思われた。

そこにパーシヴァルがやって来て、露店で買って来たらしい串焼きの肉と薄焼きのパンを差し出した。

「ほらよ」

「ありがとう」

「安っぽい。硬そう」

「うるせえ、文句言うな」

顔をしかめるマイトレーヤをパーシヴァルが小突いた。ベルグリフは辺りを見回した。まるで昼間と見紛うくらいに賑やかだ。

「珍しいか、こういうのは」とパーシヴァルが言った。

「ああ。夜なのにこんなに賑やかなのはね。オルフェンでもこういう事はあまりなかったな」

居酒屋周辺は夜も酔漢がうろうろしていた覚えはあるが、市場は日が暮れれば閉まって閑散としていた。ここはまるで眠りを知らないように見える。

「だが、『大地のヘソ』も夜まで賑やかだった気がするな」

「ありゃ大海嘯《だいかいしょう》の時だけだ」

パーシヴァルは肉をかじって「硬いな」と顔をしかめた。

「君は帝都は？」

「随分久しぶりだ。あの頃はこの辺りは貧乏人の溜まり場って感じだったが……賑やかになったもんだ」

「これも皇太子の手腕なんだろう？　正直、敵対するのが憚られるよ」

「ベル。悪人ってのはな、誰よりも善人面するもんなんだぜ」

「……だからこそ、やりにくい相手だな」

「そうさ。全部ぶった切って済む話じゃねえ。冒険者の手には余る」

だから冒険者じゃないお前に頼るのさ、とパーシヴァルは笑ってベルグリフの背中を叩いた。ベルグリフは困ったように笑った。

「あまり過信されても困るんだが」

「丸投げするわけじゃねえよ、そう怖気づくな。俺もカシムもいるし、それに何よりもアンジェがいるだろうが」

「……そうだな」

頼もしい娘の姿を思い浮かべ、ベルグリフは微笑んだ。

パーシヴァルは食べ終えた肉の串を口に咥え、「おい」とマイトレーヤの頭を小突いた。パンをかじっていたマイトレーヤは驚いたように顔を上げた。

「なに」

「変に怯えるんじゃねえよ、却って怪しまれるだろうが」

「だってここはベンジャミンの膝元。警戒し過ぎて無駄って事はない」

「これだけ人が多けりゃ、結界の術式でも識別はできねえよ。魔法専門の癖に、そんな事も分からねえのか」

「だってベンジャミンもシュバイツも用心深い。味方だったわたしにすら手の内は全部明かしてない。油断するのは命取り」

「ふん……シュバイツどもの仲間は少ないって言ってたが、お前みたいな雇われは別にいるのか？

〝処刑人〟がいるってのは聞いていているが」

　マイトレーヤは考えるように視線を泳がした。

「多分、他にもまだいる。シュバイツもベンジャミンもあまり表立って動く感じじゃないし、実働部隊もヘクターだけじゃ足りない筈。でもあまり無暗に人を増やそうともしていないから……腕利きが二、三人くらいが現実的な推測。ただ、ベンジャミンの周囲には姿を隠している用心棒が何人かいる。暗殺者みたいな感じ」

「仲間同士で顔を合わせる機会はなかった？」

　ベルグリフが言うと、マイトレーヤは首を横に振った。

「ヘクターにだけは会った。でも話をしたわけじゃない。ベンジャミンの傍に用心棒らしいのがいたのも知ってる。でもどういう人物だかは分からない」

「成る程、お前みたいな裏切り者が出ないか警戒していたわけだな」

　パーシヴァルが意地悪気に言うと、マイトレーヤは頬を膨らまし、白い息を吐いた。

「誰のせいだと思ってるの……」

「ベルのせいだろ。俺だけだったらお前はフィンデールでくたばってるぞ」

　パーシヴァルはそう言って、わざとらしく剣の柄に手をやった。マイトレーヤは青ざめてベルグリフの陰にそそくさと隠れた。ベルグリフは苦笑した。

「パーシー、今は味方なんだからそういじめるなって」

「はは、悪かったな」

　冷たい風が吹き下ろして来て髪の毛を揺らした。わずかに開いた首筋の隙間から冷気が入り込み背筋を震わせる。所々に雲がかかってこそいるが、頭上は満天の星だ。晴れている分だけ寒い。

ベルグリフは辺りを見回し、大剣を背負い直して荷物を持った。

「アンジェたちと合流しなきゃいかんが……居場所が分からんな」

「ったく。あいつら、集合場所も言わずに通信切りやがって」

通信魔法といい、アンジェリンとサティの突然の邂逅《かいこう》といい、予想外の出来事の連続だったから、具体的な行動についての打ち合わせがあまりできなかったのである。

帝都まで来たのはいいけれど、アンジェリンたちがどこに泊まっているとか、サラザールの研究室の場所がどこだとか、そういう事がちっとも分からない。おまけに夜半近くで、辺りは賑やかとはいえ夜の闇が広がっており、不案内な土地をうろうろするにはとても向いているようには見えなかった。

「ひとまずリーゼロッテ殿に会えれば……アンジェたちとも合流できると思うんだが」

「そうだな。おいチビ小悪魔《インプ》、エストガル大公の帝都屋敷は王城の近くだったか？」

「そう。ここからだとかなり遠い」

「君の転移魔法で何とかならないかい？」

マイトレーヤはもじもじして上目遣いでベルグリフを見た。

「……できるけど、あまりやりたくない」

「なんでだ」

パーシヴァルに睨まれて、マイトレーヤは緊張した様子で続けた。

「こうやって人に紛れているうちは向こうからも分からないかも知れないけど、転移魔法の空間の揺らぎを向こうが見逃すとは思えない。移動は早まるけど、居場所が察知されるかも……わたしがあなたたちに付いた事も」

「しかしフィンデールから帝都までは」

「帝都の外までなら向こうも網は張ってない。でも王城近くはエルフを警戒して結界を張ってる筈。その近くに転移するのは自殺行為」

成る程、確かにそれくらいの防衛策は張っているだろう。偽者とはいえ相手は帝国の皇太子と、大陸でも指折りの魔法使いなのだ。パーシヴァルが目を細めて顎を撫でた。

「ふむ……まあ確かに転移魔法なんぞ使える奴の方が少ねえからな、対策の術式もそう難しくはねえか……サティの奴もいつの間に習得したんだか」

「はは、あの子なら身に付けてもおかしくない気がするけどな」

「確かに。となると魔法方面に行ったのかあいつは……」

パーシヴァルは少し不満そうに眉をひそめた。かつての剣のライバルが魔法に行った事が釈然としないらしい。

ベルグリフは目を伏せた。サティも鍛錬を続けていたのだろう。カシムやパーシヴァルのように、力を付けて何かをなそうとしたのだろうか。例えば、ベルグリフの足を治そうと。その結果守るべきものをここで見つけた。そして傷つき苦しみながらも助けを拒んで一人で戦っている。それを想うとひどく心が痛んだ。尺度は違うにせよ、かつて逃げ出した自分は、仲間たちにこんな気持ちを抱かせていたのかと思う。

「……パーシー、ごめんな」

ベルグリフはパーシヴァルに頭を下げた。パーシヴァルは面食らって目を白黒させた。

「なんだ突然」

「辛いと分かるのに、助けを求めてもらえないのは寂しい。よく分かったよ」

「……それはもう言いっこなしだぜ。それに、今の俺たちは拒まれても助けに行ける。それで十分じゃねえか」

「そうか……そうだな」

ベルグリフはバツが悪そうに笑って顎鬚を捻じった。

「いや、すまん。どうも感傷的になるよ」

「気持ちは分かるけどな。だが今は前を向く時だぜ」

「ああ……ともかく転移魔法は控えた方がよさそうだね。流石に町馬車もこの時間じゃ動いてないだろうし……今夜は適当に宿を取って、明日朝から動いた方がいいかも知れないな」

「そうだな。暗い街をうろうろしても埒《らち》が明かねえだろ。いいな？」

黙って聞いていたマイトレーヤもこくこくと頷いた。

三人は連れ立って城壁の内側に入り込んだ。通り沿いは店や食堂が並んでいたが、半分はもう閉まって明かりも消え、静かに夜の眠りに就こうとしている。

外の市が賑やかだった分、街の中は少し静かなように感じた。それでも、開いた酒場には人が賑やかに出入りして、往来を酔漢が歩き回ったり、巡回の兵士に小突かれていたり、やはり賑やかである事に変わりはない。

入り口に近い場所には宿屋も多かった。大小の宿がまだ明かりを灯し、多くの建物は酒場も併設されていて、客室があるのであろう二階から上の静けさと、多くは一階にある酒場部分の喧騒とが妙にちぐはぐだった。

適当な宿に入り、二階に上がって部屋に荷物を置いた。マイトレーヤの強固な主張で、ベッドが三つある大きめの部屋である。マントを壁にかけ、パーシヴァルが肩を回す。

「飲みに行くか」

「そうだな……一杯くらいなら付き合うよ。正直眠くてね」

「はは、俺もそこまで深酒はしねえよ。よし、行くか」

「マイトレーヤ、君はどうする？」

とベルグリフが言い終わる前に、マイトレーヤはベルグリフの服の裾を摑んでいた。

「わたしを一人っきりにしないで」

「どんだけ怖がってんだ、お前は……」

呆れたようにパーシヴァルが言った。マイトレーヤは聞こえないふりをしてそっぽを向いた。

それでまた一階に下りる。一階部分は酒場になっていて、泊り客らしいのもいれば、そうでなさそうなのもいて、ともかく騒がしく酒を飲んでいた。

リュートを持った旅の吟遊詩人が昔の叙事詩を歌っている。帝国開拓時代、英雄たちが跋扈《ばっこ》していた時代の詩だ。子供の頃に聞いた英雄たちの名前がちらほらと耳に残り、消えて行った。

人の間を縫って行って、空いた席に腰を下ろすと、何だかがっくりと力が抜けたように感じた。もう夜半近い。本来ならばベルグリフはとっくに眠っている時間である。

「……この程度でくたびれてどうする」

呟いて目元を指で押さえた。まだ何も始まってすらいない。

酒を注文したパーシヴァルが頬杖を突いた。

「明日っからは気が抜けないだろうからな。今日はしっかり息抜きだ」

「……あまり気を抜かないで欲しい」

「うるさい奴だな、そんなに怖いなら膝に乗せてやろうか?」

パーシヴァルは少し椅子を引いて膝を手の平で叩いた。マイトレーヤは不機嫌そうに指先でテーブルをこつこつ叩いた。

「子供扱いしないで」

「なんなんだよお前は」

パーシヴァルは手を伸ばしてマイトレーヤの額を小突いた。

そこにエールの入ったジョッキとつまみが運ばれて来る。縁から溢れる白い泡を見て、ベルグリフは困ったように髭を撫でた。

「エールか……飲み慣れないなあ……」

「なんだ苦手か」

「慣れないだけだと思うけど……いや、いいよ。いただくよ」

「妙なところで子供っぽいな、お前は」

そう言って、パーシヴァルは一口でジョッキ半分を飲んでしまった。マイトレーヤは泡をすって変な顔をしている。

「安っぽい味」

「安酒場だからな。こんなもんだ」

「もっとおいしいお酒が飲みたい。あなたSランク冒険者でしょ、もうちょっと良いお酒を頼んだらどうなの」

「うるせーな、高い酒は口に合わねえんだよ」

「……貧乏舌」

「んだと、小悪魔《インプ》の分際で偉そうに」

「ほらほら喧嘩しない」

エールをちびちび飲みながら、揚げた芋や魚の酢漬けをつまんでいると、もう二杯目を頼んだパーシヴァルが身を乗り出した。

「で、どうなんだ。詳しい話は合流してからでいいが、考えの概要くらいはあるんだろう」

マイトレーヤもベルグリフを見ている。ベルグリフはテーブルに両手を乗せて、声を少し落とした。

「……もし付け入る隙があるとすれば、それは皇太子が偽者だという事、それに尽きる」

「どうするつもりなの？」

「それはまだ分からない。だから情報が欲しいんだよ」

「成る程な……不自然な点があれば、そこから突き崩して行くってわけか」

「そう上手く行けばいいけどね」

ベルグリフは苦笑してエールを少し飲み、少し遠い目をした。

「正直、今のところ上手く行く方が奇跡だと思う。もし危なくなったら……いや、アンジェたちが危ないという事になったら……俺はサティを見捨てるかも知れない」

「……そうなっても、俺はお前を責めやしねえよ」

パーシヴァルは笑ってベルグリフの肩を乱暴に叩いた。

「あんまし思い詰めるなよ！　お前一人の問題じゃねえんだから」

「はは、ありがとう」

「……変なの」

マイトレーヤは片付かない顔をしてジョッキを口に運んだ。

ふと、酒場の入り口が騒がしくなった。目をやると、酔っぱらった者同士が喧嘩を始めたらしい、瓶やジョッキの割れる音がして、悲鳴や怒号、それと同じくらいの笑い声と煽る声がした。

「うるせえな」

「はは、酒場らしいな」

最初は拳でやり合っていたのが、いよいよ熱が入ったのか、互いに短剣を抜いたらしく、場が嫌に緊張感を帯びて来た。

これは止めに入った方がいいか、と思わずベルグリフが立ち上がりかけると、短剣を振りかざした男の前にするりと誰かが入り込んで、当て身を食らわした。男は白目を剝いて床にうつ伏せに倒れた。相対していた男の方も、別の誰かが締め上げて床に転がした。鮮やかな手並みに、周囲の野次馬たちが沸く。

騒ぎを収めたのはヴィエナ教の紋章が入った揃いの服を着た二人連れだった。それだけならばヴィエナ教の聖職者かと思われるのだが、紋章は普通のものと違っており、さらに腰には剣を帯びていた。明らかにただの聖職者ではない。

パーシヴァルが目を細める。

「聖堂騎士か。珍しいな」

「ヴィエナ教の？」

「ああ。ルクレシア教皇庁直属の連中だ。要するにエリート集団だな。帝都にも教皇庁の支部があった筈だが……そこの連中かな？」

パーシヴァルは過去の遍歴でルクレシアにも出向いた事があり、そこで聖堂騎士も目にした事があるらしかった。

聖堂騎士の二人は辺りをじろりと見回し、隅の方の席に腰を下ろした。

ベルグリフは少し顔をしかめて横目で二人を見た。一人はがっしりした体格の男で、もう一人は獣人らしい。兎の耳が頭の上で揺れている少年だった。

宿の主人らしいのが大慌てでやって来て、ぺこぺこと頭を下げている。男の方は偉そうにふんぞり返ってあれこれ注文しているが、少年の方は何となく無気力な様子でぼんやりと視線を宙に漂わせていた。

ベルグリフ本人は主神ヴィエナに対する緩い信仰を持っているが、シャルロッテの話を聞く限り、教皇庁に対してはあまり良い印象を持っていない。

浄罪機関というものとは何か違うのだろうかとつい目をやっていると、兎耳の少年と目が合って、慌てて目を逸らした。そうして何となく片付かない気持ちでジョッキを空にして息をついた。

マイトレーヤが身を縮込めて、そっとベルグリフの服の裾を引っ張った。

「ヴィエナ教もまずい……小悪魔《インプ》ってばれたらやられてしまう」

「一々難儀な奴だな。おい、もう一杯くれ。ベル、お前は？」

「俺はもういいかな。マイトレーヤも居づらそうだし、先に部屋に戻ってるよ」

「そうか。まあゆっくり休めよ。本番はこれからだぜ」

「ん。君もあまり飲み過ぎるなよ？」

「ははっ、分かってるよ」

ベルグリフはパーシヴァルの肩をぽんと叩き、マイトレーヤを連れて部屋に戻った。扉が閉まると、マイトレーヤはホッとした様子で寝床に腰かけた。

「今や帝都は敵だらけ……」

「聖堂騎士か……」

確かに教皇庁とはシャルロッテという因縁こそあるが、ここでわざわざ敵対する意味はない。関わらないのが利口だろう。

ベルグリフは上着を脱いで椅子の背にかけた。ひとまずは体を休めなくては。

「やっと休める……」

「ひとつ言っておくけど」

「ん？」

マイトレーヤは真剣な顔をしてベルグリフを見据えた。

「いくらわたしが魅力的な女子だからって、変な事したら駄目だから。あなたたちに協力するからって、何もかも許したわけじゃないんだからね」

「ん…………？　あ、ああ、分かった……が……んん？」

なんだかよく分からない。何と答えていいものか、ベルグリフは困惑して曖昧に頷いた。

マイトレーヤはふんと鼻を鳴らし、頭まで布団をひっかぶって丸くなった。

一一二　つまりお父さんはこう考えている筈

つまりお父さんはこう考えている筈、とアンジェリンは胸を張ってふんぞり返った。

「あのベンジャミンが偽者であるならば、皇太子という身分に正当性はない」

「つまり？」

「それを暴く事ができれば、奴らの悪巧みも止められる筈」

「どうやるつもりなんだ？」

マルグリットがそう言って首を傾げた。アンジェリンは目を泳がした。

「……偽者ですよって皇帝に言う？」

アネッサが呆れ顔で首を横に振った。

「いやいや、無理だろ。そもそも皇帝ってそう簡単に会える相手じゃないし」

「まして、優秀な皇太子が偽者だなんて言ったって、信じるどころか怒り出すよ、多分」

トーヤにも言われて、アンジェリンは口を尖らした。ミリアムがくすくす笑う。

「まー、アンジェには向いてなさそうだしねー、そういう事考えるの」

「いいの。きっとお父さんが何とかしてくれる」

アンジェリンはそう言って椅子に腰を下ろして背にもたれた。マルグリットが椅子をぎいぎい言わした。

「けどベルの奴、居場所も聞かねーんだもんなー。帝都に来てもおれたちの居場所分かんのかな？」

「リゼと話したいって言ってたから、分からなければ大公家の帝都屋敷を目指す。と思う……」

「どっちみち合流は明日って事ですにゃー」

「だろうね。サラザールの奴、もうちょっと気張ってくれりゃよかったのに」

カシムがそう言って髭を捻じった。

フィンデールのベルグリフたちと通信を終えると、サラザールは魔法陣の真ん中に大の字になってぐうぐう寝てしまった。かなり魔力を消耗するものらしく、揺さぶっても叩いても起きないので諦めてそのままに放って出て来た。

唐突なサティとの邂逅にアンジェリンはしばらく頭に血が上ったようになっていたが、こうやって宿に腰を下ろしてようやく少し落ち着いて来た。

リーゼロッテと話せるようにして欲しいというベルグリフの要請に浮き立ったアンジェリンは、通信を終えてからすぐさまエストガル大公の帝都屋敷に行こうとしたが、カシムが待ったをかけた。勢いづくのは構わないが、余計な事まで言って話をこじらせてはまずい。リーゼロッテに協力を頼むにしても時期尚早である。そういう風に言った。

それでひとまず仲間内でも話を合わせる為に時間を置こうという事になり、こうして宿に引き返した。どちらにしても、ベルグリフたちと合流してからの方がまとめ役がいていいだろう。

「やれやれ、にしてもオイラがこういう役目をする事になるとはね」

カシムが大きく欠伸《あくび》をして頭の後ろで手を組んだ。

「そりゃカシムさんが一番年上なんだから、当たり前ですにゃー」

「年上でもなあ……こいつはベルみたいにまとめてくれそうにないぜ」

マルグリットが薄笑いを浮かべてカシムを小突いた。

「うるせー、そんなのオイラが一番分かってるよ」

カシムは帽子を脱いで指先でくるくる回した。

「しっかし、思ったより展開が早くて参ったね、こりゃ。頭がまだおっつかないよ」

サティに関する情報を得るために帝都にやって来たのに、よりにもよって本人と出くわした。しかも皇太子と敵対する可能性がある。

別れる時に見たサティの寂しそうな笑顔が、アンジェリンの頭をよぎった。あんな笑顔は悲しくて見ていられない。

マルグリットが拳を手の平にぱしんと打ち付けた。

「話を聞く限りじゃ、腕利きっぽいのが相手になるんだろ？　へへ、ぬるい相手ばっかで退屈だったんだ」

「……そういえばトーヤ、因縁のある相手がいるって言ってたよね？　それって、あの黒い服の人？　顔に傷のある欠けたカットラス持った」

アンジェリンが言うと、トーヤは目を伏せた。

「まあ、ね」

「顔の傷に欠けたカットラス？　聞いた事あるな……〝処刑人〟じゃないの、それ？」

カシムが髭を捻じった。トーヤは頷いた。

「そうです。〝処刑人〟ヘクター」

アネッサが目を丸くする。

「〝処刑人〟って……確かSランク冒険者じゃないか？」

「え、冒険者なの……？」

アンジェリンが言うと、カシムが頷いた。

「そう、冷酷無比の凄腕って聞くね。魔獣相手が多い冒険者としちゃ珍しく盗賊退治や賞金首討伐で名を馳せてた奴の筈だよ。ま、悪い噂もいっぱい聞くけどさ」

「悪い噂？　なんだよ、それ」とマルグリットが言った。

「とにかく殺しまくるんだってさ。武器を捨てて降参した盗賊も一人残らずぶっ殺すらしい。あくまで噂だけど、人質もまとめて皆殺しにした事もあるっていうのも聞いたことあるな。それで付いた異名が〝処刑人〟、物騒だねえ」

カシムはおどけてからから笑うが、アンジェリンは眉をひそめた。自分も盗賊の殲滅《せんめつ》はやった事がある。セレンを助けた時などがそうだ。しかし、あの時は盗賊たちは投降しようとせずに抵抗した。だから皆殺しにせざるを得なかったが、もしも武器を捨てて降参していたらどうしていたか分からない。元々アンジェリンは人殺しなど好きではないのだ。まして無抵抗の相手を殺すなど、想像するだけで気分が悪い。

ミリアムが顔をしかめた。

「そんなのが敵になるんだ。やっぱ戦う事になるのかなー」

「その可能性は高いな。一戦も交えずに解決するのは無理だろうし……」

「あいつは俺が相手するよ。皆は他に集中してくれていい」

トーヤが言った。アンジェリンが小さく首を横に振った。

「一人じゃ無理だと思う……だってさっきだって」

「今度は負けない。絶対に」

思い詰めたような表情のトーヤの頭を、カシムが指先で小突いた。

「そんな狭い視野で勝てるもんかい。相手を舐め過ぎだぜ」

「というか何の因縁なんだ？　そこまでこだわるなんて……」

アネッサの言葉に、トーヤは目を伏せた。

「……大事な人をね、昔あいつに殺されてさ」

アンジェリンは息を呑んだ。モーリンが心配そうな顔をしている。トーヤは目を開け、笑った。

「大丈夫、突っ走ったりしないよ。約束する」

「トーヤ……」

「大丈夫だって、モーリン。そんな顔するなよ」

皆が口ごもった。何と言っていいものか、アンジェリンはもちろん、他の誰も分からないようだ。

「……ベルー、早く来てくれー。オイラにはこういうの無理だあ」

カシムが目を押さえて小さく呟いた。

マルグリットが椅子に逆に座り、背もたれに両腕を置いて顎を乗せた。

「ともかく、詳しい作戦はベルに任せるにしても、戦いは避けられないんだろ？　だったら敵の事よく知っといた方がいいんじゃねーか？　その〝処刑人〟って剣士か？」

「剣士だね。けど暗黒魔法の使い手でもある。影からアンデッドを呼び出して戦わせたり、実体を持った影を腕みたいに使ったり」

「うわ、手強そう……」

「でも手の内が分かってるのは助かるな。何も分からず勝負したらやばかったかも」

アネッサはそう言いながら、弓を手に取って手入れを始めた。アンジェリンもハッとして荷物を引き寄せた。剣の手入れ道具を出して、抜身の刀身に油を塗り、布で丁寧に拭き上げる。

相手が強力であればあるだけ、武器の手入れは怠れない。肝心なところで剣の切れ味が鈍っては命に関わる。

何か他の事をすると気持ちが落ち着いた。まだ自分は混乱気味だったのだとアンジェリンは思った。加えてトーヤの話だ。皆色々なものを背負っている。

カシムはしばらく考えるように腕組みしていたが、やがて顔を上げた。

「さて、ちょいと話をまとめようかね。個人の因縁はともかくとして、オイラたちの共通の目的はサティを助ける事だ。それに異論はないだろ？」

一同は頷いた。そう、敵は強大だが、目指しているのはローデシア帝国の転覆ではない。ベンジャミンやシュバイツとの戦いは避けられないだろうけれど、それが目的ではないのだ。

アネッサが難しい顔をして視線を宙に泳がした。

「でも、アンジェとトーヤの話じゃ、サティさんは皇太子やシュバイツたちとずっと敵対してたんですよね？　上手く助け出せても、その問題を解決できないと狙われたままなんじゃゃ……」

「だろうね。どちらにしても戦いは避けられないだろ。でも親玉さえ潰せれば無駄に力を使わずに済む。その為に色々小細工が必要ってわけさ」

「偽者皇太子とシュバイツさえやっつければ、余計な戦いは不必要だもんねー」

アンジェリンは拭き上げた刀身を見、鞘に収めて傍らに置いた。

「もう一度……サティさんに会えればいいんだけど」

そうすればきちんと協力し合って戦えるのに、とアンジェリンは嘆息した。トーヤが腕組みして目を伏せる。

「別の空間か……サラザールなら何とかできるような気もするけど」

「あいつ当てになんのかあ？　訳分かんねえ事ばっか言いやがって、ベルたちと話せるようにするのも無駄に時間ばっかしかかったじゃねえか」

「協力してくれりゃ御の字、期待し過ぎちゃ駄目だな。ベルがどこまで考えてるのかなあ」

カシムがそう言って山高帽子をかぶり直した。

ベンジャミンたちを倒す事ができても、サティに会えずじまいでは意味がない。またベンジャミンたちに先を越されてサティが捕まってしまっても駄目だ。アンジェリンは頭を抱えたが、どうにもいい考えは浮かばなかった。

「……その為に、まずは情報収集って事」

「そうだな。トーヤ、冒険者ギルドでも情報は得られそうなんだろう？」

アネッサが言うと、トーヤは頷いた。

「有用なものかは分からないけど、情報は色々集まるよ。ものによっては情報料を取られるかも知れないけど」

「あのお嬢様の所とギルドと、手分けした方がいいかも知れませんねー」

モーリンが言った。アンジェリンも首肯する。どうせこれだけ人数がいるのだ、手分けした方が効率はいい筈である。相手も座して待っているだけではない。慎重に、しかしもたついている場合ではないのだ。

カシムが頬杖を突いた。

「ひとまず、オイラはもう少しサラザールと話してみるかな。直接サティに会えりゃそれに越した事はないし」

「じゃあ大公家に行くのと、ギルドに行くのと……あとカシムさん？」

「ふふん。カシム、一人で寂しくねーか？　おれが付いて行ってやろうか？」

「余計なお世話だよ。生意気だね、お前は、へっへっへ」

「アンジェは大公家に行かないと駄目だろうな。リゼに一番話が通しやすいだろうし」

「なによりベルさんが一緒だしねー」

ミリアムに小突かれてアンジェリンは頬を膨らました。

「それは大事だけど、今回は偶然……」

「結局大事なんじゃねーか」

「お黙りマリー……」

「ギルドはトーヤとモーリンさんが紹介してくれないといけないから二人は確定として……わたしたちがどうするかだな、ミリィ」

「そうだねー。パーティメンバーとしてはアンジェにくっ付いてた方がいいんだろうけど」

「パーシヴァルさんがどうするかじゃないかな？　別行動中に戦いになる可能性も考えると、あまりバランスが偏るのもどうかと思うし、何よりも目的を明確に分かってる人がいた方が話はスムーズだろうし」

とトーヤが言った。

確かに、今回の事で目的をきっちり理解しているのはベルグリフ、カシム、パーシヴァルの三人だろう。何せ彼らの昔の仲間に会う為なのだから。

そうなると、やはり詳しい事はベルグリフたちと合流してからという事になるだろう。ベルグリフたちの方にも何やら協力者らしき小さな人物がいたし、もしかしたら後になってイシュメールが合流して協力してくれるかも知れない。

アンジェリンはふんふんと頷いて、テーブルに両手を突いた。

「じゃあひとまず、明日から本気出すって事で……」

「よっしゃ！　それじゃ景気づけに酒飲み行こうぜ！　向かいに酒場があっただろ」

「行きましょう行きましょう。お腹が空きました」

マルグリットが元気よく立ち上がると、たちまちモーリンが賛成した。トーヤが呆れたようにかくんと頭を垂れた。アンジェリンたちはくすくす笑ってそれぞれに立ち上がった。

○

眠りはあまり深いとは言えなかった。体が眠っているのに、意識だけは変に覚醒しているような気分であった。

だからちょっとした物音で目が覚めた。随分前に目を閉じたと思ったのに、開けてみればまだ暗く、厚手のカーテンの向こうには太陽の気配もない。

マイトレーヤのくぐもった寝言がして、それからごそごそと寝返る音が聞こえた。

床を隔てて微かに聞こえて来る一階の酒場の喧騒が、気にし始めるとずっと耳にまとわりついて離れない。

かなり眠いと思っていたんだがな、とベルグリフは眠れない自分に少し苛立った。これでは明日からの動きに支障をきたすではないか。

安宿とはいえ布団の質は悪くはない。枕は柔らかく、シーツはさらさらとして、うつ伏せに顔を押し付けると気持ちがよかった。だがそれで眠れるというわけでもないらしい。焦りというか何というか、そういうものが余計に眠りを妨げているような気もしたが、これでは堂々巡りである。

年甲斐もなく心がざわついているのか、とベルグリフは自嘲して横向きになった。

横の寝床は空だ。パーシヴァルはまだ戻って来ていないらしい。深酒するなと言ったのにと思うけれど、自分が思った以上に時間が経ったわけではないのかも知れないとも思う。

ベルグリフは仰向けに寝返って木造りの天井を見た。黒くのっぺりとした中で、梁の木が明暗だけでもよく分かった。

目を閉じる。

瞼の裏でサティの姿がちらちらする。

自分もパーシヴァルもカシムも年を取った。しかしサティはエルフだ。年は取れど姿は自分たち程変わってはいないだろう。

絹のように滑らかな銀髪、いたずら気に光るエメラルド色の瞳、白磁のようなきめ細やかな肌とほっそりした指先、ころころとした無邪気な笑い声……もう二十数年前の記憶なのに、不思議に明確に思い出せるようだった。

そういえば、昔水浴びをしているサティが悲鳴を上げて、三人して泡を食って武器を手に行った事があったっけと思う。それが水の中で蛙を踏んだだけだったから随分笑い話になったものだ。慌てて目を閉じたから一瞬だけしか見なかったけれど、水にしっとりと濡れた白く美しい肢体は、それからしばらく網膜に焼き付いていたように思う。

若かったなとベルグリフは欠伸をした。布団をかけ直すようにして足を縮める。頭の中の思い出は温かく、ゆっくりと意識を溶かして行くような気がした。

何となく眠れそうな気がし始めた時、壁に立てかけた大剣が唸り声を上げた。ベルグリフはハッとして上体を起こした。暗い部屋の隅に、確かに何かがいるような気配がした。

唐突に右足が刺すように痛んだ。驚いて咄嗟《とっさ》に手をやるが、義足を外した膝下には何もない。幻肢痛だ。ベッドに立てかけた義足が床に転がって音を立てる。

「ぐ……」

膝を押さえて歯を食いしばる。部屋の空気はひやりとしているのに汗がにじむ。まさかこのタイミングでこいつが襲って来るとは。

「なになになに」

布団にくるまったマイトレーヤが、首だけちょこんと出して辺りを窺っていた。そうして部屋の隅を見てギョッと表情を強張らせる。

「ノロイ……！」

部屋の隅にはボロボロのマントを羽織った影がうずくまっていた。しかしその輪郭は時折霧のように宙にほどけ、細かな黒い粒のようになってから、再びその体を形作っていた。そうして何かぶつぶつと呟いている。

「……さむい……さむい」

マイトレーヤが寝床から飛び出してベルグリフの寝床に転がり込んだ。そうして服の裾を持って引っ張る。

「何ぐずぐずしてるの！　殺される！」

「待ってくれ……何なんだ、あれは……」

「あれはノロイ。実体を持った呪殺の化け物……きっとベンジャミンかシュバイツがわたしを殺す為に送り込んだ……」

ベルグリフは幻肢痛に顔を歪ませながらも、手を伸ばして何とか義足を掴んだ。しかし痛みは足から頭のてっぺんまで突き抜けるようだ。義足を握りしめて耐えるが、とても装着できる状態ではない。

マイトレーヤはじれったそうにベルグリフとノロイとを交互に見た。

ノロイは床を這うようにして少しずつ動いていた。グラハムの大剣の唸り声はより大きくなり、鞘越しにも刀身が輝いているらしい事が分かった。

「聖剣の影響であまり身動きが取れてない……？」

「マイトレーヤ……」

何とか義足を付けたベルグリフだが、まだ痛みは引かず、苦し気に言った。

「剣を……」

「む、無理……わたしは小悪魔《インプ》、あの剣には触れない」

魔獣を浄化するエルフの魔力が渦巻く大剣は、魔獣であるマイトレーヤとは相性が悪いようだ。

動けない自分の不甲斐なさにベルグリフは歯噛みした。

その時扉が勢いよく開いて、誰かが飛び込んで来た。

ほんの瞬きの間に、きらめく白刃がノロイへと吸い込まれる。

ぞあっ、と奇妙な音がしたと思ったらノロイの姿が崩れるようにして黒い霧へと変わり、突き立てられた剣の刀身へと吸い込まれて行った。

幻肢痛が少しずつ引いて行く。息を止めるようにして痛みに耐えていたベルグリフは、ようやく息をついて肩を大きく上下させた。何が起きたのか分からなかったが、どうやら危機は去ったらしい事がぼんやりと分かった。

「ベル」

見ると、扉の向こうからパーシヴァルが入って来るところだった。

「ノロイか？　何があった」

「パーシー……？　いや、敵の襲撃があったんだが……助けてくれたのは君じゃなかったのか？」

てっきり飛び込んで来たのはパーシヴァルだとばかり思っていたが、どうやら違うらしい。パーシヴァルは怪訝な顔をして部屋の中を見回した。

「あいつが突然立ち上がって二階に駆け上がって行ったんだよ。俺も妙な気配を感じたんで後を追って来たんだが……」

パーシヴァルが顎で示した方を見ると、兎の耳の少年が消えたノロイのいた所をぼんやりと眺めていた。さっき酒場で見た、ヴィエナ教の聖堂騎士の少年だ。手には抜身の剣が握られている。刀身は黒く濁ったように色が明滅していたが、やがて冷たい金属の色に戻った。大剣はまだ唸っている。

マイトレーヤがこそこそとベルグリフの後ろに隠れ、頭の角を隠すように布団を頭からかぶった。ベルグリフはそっとそれをかばうように体を動かしながら口を開いた。

「助かりました。どうもありがとうございます」

「……」

兎耳の少年は振り返ってベルグリフを見た。きょとんとした、特に何の興味も持っていないような顔をしている。

ベルグリフの方も何と言っていいか分からずに黙っていると、少年は目をぱちくりさせて耳を動かした。それから剣を腰の鞘に収めると、何も言わずにさっさと部屋を出て行った。

少年が姿を消すと、大剣も唸り声をひそめて黙った。辺りがしんとして、酒場の騒ぎが遠く聞こえて来る。

「……聖堂騎士の癖に、随分物騒な剣を使ってやがる」

出て行った少年の後ろ姿をちらりと見やって、パーシヴァルが呟いた。ようやく息を整えたベルグリフは顔を上げてパーシヴァルを見る。

「物騒？　剣が？」

「ああ。ありゃ魔剣の類だ。おそらく相手を斬った時に魔力を吸収するんだろう。〝パラディン〟の剣とは真逆の禍々しい気配がしやがる。聖堂騎士がそんなもんを持ってるとはな」

マイトレーヤが辺りを窺いながらパーシヴァルに駆け寄って服を引っ張った。

「ここは危ない。場所を変えないとまた襲撃される」

「馬鹿言うな、本気で俺たちを消すつもりならあんな雑魚を送って来るわけないだろう。何か別の要因だ。気にする事はねえ」

「そんなの根拠がない。今は聖堂騎士が来たから偶然助かっただけ」

「あいつが来なくても俺が来てたよ。それとも俺じゃ不安か？　ああ？」

「そういうわけじゃないけど……ああ言えばこう言うんだから」

マイトレーヤは口を尖らした。パーシヴァルは自分の寝床に腰かけ、ベルグリフを見た。

「……足が？」

「幻肢痛さ。たまにあるんだ。あれだけ痛んだのは久々だが……」

「そうか……いいさ、寝ろ。俺がいれば心配ない」

「うん、心配はしてないが……ちょっと眠れそうにはないかな」

ベルグリフは苦笑して、寝床に腰かけたまま床に足を投げ出した。すっかり頭が覚醒してしまって、寝転がっても睡魔が来そうにない。パーシヴァルは肩をすくめた。

「それでも座ってるよりも横になった方がマシだろ。眠れないなら子守歌でも歌ってやろうか？」

「はは、それも悪くないが……実際どうだろうなパーシー？　向こうがこちらの居場所を把握していると考えられるか？」

「どうだかな。様子見をしているのか何なのか……まあ、俺はそこまで心配しちゃいねえが、お前はどう見る？」

　ベルグリフは顎鬚を撫でた。

「元々帝都は敵の懐だからな。事実か考え過ぎかはともかく、居場所くらい把握されてるのは当然と見るくらいが丁度いいだろう。向こうがこっちの情報を持っていないと楽観する方がまずいと俺は思うが」

「そう、その通り。わたしはそれに一票。移動するべきそうすべき」

　騒ぐマイトレーヤを尻目に、パーシヴァルは目を細めた。

「さて、どうかな。もし本気ならとっくに仕掛けて来てるだろうし、さっきのが刺客にしても俺らを舐め過ぎだ。どっちにしてもあまり怖がる必要もないとは思うがな」

「ふむ……まあ、君がいればそう危険に陥る事もないとは思うが」

「そういう事だ。びくびくして消耗する方が馬鹿らしいぞ。寝る時はしっかり寝るもんだ」

「真面目にやって……わたしの命がかかってるんだから」

「一々うるせぇんだよ、お前は。少し静かにしてろ」

　わたわたと両腕を振るマイトレーヤの頭を、パーシヴァルが大きな手の平で鷲摑みにして押さえ付けた。マイトレーヤは「きゅう」と言った。

　いずれにせよ、ここまで来た以上近いうちに敵とぶつかる事は必至だ。なんだか本当にぐずぐずしている暇がなくなって来た、とベルグリフは小さくため息をついた。早めにアンジェリンたちと合流しなくては、と思う。

　眠れそうにはないが、ふたたびごろりと仰向けに転がった。さっきみたいな事があっては困るから、義足は付けたままだ。

　パーシヴァルは椅子の方に尻を移して、いつ持って来たのだか瓶入りの酒を小さなコップでちびちび飲んでいる。マイトレーヤはしばらく迷っていたが、やっぱり自分の寝床に潜り込んで丸くなった。

　目を閉じる。自分の呼吸や心臓の音に加え、パーシヴァルが椅子を動かした時の音や、コップをテーブルに置いたり瓶を傾けたりする音が聞こえる。

　マイトレーヤはしばらく布団の中でごそごそしていたが、もう寝息が聞こえて来た。あんなに臆病な癖に、妙なところで豪胆だなとベルグリフは少し口端を緩めた。あるいはパーシヴァルが来た事で安心したのだろうか。

　何となく落ち着かず、頭の中で色々な事を考えているうちに、それらに取り止めがなくなって、思考の後先のつながりが曖昧になって来た。変だなと思っているうちに、どうやら眠ったらしい。目を開けた時にはパーシヴァルもいびきをかいており、部屋の中が薄明るいような感じがした。

一一三　セピア色に彩られた木々が、葉を

セピア色に彩られた木々が、葉を散らしてそこいらに降り積もっていた。

庭先にあった畑の野菜や、小さな花々もどこか元気がないように先端が垂れ、萎れているように見えた。

小ぢんまりとした家の中から、黒髪の双子の片割れ、ハルが駆け出して来た。そのまま畑に入り、薬草の育っている一角に行くと、いくらかの薬草を摘み取って家の中に駆け足で戻って行く。

家の中は薄暗く、窓から射し込む光の他には光源がない。妙に埃っぽく、急に古びたように思われるほど空気が重かった。

ベッドに寝転がっているエルフのサティの傍らに、双子のもう一人、マルが付き添って濡れた手ぬぐいで顔を拭いてやっていた。ハルは薬草を土鍋に入れながら言った。

「どう?」

「よくない」

「むちゃして、いっぱいまほうつかったから?」

「そうかも」

双子が言い合っていると、サティが小さく呻いて薄目を開けた。

「……寝ちゃってた？」

「いいよ、ねてて」

「わたしたちがいるから、だいじょうぶ」

ハルも駆け寄って来て、双子はくりくりした黒い瞳でサティを見た。サティは微笑んで二人の頭を撫でた。

「ありがとう、頼もしいねえ」

双子はふんすと胸を張って、薬草の煎じ湯を作るのだろう、焔石の焜炉《こんろ》の方に行った。サティはそれをしばらく眺めていたが、やがて再び仰向けに寝転んで天井を見た。

唐突に邂逅した古い仲間の娘の顔が思い浮かぶ。そんなつもりはないのに、涙が滲んで来た。

「……よかったのかなあ、これで」

間違ったのではないかと思う。素直に助けを求めて、協力してベンジャミンやシュバイツ一派と戦う事ができれば、自分一人で戦うよりもどんなによかったか知れない。

だが、相手の恐ろしさは自分もよく知っているつもりだった。

長い戦いの間に、いくらかの協力者ができた事もあったが、今は誰もいない。救い出したと思った者たちも死んでしまった。その事が、サティの心に失う事への恐ろしさを植え付けた。

だが、最初に失ったと思っていた仲間が生きていた事は、彼女にいくらかの救いをもたらしたのも確かだった。だからこそ、それを再び失う事が怖かった。苦しみを想像すると、再会の喜びを素直に享受できないような気がした。

「やっぱり馬鹿だな、わたしは」

自嘲気味に呟いて、傷の痛みに顔をしかめた。何かよくないものが傷の内側でじくじくと疼いていた。

〝処刑人〟ヘクターの剣は、暗黒魔法をまとっていたらしい。

普段ならば自身の魔力で抵抗できる筈なのが、フィンデールでの戦いからほとんど間を置かずの連戦と、結界に干渉された事への対策と強化、加えてこの空間の維持に魔力を割いている。そのせいで自分の治癒力が追い付いていないのだ。

自作の霊薬こそあれど、材料が足りないせいでそれほど高い効果は持っていない。現状を維持するだけで精いっぱいだ。

ジリ貧だ、とサティは歯噛みした。その度に、やはり助けを求めるべきだったかと思い、しかし巻き込んでしまうのは辛いと、相反する思いがせめぎ合った。

その時、不思議に鼻に抜ける匂いが漂って来た。双子が土鍋を持ってやって来た。

「できたよ」

「サティ、だいじょうぶ？」

サティは上体を起こした。

「大丈夫だよ。ありがと」

何が大丈夫だ嘘つきめ、とサティはやりきれない思いで、しかし微笑む他なかった。

◯

外が白んだと思ったら、明るくなるのはあっという間であった。狭苦しく建ち並んだ家々の間の道も薄明るくなり、薄雲がかかった空には昇ったばかりの太陽がぎらぎらと光っている。しかし風はびょうびょうと吠えるように吹いて、人々の肌を冷たく撫でた。

荷物をまとめたベルグリフたちが下りる頃には、活動が早い商人たちが騒がしく朝食を取ってい る所だった。宿の酒場でも朝方は酔っ払いの数も少ない。酒を飲むというよりは食堂のような雰囲気になって、夜から頑張っていたらしい酔漢がテーブルに突っ伏している他は、皆パンやスープ、粥、炙り肉や蒸かした芋などを食っている。

軽く朝食を取ってから大公家の帝都屋敷に行こうかと思っていると、向こうの席で誰かが立ち上がる気配がして、真っ直ぐにベルグリフたちの方にやって来た。

見れば、昨晩も見たヴィエナ教の聖堂騎士が、つかつかと歩いて来るところだった。待ち受けていたという感じである。マイトレーヤがそそくさとパーシヴァルの陰に隠れた。

「昨晩は災難だったたな」

がっしりとした体格の聖堂騎士は、やや不遜な態度でベルグリフを見据えた。年は三十を超えたくらいだろう。やや浅黒い肌に、濃い茶色の髪の毛をしている。

「ドノヴァンだ。ルクレシア教皇庁の聖堂騎士をやっている」

「や、これはご丁寧に。ベルグリフと申します」

差し出された手を握り返す。ドノヴァンは少し口端を緩め、顎で後ろを示した。

「あれがいて幸運だったたな。主神の御加護だろう」

昨晩部屋に飛び込んで来た兎耳の少年は、ドノヴァンの後ろの方で椅子に腰かけたままぼんやり

と宙を見ている。ベルグリフは微笑んだ。

「ええ、おかげで助かりました……」

「ファルカ！　挨拶くらいしないか！」

ドノヴァンに言われ、ファルカというらしい兎耳の少年は顔だけベルグリフたちの方に向け、小さく会釈した。ベルグリフも微笑んで会釈を返す。

「で、聖堂騎士様が何か用か？」

後ろにいたパーシヴァルが怪訝な顔をして言った。ドノヴァンはふんと鼻を鳴らした。

「あれから聞いたが……お前たちに興味が湧いた。特にベルグリフとやら、お前の背中の得物……中々の業物と見受けるが？」

肩越しに見える剣の柄へ伸びた手を、ベルグリフはそれとなく足を動かしてかわした。そうして苦笑いを浮かべる。

「いやなに、大したものではありませんよ」

「そう謙遜するな。その剣からは清浄な何かを感じる……聖剣の類だろう？」

口ぶりこそ穏やかではあったが、ドノヴァンの目は獲物を狙う猛獣のようであった。嫌な予感がし、ベルグリフは顔だけにこやかに頭を下げた。

「申し訳ないが急いでいるので……」

「そう怖がるな、危害を加えようというのではない。剣を見せてもらいたいだけだ」

歩き出そうとしたベルグリフの腕を、ドノヴァンは自然な動作で掴んだ。力づくという感じでもないのに何だか力が抜けるようなのは、彼が的確に腕の弱い所を掴んだからだろう。かなりの猛者のようだ。

だが、そのドノヴァンの腕をパーシヴァルが摑んで引き離した。

「こっちはお前らに用なんぞねえんだ。邪魔するなら聖堂騎士だろうが叩っ斬るぞ」

「ほう、面白い……」

「待った待った」

ベルグリフは殺気立つ二人の間に割って入った。

「パーシー、こんな所で無駄に戦ってどうする……失礼しましたドノヴァン殿」

「はは、お前は礼儀を弁《わきま》えているようだな。しかし身の丈に合わぬ得物は身を亡ぼすぞ？」

挑発的な言葉である。パーシヴァルが聞こえよがしに舌を打った。

聖堂騎士というのはある種の特権階級だ。背後にヴィエナ教の教皇庁が付いている為か、彼らは一様に尊大で、貴族もかくやという振る舞いをしても許されるようである。

ベルグリフはしばらく黙っていたが、やがてフッと笑うように目を伏せ、背中の剣を鞘ごと取ってドノヴァンに差し出した。ドノヴァンはにやりと笑って柄に手をかけた。

「素直なのは良い事だ……ッ？」

ベルグリフが手を放すや、剣は尋常ならざる重みを以てドノヴァンの腕に襲い掛かった。咄嗟に全身に力を込めたドノヴァンだが、剣は持ち上がるどころか彼を床へと引き倒した。この悶着をちらちらと横目で見ていた周囲の客たちが、驚いたように目を見開く。

「ぐ……」

ドノヴァンは何とか足を踏ん張って立ち上がり、柄を両手で持ち、額に青筋を立てて唸る。歯を食いしばり、脂汗すら滲んでいる。しかし大剣はびくともしない。鞘から抜ける気配もなかった。

パーシヴァルがからからと笑い声を上げた。

「どうしたエリート様よ。なんだそのへっぴり腰は」

「くそ……どうなっている」

動かない剣に四苦八苦するドノヴァンを見かねて、ベルグリフは剣の柄に手をやってひょいと持ち上げた。剣は何の抵抗もなくするりと持ち上がった。ドノヴァンは呆気にとられ、解放された手を握ったり開いたりした。少し痺れているらしい。

「失礼しました。しかしこの剣は持ち手を選ぶものですから」

「……成る程な、得心がいった」

ドノヴァンは冷ややかな顔でベルグリフを見た。

「気に食わないが、やはり本物らしい」

そう言って突然すべるように体を横にかわした。ベルグリフの背筋に冷たいものが走った。咄嗟に剣を鞘のまま体の前に出す。不意に衝撃があった。ドノヴァンの後ろから気配もなく歩み寄っていたファルカが、自らの剣を大剣に叩きつけたのである。

剣の打ち合わされた所から、ばちん、と何かが爆ぜるような感覚があった。どちらの剣も鞘に収められたままなのに、まるで刀身から直に迸るかのように魔力がぶつかり合い、互いの足元から風が巻き起こってマントや服の裾を揺らした。

ベルグリフを狙ったのではなく、初めから剣同士を打ち合わせるのが目的の一撃だった。だから衝撃も一際である。刀身から柄を通って来る魔力が電撃のようにベルグリフの腕を痺れさせる。

思わず顔が歪んだ。

大剣が怒ったように唸り声を上げる。ファルカの剣は呻くような不気味でくぐもった声を上げた。

思考が追い付くと同時に、ぐいと後ろに引っ張られる感覚があった。慌てて体勢を立て直すと、ベルグリフを後ろに引き戻したパーシヴァルが代わりに前に踏み出していた。顔は見えないが、怪物のような威圧感を放っている。ゆっくりと腰の剣に手をやった。

「……喧嘩なら俺が相手になってやるぞ？」

「急くな。いずれまた会う事になるだろう」

ドノヴァンは不敵な笑みを浮かべて踵を返した。ファルカの方は相変わらずのぼんやりした顔のまま、ドノヴァンの後に付いて出て行く。ぴんと張り詰めたようだった酒場の雰囲気がようやく和らいだ。

パーシヴァルが舌を打って振り返った。眉根の皺が深い。

「やっぱり聖堂騎士ってのはいけ好かん。大丈夫か、ベル」

「ああ、すまん……」

少し痺れの残っている手をひらひらと振って、ベルグリフは大剣を担ぎ直した。大剣は不機嫌そうに小さく唸っている。

テーブルの陰に隠れていたらしいマイトレーヤがひょっこりと顔を出して辺りを見回した。

「いなくなった？」

「ああ……ったく、こんな時に面倒な連中に目を付けられちまったな」

パーシヴァルが吐き捨てて、荷物を担ぎ直した。

「さっさとアンジェたちと合流した方がよさそうだな」

「そう、だな……」

ベルグリフは嘆息した。さらに状況が混沌として来るように思われた。しかし立ち止まっている時間はない。じんじんとした感触が残る指先を拳に握り込んで、ベルグリフは顔を上げた。

「彼らは……何が目的なんだろう」

「さてな。しかし〝パラディン〟の剣に目を付けているらしいのは確かだ。気を付けろよ」

参ったな、とベルグリフは頭を掻いた。

彼らは何かを知っているような気がする。あらゆる運命の糸が交差し、自分たちがそれに絡まりに行っているような気がした。

弱気になっている場合ではない。ベルグリフは大きく息を吸って顔を上げた。

風がびょうびょうと吹いている。

○

まだ陽が昇り切る前に目が覚めたアンジェリンは、何となく手持無沙汰な気分で寝床の上で胡坐をかいた。閉め切ったカーテンの下の隙間から、外の薄明かりが部屋に入り込んで青いように見える。水の底のような雰囲気だ。

二段ベッドが二つの四人部屋である。

カシムは男一人、雑魚寝部屋で寝ると言って出て行った。トーヤとモーリンは二人で別室である。

相棒らしいけれど、男女で一部屋ってのも凄いなあとアンジェリンはちょっと頬を染めた。

そんな風にばらけて寝床に入ってからも何となくそわそわして寝る時間が遅くなり、しかし起きるのも早かった。ちっとも落ち着かない。何だか駆け出しの頃を思い出すような心持だなとアンジェリンは頭を掻き、少し寝癖の付いた黒髪を手櫛で梳いた。

上の段でごそごそと衣擦れの音がした。

「アンジェ、起きてんのか？」

「うん……マリーも？」

ひょいと逆さまの顔を覗かせたのはマルグリットである。滑らかな銀髪が重力に引っ張られて真っ直ぐに垂れた。

「今日はベルたちと合流できるよな。へへ、どうなるか楽しみだぜ。なあ、サティってどんな奴だった？」

「どんなって言われても……綺麗な人だった。目元が優しかったよ」

どちらかというときりりと鋭い目つきのマルグリットと違って、やや垂れ目がちの優し気な目元を思い出す。しかし瞳の輝きは芯の強さを感じさせた。それでいて、ハルとマルの双子を見つめる目はとても愛しいものを見るようだった。

自分のお母さん云々は別にしても、もう一度会いたいなとアンジェリンは枕を抱いて顎を載せた。ベルグリフたち四人が揃った昔話が聞きたい。できるならばトルネラで、新しい家の暖炉の前で。そこで飲む林檎酒は定めしおいしかろう。

ぼんやりしているアンジェリンを、ひょいと軽い身のこなしで下りて来たマルグリットが怪訝な顔をして小突いた。

「なんだよ、寝不足か？」

「そういうわけじゃないけど……マリーこそ眠くないの？」

「全然。早く動きたくてしょうがないぜ」

マルグリットはそう言ってじれったそうに手を揉み合わして、体を伸ばしたり足を曲げたりしている。マルグリットくらい単純だったらなあ、とアンジェリンは枕に口元をうずめてすうすうと息をした。自分の髪の毛の匂いがする。

しばらくしてアネッサとミリアムも起き出して来て、身支度を整えているとドアがノックされた。開けるとカシムが眠そうな顔をして立っていた。

「よー、寝れたか？」

「まあまあ……カシムさんは？」

「どうも寝が足りない気分だけど……まあ、歩いてるうちに目が覚めるでしょ」

カシムはそう言って大きく欠伸をして、目元の涙を指先で拭った。

「んじゃ、オイラは一足先にサラザールの所に行って来るけど」

「うん、頑張ってねカシムさん」

「あんま期待するなよなー。ま、やれるだけやってみるけど……じゃーね。お前らもしっかりやれよ」

カシムはひらひらと手を振って歩いて行った。それと入れ違いにトーヤとモーリンが顔を出した。

「おはよう、みんな」

「おはよ。トーヤ、傷の具合は……？」

「俺は大丈夫だよ、モーリンの霊薬もあるしね」

「早くサティさんを助けて、みんなでおいしいもの食べに行きましょうね」

モーリンが拳をぐっと握りながら言った。トーヤがやれやれと頭を振る。アンジェリンはくすくす笑いながら部屋の中を見返った。

「アーネ、準備は？」

「いいよ」

アネッサが自分の小さな鞄を肩にかけた。

「じゃあ、行って来る」

冒険者ギルドへはトーヤとモーリンの他、アネッサが一緒に行く事になった。ベルグリフたちと合流してからそれぞれ分かれてもいいかと最初は考えていたのだが、やはり時間が惜しい。いつ合流できるか分からないベルグリフたちを待つよりは、少しでも早く情報を得て、それを後で共有した方がいいだろうという判断である。

帽子をかぶったミリアムが、にやにやしながらアネッサの頬を突っついた。

「アーネ、大丈夫？　寂しくないー？　わたしも行こうか？」

「いいよ別に。むしろわたしはお前らの方が心配だぞ」

アネッサは苦笑しながら腕組みした。

リーゼロッテの元に行くのはアンジェリン、ミリアム、マルグリットである。後々ベルグリフたちが合流して来るであろうにしても、アネッサとしては少し――いや、かなり心配な三人組らしい。

アンジェリンが口を尖らした。

「いいの。リゼと話すのは楽しいから。ギルドみたいな面倒な所はアーネの方が適任」

「そういう問題じゃないだろ……まあ、どっちみちリゼの所にはアンジェが行くべきだし、そうなるとわたししかいないよな。ミリィとマリーじゃまともに話なんかできないだろうし」

もにゃもにゃと抗議の声を上げるミリアムとマルグリットを無視して、アネッサはアンジェリンを見た。

「ひとまず、皇太子周りの不審な動きがないか、近頃帝都で変わった事はないかって事を中心に情報収集して来る。それでいいよな？」

「うん、大丈夫だと思う。よろしくね、三人とも」

「任されましたよー。安心してください」

「アンジェリンさん、大公家の屋敷は王城にも近いから、気を付けて」

「うん。そっちも気を付けて」

三人は出て行った。残ったアンジェリンたちは顔を見合わせる。

「わたしたちも……行く？」

「そうだねー、ここでのんびりしててもしょうがないし」

「おれもうずうずしてて落ち着かねー。早く行こうぜ」

そうと決まればぐずぐずしているという法はない。三人は連れ立って宿を出た。

朝の帝都は騒々しく、あちこちで食い物の屋台が軒を連ねて、湯気や良い香りをまき散らしている。

この辺りは住宅地ではなく、商店や工場などの仕事場、さらに旅人が立ち寄る宿や酒場が集まっている地区らしく、人も大勢行き交って賑やかだ。こういう場所はオルフェンも帝都も同じだなとアンジェリンは思った。

道中屋台で食べ物を買って、歩きながら朝食を済ましているうちに、次第に下町らしい騒々しさが薄れて来て、塗り直されたばかりというような真っ白い白亜の壁や、色違いのレンガを積んで意匠を凝らした造りの建物などが現れて来た。帝都の法衣貴族たちの屋敷のようだ。

この辺りになってくると閑静という言葉が似合う。

向かいから下って来た馬車とすれ違う時、綺麗に着飾った若い娘が怪訝な顔をして馬車の中からアンジェリンたちを見ていた。

ミリアムがきょろきょろしながら呟いた。

「昨日も来たけど……やっぱ変な所だなー。静かなのになんか落ち着かなーい」

「分かる……落ち着かない」

「そうか？　綺麗な所だと思うけどな」

マルグリットだけは平然としている。そういえばこのじゃじゃ馬娘は実は王族だったな、とアンジェリンは隣を歩くエルフの姫君をまじまじと見た。何だかおかしな気がした。

時折雑談を交わしながらしばらく歩いて、坂道を上り、小一時間かけて大公家の屋敷へやって来た。相変わらずの大きなお屋敷である。こんなに立派なのに別邸だという。

普段は本領から出てこないのに、こんなに大きいのは無駄ではないかしらとアンジェリンなどは思うけれど、前にギルメーニャが言っていた、力を示す為、という風に考えると納得できるような気がした。

　案内を乞うと、しばらくしてスーティが出て来た。

「こんにちは、スーティさん」

「こんにちは皆さん。おや、今日は三人だけですか」

「そうなの。リゼは、忙しい？」

「いっつも忙しないですよ、あのお嬢様は。今日はお茶会に呼ばれてるとか何とか……でもあなた方が来たならすっぽかしそうですけどね」

　まあ、こちらにどうぞと言うスーティに連れられて、アンジェリンたち三人は屋敷の中に入った。相変わらず絢爛である。

　いくつかの角を曲がって、階段を上って、突き当たりの一室の前に来た。スーティが扉をノックする。

「お嬢様、アンジェリンさんたちが来ましたよ」

「えっ、アンジェが!?　待って待って！」

　中でどたどた、騒がしい足音がしたと思ったら扉が開いて、下着姿のリーゼロッテが飛び出して来た。

「今日も来てくれたのね！　嬉しいわ、アンジェ！」

「リゼ……着替え中だったの？」

　開いた扉の向こうで、着付けをしていたらしいメイドたちがぽかんとした表情で突っ立っている。スーティが呆れたように額に手をやった。

「あのねえ、お嬢様……女だけだったからいいものの……」

「あっ、ごめんなさい、嬉しくてつい」

リーゼロッテは頬を赤らめて両手で体を抱くようにした。ハッとしたように後ろから駆けて来たメイドが、タオルケットをリーゼロッテの肩にかける。マルグリットがからから笑う。

「元気がいいじゃねーか。おめかししてどっか行くんだろ？」

「そうなの。別に行きたくないんだけど……」

「行かなきゃ駄目なのー？」

ミリアムがそう言って首を傾げた。リーゼロッテはタオルケットで体を包みながら、照れ臭そうにはにかんだ。

「我儘言えば行かなくてもいいんだけど……わたしも大公家の娘だから、そういう所はちゃんとしなくちゃ駄目かなって」

「あら、ちょっとは成長したんですね。偉いじゃないですか」

スーティが面白そうな顔をして言った。リーゼロッテはむうと頬を膨らました。

「だって、アンジェたちはとってもしっかりしてるんだもの。わたしも見習わなくっちゃ」

「……照れる」

アンジェリンは少し嬉しくなって頬を掻いた。

貴族社会はよく分からないから、お茶会という社交の場の重要性もイマイチ理解できないけれど、リーゼロッテも自分なりに成長しようとしている最中なのだ、というのが好ましく思えた。それが自分たちの影響だと言われると、そんなつもりはなくても嬉しい。

リーゼロッテはハッとして済まなそうに上目遣いでアンジェリンを見た。

「あのね、あのね、だから今日はこれから出掛けなくちゃいけなくて……」

「そっか……ううん、大丈夫。あのね、お父さんがリゼと話したいって」

「アンジェのお父さまが？　いらっしゃってるの？」

「これから来ると思うんだけど……厚かましいお願いだけど、お屋敷で待たせてもらってもいい？」

リーゼロッテと話せることを期待して来た以上、ベルグリフたちもこの屋敷を目指してくる筈である。連絡の手段がない為、変更は難しい。

リーゼロッテは嫌な顔一つせず、むしろ嬉しそうに目を輝かせて首肯した。

「もちろん大丈夫よ！　わたしも夜には帰って来るつもりだし、待っててくれるなら嬉しいわ！」

リーゼロッテはそう言って、スーティの方を見た。

「スーティ、今日はベランガリアの家だからすぐそこよ」

「知ってますよ」

「だからあなたはわたしに付いてなくていいわ。アンジェたちと一緒にいて、色々お世話してあげて」

アンジェリンは慌てて両手を振った。

「いいよ、悪いよ……」

「いいの！　たまにはうるさいお目付け役から離れて、羽を伸ばしたいの」

リーゼロッテはいたずら気な口調で言って、スーティを見てぺろりと舌を出した。スーティは肩をすくめた。

「中々言うようになりましたね。ま、あなたは言い出したら聞きませんから、その通りに承りましょう。でも別の誰かは連れて行ってくださいね」

「分かってるわ。ふふ、ありがとうスーティ。わたし、あなたのそういうところ好きよ」

とリーゼロッテはくすくす笑って、「それじゃあアンジェ、マリー、ミリィ、ゆっくりして行ってね」と部屋の中に入って扉を閉めた。アンジェリンたちは顔を見合わせた。ミリアムがにまにま笑っている。

「可愛いねー、リゼって」

「へへ、あの背伸びしてる感じがいいよな」

「癒し……」

アンジェリンもふふっと笑ってから、ハッとしてスーティの方を見た。

「ごめんね、スーティさん……ありがとう」

「いいんですよ。むしろわたしが羽を伸ばせそうですから」

スーティはそう言って両手を上げて伸びをした。

「さて、ひとまず立ちっぱなしも何ですし、こちらにどうぞ」

アンジェリンは頷いて、スーティの後ろに立って歩き出した。足の下の分厚い絨毯が、靴越しにも柔らかに感じる。

ふと窓の外を見ると黒雲がかかっていて薄暗い。

一雨来そうな雰囲気だった。

一一四　大きな建物だった。扉は鉄の両開きで

大きな建物だった。扉は鉄の両開きで、重く、がっしりとした造りである。そこに帝国の紋章と冒険者ギルドの紋章とが刻まれている。しかし扉は開け放されて、そこを老若男女の冒険者たちがひっきりなしに出入りしていた。

ここは帝都の冒険者ギルドだ。トーヤとモーリンに案内されて来たアネッサは、その大きさに感心したが、それでも想像したほどではないなと思った。

確かに大きい。人の数もひとしおだ。だが、これくらいならば他の大都市のギルドとそう変わらない。

大きいけれど、オルフェンやイスタフなど他の大都市のギルドとそう変わらないのは妙だな、とアネッサがこぼすと、トーヤがにやりと笑った。

「ここ以外にもギルドの建物はあちこちにあるんだ。そのどれもここと同じくらい大きいよ。ここは第四支部だったかな」

帝都は広い為、冒険者の依頼などを管理、斡旋する施設は街のあちこちに点在しており、その建物ごとに責任者が置かれているようである。アネッサがトーヤとモーリンに案内されて行ったのは、そういうものの一つだ。

帝都のギルドは運営機関の重役、つまりギルドマスターとその周辺はこの建物にはおらず、帝国中のギルドを統括する為の施設はまた別にある。さらに商人向けにダンジョンや魔獣からの素材を卸す場所、訓練所のような場所もあるらしく、ギルドの関係する施設だけでかなりの面積を誇るようだ。

なるほど、そういう事かとアネッサは得心し、この大きさの建物がまだ幾つもあるのかと想像した。そうして同じくらいの人が出入りしているとしたら……考えて嘆声が漏れた。

「凄いな……流石は中央ギルドだ」

「まあ、全部の建物に関わる事は滅多にないですけどねえ」

モーリンがそう言って、さっき屋台で買った砂糖まぶしの揚げパンを頰張った。

空には分厚い雲がかぶさって、今にも雨が滴りそうだった。三人は足を速めて急いで建物に入り込む。

中はざわざわしているが、足の踏み場もないという風ではない。他にもギルドの建物がある分だけ冒険者もばらけているのだろう。それでもこれだけ人がいるというのは驚嘆に値するものではあるが。

あちこちに帝国様式の意匠が凝らされており、人は多いのにオルフェンのギルドよりも小綺麗な印象がある。ここに来てしまうと、北部の大都市とはいえオルフェンも田舎だなとアネッサは何となく苦笑いしてしまった。

話を通して来るね、とトーヤが裏手の方に回って行った。アネッサはモーリンと二人、ロビーの椅子に腰を下ろして待つ。

「そういえば、二人は、家は？　帝都に住んでるんだろ？」

「そうですよー、この近くです。しばらく空けたから帰って掃除しないと……この前荷物だけ置きに帰ったんですけど、埃だらけで参っちゃいましたよ」

モーリンはそう言いながら紙袋から小さな木の実を取り出した。手の平に隠れるくらいの薄赤い丸い実で、かさかさした硬い表皮で覆われていた。

「はい、どうぞ」

「あ、ありがとう。これは……」

「ムアの実です。こう……こうやって皮を剝いてですね」

モーリンはそう言って爪の先で表皮を傷つけて器用に剝く。かさかさした表皮からは想像できないみずみずしい白い果肉が覗いた。

「オルフェンじゃ見た事ないな、この実……」

「あら、そうなんですか？　おいしいですよ、独特の風味があって」

モーリンはそう言って剝いた果実をぱくりと頰張った。

「うん、おいし。あ、種が大きいんで気を付けてくださいね」

アネッサも見よう見まねで皮を剝く。果汁が指を伝って滴った。慌てて咄嗟に舐め取ると甘く、不思議な香りがした。果肉をかじると香りはさらに強く、真ん中の大きな種を歯が傷つけると、また別の香りがした。何となく異国情緒を感じるようだ。

皮を剝いて、食べる。こういう食べ物は妙に夢中になってしまう。

モーリンはもちろん、アネッサも黙ったまま手と口を動かしていると、トーヤがやって来た。

「あ、ムアの実だ。俺も一個もらい」

「誰に話を通したんだ？　何か当てがあるのか？」

「まあね」

トーヤは慣れた手つきでムアの実を剝いて口に放り込んだ。そうしてもぐもぐと咀嚼《そしゃく》して、種だけ手の平に出す。

「うまい。取りあえず行こうか」

テーブルに散乱した皮をまとめて紙袋に入れ、席を立った。

三人はカウンターを横目に裏手の方に回る。表と違って主に関係者ばかりだからそれほど騒がしくもない。

廊下の両側にいくつも扉があって、それぞれ細かな部署になっているらしい。重ねられた書類を持った人や、竜の鱗らしいのが満載された籠を抱えた人が出入りしたり、開け放された扉の向こうで通信用の水晶に怒鳴っている人がいたりした。

トーヤがその一つの前で立ち止まって、表札を確かめて扉を叩いた。「どうぞー」と間延びした声がした。アネッサも表札に目をやる。副支部長室と書いてあった。

「こんにちは」

「やっほー、トーヤちゃん。やっと帰って来たのね」

トーヤとモーリンに続いてアネッサが入ると、丁度真ん前に執務机が置いてあって、その向こうに女の人が一人座っていた。二十後半から三十前半といった容姿である。海藻のようにのたくった深緑色の髪の毛が、伸び放題に伸びて散らかっている。顔にもかかって片目は見えない。見えている片目も何となくやる気がなさそうな垂れ目だった。

　トーヤが苦笑する。

「昨日も来たけど留守だったから」

「あれれ、そうお？」

「ええと、こっちはアネッサさん。〝黒髪の戦乙女〟のアンジェリンさんのパーティメンバーでAAランクの射手、だったよね？」

　アネッサが首肯すると女の人は「おお」と言って立ち上がった。膝上まであるだぼだぼのシャツ一枚である。そうしてひらりと執務机を飛び越えてアネッサの前に降り立ち、両手で手を握った。

「音に聞こえた〝黒髪の戦乙女〟のパーティメンバーに会えるとは嬉しいなー。わたしはアイリーンさんですよ、よろしくー」

「アネッサです。よろしくお願いします、アイリーンさん……副支部長なんですか？」

「そうそう。第四支部で二番目に偉い筈なんですけどねー」

　アイリーンはにまにま笑いながら「まま、どうぞどうぞ」と接客用のソファを勧めた。モーリンが紙袋をがさがささせる。

「アイリーンちゃん、ムアの実食べますか？」

「あ、おくれおくれー。いやあ、それにしてもトーヤちゃんたちが頼ってくれるなんて、アイリーンさん感激よー」

「何言ってるんだか、もう……ここで大丈夫？」

　トーヤが声をひそめて言うと、アイリーンは少し目を細め、声を落とした。

「そういう話？」

「あまり大っぴらにもできないかな、と」

「ふむふむ。まあ、単なるお悩み相談ってわけないだろうし、よかろー。お出かけしましょうかねー。いやー、事務仕事は疲れますなあ」

アイリーンはわざとらしく大きな声を出してムアの実を口に放り込むと、壁にかかっていたコートを羽織った。アネッサは怪訝な顔をした。

「まずいんですか？」

「ちょっとねー。大きい組織は色々しがらみがあるんですよー」

アネッサはさっと部屋に視線を巡らせた。監視の目でもあるのだろうかと思うと、何となくそんな気配がしないでもない。

そうして四人連れ立って部屋を出る。

廊下を進んで、ギルドの外に出た。小雨がちらついている。まだ本降りではないが、あまり悠長に歩き回ってもいられないような天気だ。

しかしアイリーンはのんびりした歩調で歩いている。

「サラザールちゃんの仕事は済んだのかな？」

「ええ、問題なく……ただ、あいつに出くわしてね。よりにもよって帝都で」

「むぬ？　それはそれは……話ってのもそれ関連かな？」

「それも含めて、かな。少し込み入ってるから一口には言えない」

「なるほどなるほど」

段々に雨の勢いが増して来るように思われた。一同は足を速め、アイリーンの先導で表通りに面した喫茶店らしき所に滑り込んだ。

「四人ね」

奥の方に通される。衝立《ついたて》があって、ちょっとした個室のような雰囲気だ。コートを脱いだアイリーンが清々したように伸びをした。

「はー、よしよし。ここなら何話しても問題なーし」

なるほど、そういう所か、とアネッサは納得して椅子に腰を下ろした。丸テーブルだ。向かいにアイリーンが腰を下ろした。

「アネッサちゃんはなんて呼ばれてるの？」

「仲間内ではアーネって愛称で」

「アーネちゃん。いいねえ。オルフェンかー。リオっちはお元気？」

「リオ……ああ、ギルドマスターですか？　いつもやつれてますけど、元気ではあるみたいですよ。

アイリーンさん、知ってるんですか？」

「うん、あの人一時期帝都にいたからね。魔獣の大量発生だか何だか知らないけど、ギルちゃんとエド先輩も引っ張って行っちゃって、わたしは寂しいよー。ユーリちゃんもいなくなっちゃったし、わたしも呼んでくれればよかったのにー」

そういえば、ギルメーニャとエドガーは帝都で現役の冒険者として働いていたのだと思い出した。ユーリもアイリーンと見知りのようだ。意外に狭い世界だなとアネッサは少し笑ってしまった。

お茶とお菓子が運ばれて来た。モーリンが嬉しそうに笑う。

「ここのお菓子、おいしいですよねー」

「だよねー。甘いもの大好きー」

アイリーンも一緒になってきゃっきゃとはしゃいでいる。トーヤが額に手をやった。

「話をしてもいいかな？」

「いいよー」

衝立の向こうから微かに表の喧騒が聞こえる。トーヤは小さく咳払いした。

「アイリーンさんは、ベンジャミン皇太子の事、どう思う？」

「カッコいいよねー、結婚して甘やかされたいわー」

「いや、そういう事じゃなくて……何か不自然に思ったりしない？」

アイリーンはお茶をスプーンで掻き回しながらにやにや笑った。

「ふふん、あの皇太子は偽者じゃないかっていう話かな？」

トーヤはもちろん、アネッサも思わず目を見開いた。アイリーンはくすくす笑う。

「君たち、腹芸向いてないねー」

「知ってるんですか？」

アネッサの問いかけに、アイリーンは少し視線を泳がした。

「うーん……そういう噂はずっとあるよ。あまりにも昔と人が違うからねー……ただ、根拠はないし、明らかに前よりもマシになってるから追及する奴はいないかな」

トーヤはアネッサの方をちらりと見た。アネッサは少し考えたが、意を決して口を開いた。

「偽者なんです。実際に」

「ははー、やっぱりそうかー」

「あっさり信じますねえ」

　モーリンが言った。アイリーンは頬杖を突いた。

「その方が納得できるんだよねー。あるいは操られているか……あんましそういうのに関わるのは面倒だから知らん顔してたけど」

「すると、やっぱり不自然な点はあるわけですね？」

「ギルドにも色々働きかけがあったらしいのよねー。わたしはそれより前に干されてこっちに回されたから詳しい事は知らないけど、何か裏でやってるっぽいのは確かだね」

「そうですか……」

　アネッサが考えるような顔をしていると、アイリーンが肩をすくめた。

「何か迷ってるの？」

「いえ、迷ってはいないんですけど、その、複雑だな、と。偽者でも民衆にとっては優秀な為政者なわけですし」

「優秀ね……」

　アイリーンはくつくつ笑ってお茶のカップを口元に運んだ。

「確かに、帝都とその周辺は賑やかになったけどね、格差は凄いもんだよ。表通りは華やかで人も行き交ってるけど、貧民街は前よりひどい。加えてここまでの街道に軍が駐留してるでしょ？　あれの出費が大きくてね、意外に予算がキツキツなんだよ」

「でも、治安は」

「うん、確かに治安はいいね。ただ、それはフィンデールから帝都までの間だけの話。他の、街道から離れた小さな村なんかはどんどん消えてる。街道から追いやられた魔獣や盗賊がそっちに行くんだろうね。帝都第一主義と言ってしまえばそうなんだけど、こっちのしわ寄せが田舎に行くのは世知辛いねー」

アイリーンは事もなげに言ってけらけら笑う。アネッサは少し面食らって何も言えず、ひとまずお茶のカップを手に取った。

「っと、ごめんごめーん、関係ない話しちゃった。それで、皇太子がどうしたの？　流れからして穏便な話題じゃなさそうだけど」

「ヘクターが奴らに付いてるんです」

トーヤが言うと、これにはアイリーンも驚いたらしく、カップを持った手が空中で止まった。

「……トーヤちゃん、つまり皇太子と敵対してるわけ？」

「結果的に」

「しかも〝災厄の蒼炎〟シュバイツもいるんですって。凄いですよねー」

モーリンがからから笑う。アイリーンはさっきまでの飄々とした様子はどこへやら、肩を落として大きくため息をついた。

「……順序立てて話してくれるかな？　アーネちゃんたちも関わってるんだよね？」

「ええ。むしろわたしたちがトーヤたちを巻き込んでしまったんです」

「おっと、先にお代わり頼みましょうよ」

とモーリンが言った。いつの間にか空になっていたお菓子の皿を見て、アネッサとトーヤはかくんと肩を落とした。

○

通されたのは客室であった。昨日来たのとはまた違った部屋である。綺麗に調えられて品が良い。普段は使わないであろう部屋なのに、こうやっていつも綺麗にしているのは凄いなとアンジェリンなどは不思議に思う。

三人を案内したスーティは、お茶の支度をさせると言って出て行った。

ひとまずソファに腰を下ろす。たいへんふかふかしている。ミリアムは窓辺に行って、外を見ながら顔をしかめていた。

「髪が跳ねると思ったら、雨になりそう。やだなー」

「朝は晴れてたのにな。雨具なんか持って来てねえよ、本降りになったらどうすっかな」

「その時はリゼに借りればいい……どっちみち夜まではここで待たなきゃ」

ベルグリフたちはいつ来るかな、とアンジェリンはソファに寄り掛かった。マイトレーヤの事を知らないから、まさか空間転移で既に帝都にいるとは想像もしていない。

しばらくするとスーティが入って来て、その後ろからお茶のセットを携えたメイドたちがやって来た。そうしてテキパキと支度を調えてあっという間に香り高いお茶が湯気を立てる。スーティが窓の外を見て言った。

「降りそうですね」

「うん。リゼ、大丈夫かな」

「大丈夫でしょう、今日の会場はすぐそこですから。それに貴族って面倒でしてね、すぐ近くでも綺麗な馬車で乗り付けて財力を見せつけなきゃいけないんですよ」

「はー」

なるほど、確かにそうなのかも知れない。アンジェリンだって舞踏会に参加した時には終始落ち着かなかった。力とは剣や魔法の腕だけではない、と思い知っている。

ミリアムが髪の毛に手櫛を入れながら言った。

「でも大丈夫なのー？　それなら余計にスーティさん一緒の方が」

「まあ、そうなんでしょうけど、今回はあのお嬢様の成長を尊重しようかなと。一応わたしの他にも付き人はいますからね、根っからの専門の人が」

「でも普段はスーティさん？」

「お転婆担当なんですよ、わたしは。貴族相手のお作法やら細かい何やらは冒険者上がりには分かりませんからね、逆にわたしの方がお嬢様に教えられる始末ですよ」

スーティはそう言って笑った。

話が盛り上がると待っているという意識ではなくなって来る。四人はお茶を飲みながら、色々な話題で談笑した。

そのうち窓の硝子がぱたぱた音を立てた。目をやると水が垂れている。いよいよ雨が降り出して、それが風に乗って窓硝子を濡らしているらしい。思ったよりも強い雨だ。

「うわ、本降りじゃねえか。ベルたち大丈夫かな？」

「通り雨ならいいんだけど……」

アンジェリンは雨は嫌いではない。トルネラは冬の雪こそ多いが、他の季節の雨はそう多いわけではない。時折地面を濡らして行く柔らかな雨は、今思えば子供心に美しいと感じていたのだろうと思う。

ただ、この雨は何か嫌な感じがした。はっきりと言えないが、妙に心がざわつくのである。雨音が荒々しいのも一因かも知れない。

ふと、扉をノックする音がした。スーティがサッと立ち上がる。ミリアムが顔を上げた。

「ベルさんかな?」

「どうだろ、早くないか?」

扉が開く。アンジェリンも立ち上がった。

「お父さん?」

と言いかけてハッと口をつぐんだ。

果たして入って来たのはエストガル大公の三男坊、フランソワその人であった。暗い焦げ茶の髪の毛を後ろで束ねている。妙に顔色が青白く、表情は不機嫌そうであった。

「父親でなくて悪かったな」

「……何か用?」

「ふん、相変わらず不躾な冒険者だ」

フランソワは眉をひそめ、ぐるりと部屋の中を見回した。

「〝天蓋砕き〟はいないようだな」

「用があるならさっさと言って。お茶しに来たわけじゃないでしょ……」

「殿下のお召しだ。来い」

フランソワはぶっきらぼうにそう言い放った。彼がベンジャミンの親衛隊長を務めているらしい事は聞いていた。だからリーゼロッテも帝都に来ているのだ。そのフランソワが来たという事は、ベンジャミン直々のお達しである事は間違いない。

さてどうしようとアンジェリンは逡巡した。怪し過ぎるから、素直に付いて行く気にはなれない。しかしここで揉め事を起こしても仕方がないだろう。ベンジャミンは皇太子だ。自分の言う事を聞かなかったと身柄を拘束する事くらいは容易にできる。そうなれば身動きが取りづらくなるのはアンジェリンであり、ベルグリフたちだ。リーゼロッテにも迷惑がかかるかも知れない。そうなれば向こうの思うつぼだろう。

行くのは危ないかも知れない。しかしここで行かずに突っ張らかっても事態を悪化させるだけだとすれば、むしろ虎児を得る為に虎穴に飛び込むべきでは？　アンジェリンはふんと鼻を鳴らした。

「……わたしだけ？」

「そうだ。さっさとしろ」

「あの、フランソワ様、彼女は一応リーゼロッテお嬢様のお客様で」

「黙っていろ。お前に発言を許可した覚えはない」

ぴしゃりと言われ、スーティは困ったように口をつぐんだ。

アンジェリンは、ソファに座って不機嫌そうにしているミリアムとマルグリットの方を見た。

「行って来る。お父さんたちが来たら、わたしの事は心配するなって言っておいて」

「大丈夫なのか？　おれも」

そう言って立ち上がりかけたマルグリットを手で制す。

「魔法使いのミリィを一人ぼっちにしたくないの。お願い、マリー……」

「……ま、お前なら心配ねえか」

マルグリットはどっかりとソファに深く腰掛けて頭の後ろで手を組んだ。ミリアムが申し訳なさそうに手を揉み合わせる。

「アンジェ……」

「ミリィ、そんな顔しない……お父さんにちゃんと言っておいてね？」

「……分かった。気を付けてね」

アンジェリンは頷いて、立ったままのスーティの肩を叩いた。

「悪いけどリゼにそう言っといてね」

「……分かりました」

「茶番だな」入り口に立っていたフランソワが詰まらなそうに言った。「殿下がわざわざお前を害すると考えている時点で不敬だ」

「……発言を許可した覚えはない」

アンジェリンはずいと指を伸ばしてフランソワの鼻先に突きつけた。フランソワは面食らったように目をしばたたかせたが、すぐに舌を打って踵を返す。

「来い」

アンジェリンは黙ったまま部屋を出た。背後で扉が閉まった。

窓の向こうは雨が降り続けている。みぞれが混じっているのか、ぴしぴしと硝子を打つ細かな音が聞こえる。風の音もするように思われた。

廊下が嫌に長く感じた。フランソワが黙っているのが却って居心地が悪かった。悪態をつかれた方がまだやり返しようがある。沈黙に耐えかねてアンジェリンは口を開いた。

「……出世したんだね」

フランソワはピクリと肩を動かしたが、それでも足を止めずに歩き続ける。

「……わたしの事、恨んでるの？」

「……そのつもりだった」

意外な返事だった。アンジェリンは違和感に目を細めた。

「違うの？」

「いや、僕はお前が憎い。憎まなくちゃいけない。いつか復讐する為に生きていると思っていた。だが……妙だ。お前の姿を目の当たりにすれば、すぐに殺してやりたくなる筈だと思った。なのに、ちっとも心が動かん」

フランソワはやにわに足を止めて振り返った。手を伸ばしてアンジェリンの首を摑む。

少し骨ばったフランソワの指先は驚くほど冷たかったが、アンジェリンは努めて平然としたままフランソワを見返した。殺気が微塵も感じられなかった。

しばらくフランソワは黙っていたが、やがて諦めたように手を放した。大きく嘆息した。

「……空虚なんだよ。殿下に抜擢されてこの地位に来たのに、僕は未だ大した成果を上げられない。任された仕事も失敗ばかりだ。優秀だと思っていた。それなのに」

「でもリゼは喜んでたよ。自慢のお兄さんだってわたしに言ってた」

「ふん……今更僕を懐柔しようとでも言うのか？　無駄だ。僕はあの子も含めて大公家を皆殺しにしようとした。生まれからして異端者なんだ、相容れやしない」

「……前に会った時から思ってたけど、あなたは虚勢を張り過ぎるよ。わざわざ自分で楽しくない道を選んで何がしたいの？」

「黙れ。お前に分かるものか」

「別に知りたくもないけど、分かって欲しいからそんなに喋ってるんじゃないの？」

「……」

フランソワは口を閉じ、早足で歩き出した。アンジェリンは肩をすくめてその後を追った。

嫌いな相手だったが、こういった弱さが垣間見えると妙に同情心が湧いた。リーゼロッテが素直にフランソワを慕っているというのもあるかも知れない。その素直な思いを本当にしてやりたいような気がする。

しかし何と言っていいものか、アンジェリンにはよく分からなかった。剣を振るう事は誰よりも得意だと自負していても、こういう相手にかける言葉を選ぶ事はあまりにも不得意だ。お父さんがいてくれたらな、と思う。

屋敷を出て、馬車に乗って、王城に向かった。その間もアンジェリンは二言三言話しかけたが、フランソワはあまり返事をしなかった。

馬車は表門ではなく裏の方に回った。

雨が降り続ける中を早足で城へと入る。表は絢爛な装飾が施されていたが、裏側は無骨な造りだった。大公家の屋敷もこうだったなとアンジェリンは妙に昔を思い出した。もうあれから一年近く経とうとしている。フランソワに絡まれたのも、こういう屋敷の裏側だったと思う。

暗く長い廊下を進み、やがて鉄でできた扉が見えた。厳めしい装飾の施された重そうな扉で、暗い廊下の雰囲気を余計に重苦しくしていた。

フランソワが取っ手を握って開いた。重いのに、嫌に耳につく甲高い音をさせて、扉は開いた。

「入れ」

促されて、アンジェリンは中に入る。

そこは中庭だった。しかし四方に壁が迫っていて狭苦しい印象だ。見上げると分厚い雲が垂れ下がっているのが分かった。

雨音が聞こえる。まだ雨は降っている筈なのに、ここには水滴が落ちて来ない。

妙だなとアンジェリンが思っていると、中庭の真ん中の方で誰かが立ち上がる気配がした。

皇太子ベンジャミンが満面の笑みでそこにいた。

「やあ、いらっしゃいアンジェリン」

「……お招きいただきまして」

アンジェリンはわざと丁寧に頭を下げた。

一一五　雨音は聞こえるけれど

雨音は聞こえるけれど、そこいらは濡れていない。

まだ昼間なのに雲が分厚いせいか、壁が迫って陰になっているせいか、嫌に暗かった。壁に掛けられた松明の火が揺れる度に、向かいに座ったベンジャミンの顔にちらちらと影が揺れた。

アンジェリンはテーブルを挟んでベンジャミンと向かい合っていた。ベンジャミンは相変わらずの軽薄な薄笑いを張り付けたまま、アンジェリンの事をまじまじと眺めている。その後ろにはフランソワが控えている。

何となく居心地が悪かった。周囲の庭木の陰や暗がりから幾つかの視線を感じる。ベンジャミンの護衛だろうか。

腰の剣に目をやる。苦楽を共にした相棒は、いつもと同じ様子でアンジェリンの腰にいる。帯剣したままでいいとは舐められたものだとアンジェリンは少し顔をしかめたが、取り上げられるよりはマシだ。徒手空拳でも戦えない事はないが、やはりアンジェリンは剣士である。剣さえあれば、相手が何か仕掛けて来ても身を守り切る自信はある。

何の気配もなく、唐突にテーブルにお茶が置かれた。アンジェリンはちらと横目で見やる。虚ろな目をしたメイドが一人、何の表情もなくテーブルの上にお茶の支度を調えた。ポットから注がれたお茶が良い香りの湯気を立てる。

手を付けようとしないアンジェリンを見て、ベンジャミンはくつくつと笑った。

「飲まないかい？　毒なんか盛ってないよ」

アンジェリンはふんと鼻を鳴らした。

「呼び出したのには何か用があるんでしょ……」

「そう焦るなって。単に可愛い女の子とお茶したかっただけかも知れないでしょ？」

「……そんな理由なら来なかった」

「ふふ、君はつれないねえ。そんなところも魅力的だけど」

ベンジャミンは笑いながら椅子の背にもたれた。お茶のカップを手に取る。

「君とはゆっくり話したかった。エストガルじゃどたばたして別れちゃったからね」

「戯言言わないで。あの時後ろの馬鹿をわたしにけしかけたのはあなたでしょ……カシムさんから聞いたんだから」

フランソワがぴくりと表情を歪めた。ベンジャミンはからから笑う。

「そりゃあSランク冒険者同士の決闘だよ？　そう見られるものじゃないんだから、興味が湧くのは当然だろう？　単なる好奇心だよ」

「そんな風に誤魔化しても無駄。あなたは皇太子の偽者でしょ」

「へえ」

お茶を一口すすったベンジャミンは、にやにやしながらテーブルに肘を突いて身を乗り出した。

「確かかな？　どうしてそう思う？」

「サティさんから聞いた」

「サティって誰だい？」

「知らん顔しても駄目。あなたたちが狙っていたエルフ」

ベンジャミンはげらげら笑い出した。愉快そうに手を叩く。

「あっはっはっは、なるほどなるほど。確かにそうだったね。シュバイツとヘクターの二人すら撥ね除けたんだったか。でもね、あれは正当防衛だぜ？　命を狙われれば身を守るのが当然じゃないか」

「あなたたちが苦しめた人たちの前でも同じ事が言える……？」

「へえ、僕たちが誰を苦しめたって？　帝都はこんなに栄えてるじゃないか、みんな幸せだ。誰が迷惑がってるんだい？」

「実験してた。罪のない人を使って。サティさんはその人たちを助けてた。だから邪魔になってあなたたちはサティさんを殺そうとしてた」

ベンジャミンは一瞬呆けたが、やにわに噴き出した。可笑しくてたまらないという風に腹を抱えて笑い出す。アンジェリンは眉をひそめた。

「何が可笑しいの……」

「なるほどなあ、あの女、大事な部分は何も話してないんだな。こりゃ傑作だ」

「……どういう事？」

「なあアンジュリン、あのエルフ女が突然どこからか現れて僕らの邪魔をし始めたと本気で思ってるのかい？」

アンジェリンは口を真一文字に結んだ。そんな事は一々聞いてはいない。だが、サティはきっとどこかでベンジャミンたちの悪事を見つけて、戦いを挑んだに相違ない。アンジェリンはそう信じている。

ベンジャミンはにやにやしながら続けた。

「確かに、僕たちは人体実験もやったさ。より力を付ける為に。でもそれは帝国の発展の為だよ、何も自分たちの欲望の為じゃない。大勢の人の幸せの為さ」

「そんなの……口でなら何とでも言える」

「それはあのエルフも同じじゃないか？　本当の事を言っているなんて保証がどこにある？　傷ついた姿を見たから哀れみが湧いただけじゃないのかな？」

「違う」

「それにさ、あのエルフは最初僕たちの仲間だったんだよ？」

アンジェリンはギョッとして目を見開いた。口の中が乾くような気がした。

「……嘘だ」

「嘘じゃないさ。彼女は僕らの実験に参加してた。それで裏切ったんだよ。そうでなければ、どこからかふらりと現れたエルフが僕たちの事を嗅ぎつけるわけがないだろう？」

「でも……それはあなたたちが間違ってたから」

「何かを成すには犠牲も必要だよ。あのエルフにはそれが耐えられなかった。要するに怖気づいたのさ。僕らが間違っていたとかそんな話じゃない」

「信じられない」

「ははは、口だけでは無理か」

ベンジャミンは身を乗り出してアンジェリンを見据えた。

「アンジェリン、僕の元に来ないか？」

「はあ？　何を馬鹿な事」

「信じられないなら、僕のする事を間近で見ていればいいじゃないか。そうすれば、僕のしようとしている事が正しいと分かってもらえる筈さ」

「あり得ない。寝言は寝てから言って」

アンジェリンは呆れたように椅子にもたれた。ベンジャミンは肩をすくめた。

「少し歴史の話をしようか、アンジェリン。ソロモンの事は知ってるだろう？」

「大陸を支配したけどいなくなっちゃったんでしょ。それで魔王が残った。でも勇者に倒されて、大陸は平和になった」

「そう伝えられているね。ではなぜソロモンは大陸を支配しようと思ったのか、分かるかい？」

「……？　権力欲に囚われたんでしょ？」

「違う。本当はね、ソロモンは人類の為に戦ったんだよ」

眉唾な話だ。アンジェリンは怪訝そうに眉をひそめてベンジャミンを見た。ベンジャミンは真面目な顔をしている。

「もうかなり昔の話だ、大陸には旧神と呼ばれる支配者たちがいた。上位存在だな。彼らは強大な力を持っていて、人間や亜人たちを支配していた。旧神同士は仲が悪くてね、いっつもあちこちで戦いが起こっていた。その代理戦争に使われていたのが人間だよ」

ベンジャミン曰く、旧神たちは配下の人間たちで軍を結成し、遊び半分で戦わせて領地や物などのやり取りをしていたらしい。また、気まぐれに嬲《なぶ》られる事もあり、人間たちは旧神たちに怯えて暮らす他なかったらしい。

旧神たちは殆どが残酷な性格だったが、一部には温厚で人間に対しても慈悲深い者もいた。現在はヴィエナ教の主神として崇められている慈愛の女神ヴィエナも、旧神の一柱だったという。

アンジェリンは驚いた。

「そんなの……聞いた事ない」

「当然だろうね。今のヴィエナ教の連中は権力の事だけ考えて歴史を歪めている。けど変だと思わなかったのかい？　他に神がいないのにヴィエナは〝主神〟と呼ばれている。まるで他にも神がいて、その中の代表とでも言うかのようじゃないか」

アンジェリンは目を白黒させた。言われてみればそうかも知れない。しかし、それは天使や精霊のようなものがヴィエナに仕えているからという事だけだと思っていた。事実、大精霊などには神格を有するかの如く扱われているものもある。だが、それは各地の土着信仰と相まってできたものなのかも知れないが。

困惑するアンジェリンを見て、ベンジャミンはからからと笑った。

「ともあれ、人間たちは旧神によって支配されていた。だがある時一人の魔法使いが現れた。彼は強大な魔力を以て自ら作り出した七十二のホムンクルスたちを率いて旧神たちに戦いを挑んだのさ」

「それって……」

「そう、その男がソロモン。彼は旧神に虐げられている人間の為に立ち上がったんだよ」

　雨音が強くなったように思われた。

　まずいと思った。完全に相手のペースに乗せられている。こういう心理戦みたいなのは苦手だ、とアンジェリンは口をもぐもぐさせた。なにせ、何の根拠もない話なのに先が気になって仕様がない。まともに耳を貸すとまずいと思いながらも、好奇心が鎌首をもたげて先を先をとせかす。ベンジャミンの後ろに立っているフランソワも呆然としていた。ベンジャミンは微笑んで続けた。

「ソロモンは強かった。しかも配下のホムンクルスは不死身だ。戦いは熾烈を極めたが、女神ヴィエナの協力もあって、ソロモンはついに大陸から旧神どもを一掃したのさ。お茶はどうだい？　もう少し冷めちゃったけど」

　アンジェリンはそれには答えずに少し身を乗り出した。

「ちょっと待って……それじゃあ、主神とソロモンは仲間だったたって事……？」

「そうだよ。結果的に旧神で唯一残ったのはヴィエナだけだ。彼女は人間を好いていたし、人間も彼女だけは別だと思っていた。尤もヴィエナ自身の力は弱かったから、単独で他の旧神たちと戦えるほどじゃなかった。でもソロモンと協力すればそれは実現できたわけだ」

　何だかくらくらする心持だ。アンジェリンは嘆息した。まったく寝耳に水の話である。

　大陸中で信仰されている一大宗教の主神と、魔王を生み出した大魔導が仲間だった？　ルクレシア教皇庁が聞いたら烈火の如く怒り出すに相違ない内容だ。

　だが全くの与太話に聞こえないのは何故だろう。

　アンジェリンは妙に胸の内がどきどきするのを感じて、無意識に左手を心臓の上に置いて力を込めた。

「でも……それじゃあどうしてソロモンは悪人に……？」

「僕は悪人とは思わないね。要するにソロモンは人間に絶望したのさ。彼は虐げられている人間たちを助けた。だが、支配者のいなくなった人間たちは次第に強欲になり、互いに争うようになった。ソロモン自身が彼らを救った価値があったのかと悩む程にね」

ベンジャミンはからからと笑って両手を広げた。

「そうしてついには自らが力によって人間たちを統べねばならない、そう考えるに至った。愚か者たちには縄を付けて、自分が正しく導いてやるべきだとね」

「そんな……」

「ソロモンはホムンクルスたちを使って大陸を支配した。その支配はソロモンの消失によって潰えたけれど……僕には彼の気持ちがよく分かる。君にも理解できるんじゃないのかい、アンジェリン？」

「違う、わたしは……」

「取り繕わなくていい。人間なんてのは力のある者に頼るしか能がない癖に、いざそういう者が失敗すれば口汚く罵る。助けてくれなければ薄情者だと言う。そんな経験はあるんじゃないか？　Sランク冒険者として頼られる、なんていうのは単に都合よく利用されてるだけだよ」

「違う！」

テーブルを握りこぶしが叩いた。まったく無意識だったから、アンジェリン自身がビックリした。ベンジャミンは相変わらず笑っている。

「違わないよ、認めたくないだけさ。認めるのが怖いんだ」

「そんな事はない……！」

「あるさ。そんな風に取り乱すのが証拠だ」

アンジェリンはくっと唇を噛んでベンジャミンを睨み付けた。ベンジャミンは涼しい顔をしたまま、諭すような口調で続ける。

「なあ、今の世界は愚か者ばかりじゃないか？　目先の金と自分の生活にしか興味のない平民たち。醜い権力争いばかりしている貴族。冒険者は面倒事を押し付けられる一方だろう？　誰かが変えれば変わるんだよ、アンジェリン。それがみんなの幸せにつながるんだ。君にはそれだけの力がある。目を背けるなよ」

違う、と強く否定できないのは、自分も心のどこかでそんな風に思っているからなのだろうか、とアンジェリンはより手に力を込めた。弱い者に苛立つのは強者の驕りだ、と思ってはいても、そんな場面に直面したのは何度もある。何だか息が荒くなる。

ぐい、と顎を持たれた。ベンジャミンの冷たい指先の感触で肌が粟立つ。何か術でもかけられたかのように体が強張っている。

「僕の元に来い、アンジェリン」

ベンジャミンの姿がまっ黒な影のように見えた。目だけがぎらぎらと光ってこちらを見据えているように思われた。

アンジェリンはぎゅうと目をつむった。

お父さん。

小さく口の中で呟いた。途端にふっと肩の力が抜けた。目を開いてベンジャミンを睨み返す。顎を持った手を叩いて払った。

「お断り。絶対にあなたたちの味方なんかしない。サティさんたちの事を諦めて、悪い事を止めるなら見逃してあげる……そうでなければ、徹底的にやっつける」

一瞬呆けたベンジャミンだったが、やにわに噴き出して愉快そうに笑い出した。

「あっははは、そうかそうか」

不意に視線が冷たくなる。

「残念だよ」

つい、と指が振られた。アンジェリンはカッと目を見開いて腰の剣に手を伸ばした。だが、柄に手が触れるか触れないかというところで体が動かなくなった。

目の前のベンジャミンがゆっくりと浮き上がった。いや、違う。自分が地面に沈んでいるのだ。

アンジェリンは何が起きたのか分からずに、しかし素早く視線を辺りに巡らせた。何か魔力が渦を巻いているのを感じた。金縛りと強制転移の魔法らしい。流石に何の対策もなしに自分を招く筈がないか、とアンジェリンは口を結んだ。

ベンジャミンが立ち上がる。指先が魔法の光で淡く光っている。

「ここで殺すのは簡単だが……残念ながらそうもいかない。ま、しばらく手の出せない所で指をくわえて見ているんだね」

アンジェリンは鋭い視線でベンジャミンを睨み付けた。

「……後悔するぞ」

「はは、楽しみにしているよ。どう後悔させてくれるのかね」

やがてアンジェリンの頭の先まで地面に消えてしまうと、ベンジャミンは嘆息して椅子に腰かけた。テーブルのお茶に手を伸ばした。もう冷めている。ベンジャミンが指を鳴らすと、虚ろな目をしたメイドがやって来て新しく熱いお茶を淹れた。

「不満そうだね」

肩越しに見返って、言った。立ったままのフランソワが眉をひそめてベンジャミンを眺めていた。

「殺したかったかい？」

フランソワは虚ろ気な顔をしていたが、ハッとしたように首を横に振った。

「いえ、滅相も……」

「ふぅん。ま、どっちにしてもシュバイツが殺すなって言うからね、無理だな」

あいつも何を考えているのやら、とベンジャミンは呟いた。

その時、鉄の扉が音を立てて開いた。執事らしい服を着た男が入って来た。

「殿下、聖堂騎士様方がお見えに……」

「ああ、今行く」

ベンジャミンは立ち上がった。雨は降り続けている。

○

そこら中を覆った魔術式が、青白い光を放っている。うんざりした表情で床に胡坐をかくカシムの前で、幼い少女の姿のサラザールが行ったり来たりしていた。

「そう、そう、つまりそういう事なのだ。我々は実に短いスパンで物事を見ている。それは大河に浮かぶ木の葉一枚の行方を、固唾を呑んで見守るようなもの。だが、事象の流れはもっと大きい。その大河そのものだ！　しかし、大きな流れの中にも、巨大な岩があれば多少なりとも流れは影響される。大筋は変わらずとも、その周囲は違った環境が生み出される。流れすらも変える時もあろう！　命が短いというのは惜しいな！　それだけで視点の持ちようが実に短く狭い！」

カシムがうんざりした表情で言った。

「あのね、それはいいんだけど、今オイラたちがやりたい事と関係があんの？」

「何を言うか〝天蓋砕き〟！　関係のない事などこの世に存在する筈がない。あらゆる物事は相互に影響し合い、思いも寄らぬ形で表出する事も珍しくないではないか！」

「そういう事を言ってんじゃないの、オイラは。そういう微弱な関係じゃなくて、もっと直接的な関係だよ。川に石を投げ込むような……」

若い男の姿に変わったサラザールはからからと笑い声を上げた。

「言い得て妙だ！　だが、それはもっと前からの事やも知れんぞ。上流に転がり落ちた岩によって、今ここの流れが変わっているという事もあり得るのだ。事象流は複雑だ。より俯瞰した視点で眺めなくては」

「それはいいんだけどさ、サティの空間につなぐ事はできるわけ？　お前の理屈だと、今の事象の流れは明らかにオイラたちの周辺で起こってるじゃないの」

「かつての大魔導ソロモンは巨大な事象流の中心だった。彼の強大な力はより強い事象流のうねりを生み出し、渦を巻いた。結果としてそれは時空を突き抜けた。今回はどうか……」

「おぉい、聞いてんのかよー……」

またしても自分の思考に落ち込んだサラザールを見て、カシムは嘆息した。これでは埒が明かない。

アンジェリンたちと別れて、朝からサラザールの所までやって来た。昨晩の通信魔法の疲れでぐうぐう寝ていたサラザールがすっかり復活していたのはよかったけれども、またずっとこの調子である。やはりこの人物は自分の知識欲と好奇心が行動原理であって、善悪の判断も良心の呵責も何もないらしい。カシムたちの事情を考慮するつもりは微塵もないようだった。

それでも、今のところサティがいるという空間につなげられそうなのはサラザールくらいだ。カシムも大魔導ではあれど、空間操作の魔法に関しては専門外である。特に空間転移の魔法は専門性が高く、人によって適性がある上に難しい。大魔導であろうと行使できる魔法使いは数えるほどしかいない。適性のない者が無理に使おうすれば、体の一部だけが転移してしまったり、意識だけが転移してしまったり、壁の中に転移してしまったりする。そんな事態になれば、いかに大魔導のカシムでもどうしようもなくなってしまう。

サラザールは一人でぶつぶつ呟いている。最早何を言っても反応がない。

カシムは諦めて、山高帽子を脱いでそこについた小さな毛玉を指先でつまんで取った。

「だが、時空を穿孔するほどの事象流は大きなうねりでは生まれ得ぬか……？　突発的に、瞬時に起こる大きな力点が事象の渦を作り、渦が空間を穿孔する。結果としてその渦は周囲の流れに影響を与えはするものの、それ自体は周囲の流れによる影響ではない……いずれにせよ此度の渦の中心はあの黒髪の娘か」

「それってアンジェの事？　おい、お前に見えてる流れってのは何なんだよ」

不意にサラザールが顔を上げた。ぐにゃりと姿が変わって中年の男になった。

「ふむ？　時空牢が開いた。皇太子か」

「あん？　皇太子がなんだって？」

「誰かを落としたようだ。ふぅむ、これはあの黒髪の娘だな」

「アンジェか？　時空牢……？」

カシムは顎鬚を捻じった。あまり耳に馴染みのない名前だが、時空魔法らしい事は話の流れから推測できる。そして牢という言葉。カシムはハッと目を見開いた。

「つまりベンジャミンの奴がアンジェをとっ捕まえたって事か!?」

「その可能性は高いようだ。うむ、しかし事象の流れに大きな変化は」

サラザールが言い終わる前に、カシムは山高帽子をひっかぶって部屋を飛び出していた。

一一六　水の中を揺蕩っている

水の中を揺蕩《たゆた》っているようだった。周囲は闇に包まれていたが、目を凝らすと変な細かい模様がひっきりなしに明滅しているらしい事が分かった。

両手を見ればしっかりと見える。ただ輪郭が何となくぼんやりと曖昧な気がして、意識をしっかり持っていないと急に体が溶けて霧散してしまいそうな、そんな嫌な予感がずっと頭にあった。

アンジェリンはしっかと両足に力を込めたまま、しかしそのままの恰好で少しずつ下の方に沈んでいた。

確かに下に向かっているらしい事は感覚で分かった。

吸い込む息が妙に粘つくような気がして、鼻から少し吸って、口から少し出し、深呼吸する事は避ける。毒性があるとまずい。パニックになってもおかしくない状況だが、流石にそこはSランク冒険者である、無暗に取り乱すような事はない。

時間の感覚すら曖昧になりそうだったが、やがて周囲が少しずつ明るくなって来たと思ったら、水から浮かび上がるような感覚があった。

「うっ、わ！」

下に沈んでいた筈なのに、突然頭から落ちそうになったからアンジェリンは仰天した。それでも咄嗟に手を付き、受け身を取って転がる。

状況を摑むのに数瞬手間取ったが、どうやら自分が地面から逆さまに浮かび上がって来たらしい事が分かった。地面から投げ出された途端に重力が働いて、地面に向かって転げたようだ。

まだ曖昧な靄《もや》がかかったように頭をぶんぶんと振って覚醒させた。

妙な空間だった。

どうやら真四角な一つの部屋らしかった。壁も天井も床も、白と黒のチェック模様で覆われていた。材質は木でも石でもなく、靴で打つと鈍い音を立てたが、それなりに広い部屋なのにちっとも響く気配はなかった。

部屋の真ん中の天井に近い所には赤い球体が浮かんでいた。一部の歪みもない、完璧な球体である。白と黒の無機質な部屋の中で、その球体の赤色は実に鮮やかに見えた。

アンジェリンは注意深く周囲を見回した。敵意のようなものは感じないが、視線は感じた。ベンジャミンの仲間が監視でもしているのだろうか。

そっと腰の剣の柄を握りながら、アンジェリンは壁際まで歩いて行った。チェック模様の正方形は、一つがアンジェリンの頭と同じくらいだった。

壁に手の平を付ける。熱くもなく、冷たくもない。押してみると、少しばかりの柔らかさと硬さを感じた。

げしっ、と蹴ってみた。びくともしない。

剣を抜いて先端で軽く突いてみる。刺さるどころか傷すらつかなかった。かなり丈夫な壁のようである。

周囲からの視線に侮蔑が混じったように思われた。何処からともなく、嘲笑するような忍び笑いが微かに聞こえる。

「……よし」

しばらく黙って突っ立っていたアンジェリンだが、やにわに剣を抜き放ち、魔力を刃に通わせると壁に向かって袈裟に斬りつけた。剣はすんなりと壁を斜めに切り裂いた。

つんざくような悲鳴が部屋中に響き渡った。

振り返ると、赤い球体が暴れるように形をぐにゃぐにゃと変えていた。苦しみに悶えているようにも見えた。アンジェリンはふんと鼻を鳴らす。

「さっさと出さないともっと斬ってやる……」

アンジェリンは剣を振りかざす。すると、慌てたように目の前の壁に扉が現れた。錆びだらけの鉄の扉である。アンジェリンは剣を鞘に収めて、脅すように赤い球体を睨んだ。

「わたしを閉じ込めようなんて思うからこうなる……二度目はないぞ」

赤い球体は恐縮したように縮んでしまった。

鉄の扉は軋んだ音を立てて開き、アンジェリンがくぐると背後で消え失せた。靴底で踏む地面の感触が、また違ったものになったのを感じた。

「……ふぅん」

ミルク色の霧がそこいらじゅうに漂っていた。地面はあるんだかないんだか、ともかく妙にふわふわとした踏み心地である。

アンジェリンは顔を上げて、ぐるりを見回した。

霧にも濃淡があって、薄い所の向こうに妙な幾何学模様が明滅しながら浮かんでいた。模様は生き物のようにぐねぐねとのたくって一時も同じ形になろうとしない。立体魔法陣のようにも見える。

ひとまず歩き出した。足元の感触が釈然としない。見ただけでは地面があるかどうかも分からないが、確かに足はしっかと地面を踏み締めている。それで歩きはじめは手間取った。

ふと、向こうに人影が見えた。上下が逆さまになって、空中を踏むようにして歩いている。アンジェリンは足を速めて近づいた。だが、それは霧が集まって人のような形をとっているだけらしかった。それでも人間のような足取りで歩いている。

「おい！」

とアンジェリンは大きな声を出した。

霧人間は何の反応もせずにアンジェリンの頭上を逆さまのまま歩いて行った。あれは単なる人形だ、とアンジェリンはそれを見送った。

何となくじれったい気分でアンジェリンはしばらく歩き回っていた。途中、どうやら明確な地面というものが存在しないらしく、歩こうと思えば下にも上にも歩いて行けるらしい事が分かった。

「……これじゃ埒が明かない」

ベルグリフに昔教わった事を思い出す。

闇雲に歩き回っていても駄目だ。ダンジョンでもそれは同じ事。目に見えない感覚をもっと研ぎ澄ませれば分かる事もある筈だ。

アンジェリンはそっと目を伏せた。大きく息を吸って心を落ち着ける。感覚を研ぎ澄まして自分の魔力のアンテナを立てる。そっちを意識してみると、魔力は周囲で乱気流のように吹き荒れていた。どうして気付かなかったのかというくらいに強い。

だがそれらは一定ではなく、右から来たと思えば左から来て、その上ぐるぐると渦を巻いて上や下へと行き、また別方向から来たそれぞれの魔力がぶつかり合ってもいた。

冷静に考えてみれば、こんなおかしな場所はベンジャミンによって造られた特殊な空間なのだろうと見当はつく。

魔法で作られた空間ならば、魔力が漂っているのが普通だ。強制転移で別の時空へ閉じ込める腹積もりだったのだろうがそうはいかない、とアンジェリンは鼻を鳴らし、目を開いた。

「上等な手品……でもわたしを甘く見過ぎ」

アンジェリンは剣を抜いた。乱れ吹く魔力の中で、ほんのわずかに指向性を持って流れている魔力を、彼女は感じ取っていた。それを辿って迷いなく足を進める。

やがて立ち止まった。周囲と何ら変わりのない場所だが、微かな魔力の流れは確かにこの空間で断ち消えていた。

アンジェリンは剣を構えてさっと振り抜く。

ミルク色の霧が裂けたと思うや、急に渦を巻いて穴を穿ち、見る見るうちに広がった。そのまっ黒な穴にアンジェリンは戸惑う事なく素早く飛び込んだ。

靴底が柔らかなものを間に挟んで硬い床を打った。ほんのわずかに体の周囲にまとわり付いていた霧が溶けるように消えた。

アンジェリンは目を細めて周囲を確認した。

細長い廊下だった。右を見ても左を見ても、延々と向こうまで続いている。

　壁と天井は石造りだ。床には紫色の絨毯が敷き詰めてある。等間隔に壁に下げられたランプが、辺りを薄ぼんやりと照らしていた。

「次から次へと……」

　閉じ込める、というならば確かに気が滅入る造りだ。

　しかし、こんな事でわたしがへこたれると思うのか、とアンジェリンは苛立たし気に踵で絨毯を何度も踏んで、ひとまず廊下の一方向を決めて歩き出した。

　空気はしんしんとして、下の方に溜まっているように思われた。魔力も同様で、さっきの霧の立ち込めていた場所とは違い、劇的な流れは感じられない。石の壁や天井と同じく、無機質で冷たく、動きそうには思われなかった。

　絨毯が敷いてあるから足音はしない。ずんずんと大股で歩いて行って、ふと足を止めた。アンジェリンは顔をしかめて足元を見る。絨毯がけば立って、足跡のようになっている。さっき自分が踵で蹴り付けた跡に相違ない。

「……そういう事か」

　この廊下の向こうとこっちはつながっているわけだな、とアンジェリンは納得した。それならその方が楽でいい。無限に広がる空間よりも、閉鎖された空間の方がまだやりようはある。

　アンジェリンはそっと壁に手を付けて、ゆっくりと歩き始めた。

　歩きながら、壁を撫でておかしな部分がないか確認する。石造りの壁は石の大きさや形もまちまちなのに、石と石の隙間に紙一枚入りそうもないくらいぴっちりと積まれている。硝子のランプは壁に埋め込まれていて、中には光の玉が入っていた。

ゆっくりと元の場所に戻って来るまで調べ、そうしたら反対の壁だ。うんざりするような作業なのだが、アンジェリンは根気強く、ペースを崩さずにそれを行った。

「……壁じゃない？」

どちらの壁も変な所はない。すると床か天井だ。アンジェリンは天井を見上げた。そのまま目を凝らして歩いて行く。

「……違うな」

床の絨毯を剥がしてもみたが、冷たい石の床があるばかりで妙な所は見受けられなかった。少しでも隙間があるとか、風が抜けて来るとか、そんな事があればすぐに気付く。Sランク冒険者として培った洞察力は伊達ではない。だが異常がなければそれを活かすわけにもいかない。

試しに最初の部屋のように壁を切りつけてみたが、傷こそ付いたものの何の変化も現れなかった。

アンジェリンは腕組みして少し考え込んだ。ミリアムから聞いた魔法の話を思い出す。

こういった他の空間を作り出す魔法は、完全な密室状態にしてしまうと外からの干渉すら受け付けなくなってしまい、術者が制御できなくなる。だから何かしらの仕掛けで外とつながるようにしなくてはいけない筈だ。

術者自身が入って利用するならば簡単な話だが、こうやって他者を閉じ込めておくための空間であるならば、その鍵はなるべく分かりづらく、またばれたところで容易に突破できないようにしておかなければいけないだろう。

すると、簡単に考え付くような所に鍵は置かないだろうし、また、考え付いても臆して実行できないような事にするべきなのである。

お父さんならどうするかな、とアンジェリンは考えた。

薄い硝子のランプを見る。中には魔法で作られているらしい光の玉が入っている。この廊下の光源は、等間隔に並ぶあれらだけだ。もし消えたら、真っ暗闇に包まれるだろう。

「……ランプ、かな？」

「普通はそんなの怖くてやりたくない……だからこそ」

アンジェリンは剣を振りかざしてランプを叩き割った。中から光の玉が飛び出してしゅるしゅるとらせん状に宙を舞ってしぼむように消えて行った。

アンジェリンは廊下を走りながら、次々と両側の壁のランプを叩き割る。光の玉が飛び出して消えて行く度に、廊下はどんどん暗闇に包まれて行く。さながら、アンジェリンの後ろから闇が追っかけて来るようだ。

最後のランプを叩き割ると、光の玉がしばらく宙を舞って、それからまったくの闇が辺りに充満した。どれだけ目を凝らしても何も見えない。

アンジェリンは剣を手に突っ立っていた。間違ったか、と思わないでもない。しかしこれでいいという確信めいたものもあった。

暗闇の中というのは時間の感覚がおかしくなる。妙に長い時間が経ったように感ぜられた頃、不意に足元がぐらりと揺らいだ。壁や天井の石の継ぎ目から青白い光が漏れて来た。それらが少しずつ広がって行く。石が崩れているらしい。

そうしてとうとう地面まで崩れて、アンジェリンは大小の石と共に落下した。

アンジェリンは一緒に落ちて行く石を蹴って、崩れ落ちる石たちの一番上まで行った。これで頭を打つ事はあるまい。

周囲は青白い光で満ちていた。魔力が靄のようになってあちこちに漂っていた。

どれくらい落ちていたのか分からなかったが、気付くと一緒に落ちていた筈の石が消え去っていた。そうして段々と落ちる速度が緩やかになり、何の心構えもできていないうちに、ぽふんと布団の上に落っこちたような感触がして、アンジェリンは地面に転がった。

「ひゃわわっ」

慌てて受け身を取る。地面が嫌に柔らかくてバランスが取りづらい。

何とか立ち上がった。足が地面にふかふかとめり込んでいる。くるぶしくらいまでは埋まってしまっている。

エストガル大公の屋敷に泊まった時のベッドの感触に似ている、とアンジェリンは片付かない表情で辺りを見回した。そうして眉をひそめた。

アンジェリンが立っているのはベッドの上だった。それも巨人が寝るような大きなベッドだ。

その脇にはいくつもの大きな枕が無造作に積み上げられている。

「……海？」

向こうに水平線が見える。凪いだ海面に、顔の付いた太陽の光が反射してきらきらしている。

ベッドは砂浜に無造作に置いてあった。砂浜から陸地の方に目をやると、緑の防風林が整然と並んでいた。しかし目を凝らせばそれは木ではなくてパセリである。

海に岬が突き出している。だがよくよく見ると岬ではない。トマトソースと一緒に炒めた米の上に焼いた卵をかけた料理――オムライスが岬のように海にせり出して、その先端に傾いだ灯台のように巨大なスプーンが突き刺さっている。

啞然として見ていると、不意に海面が泡立って、大きな魚が顔を出した。魚には人間の腕が付いていて、それがオムライスに突き立ったスプーンを握るや、オムライスをすくってむしゃむしゃ食べ出した。太陽がそれをにやにや笑いながら見ている。

こんな荒唐無稽な風景はあったものではない。まるで子供が見る悪夢だ。

今までとはまったく趣の違う様相にアンジェリンはやや困惑したが、冷静さを失うのはまずいと深呼吸した。潮の匂いが胸いっぱいに満ちた。

ひとまずベッドから枕を伝って砂浜に下りた。靴に砂粒が付く。海辺を歩くなんてエルブレンに行った時以来だろうかなどとのんきな事を考える。

気候が暖かで穏やかなせいか、妙にリラックスした気分になってしまう。これじゃいけないなと思いながら、砂浜を横切って巨大なパセリの林の中に入り込んだ。鼻に抜ける爽やかな匂いがした。

ここから出るにはどうしたらいいだろう、と思って歩いて行くと、林を抜けた途端に地面の様子が変わった。赤と白のチェック模様の平坦な地面が続いている。その向こうの方に白いレンガを積み上げた壁が見えた。

アンジェリンが首を傾げながら歩いて行くと、壁には鉄格子が付いている事が分かった。まるで監獄のように等間隔に鉄格子の小部屋が並んでいるが、中には誰も入っていない。鎖や寝床、便所などが使われた形跡もないままに冷たく動かずに黙っている。

この中に何か鍵があるかも知れない、とアンジェリンが壁に沿って歩いて行くと、唐突に誰かの声がした。

「おい！　誰かいるのか！」

アンジェリンは驚いて辺りを見回した。

「誰……？」

「お、女か？　誰でもいい、助けてくれ！」

声のする方に行ってみると、牢獄の一つに誰かが閉じ込められていた。

男だ。黄色に近い金髪は伸び放題に伸び、顔も髭に覆われている。元は質が良かったらしい服は色あせて破け、足は鎖につながれていた。

男は鎖をじゃらじゃらいわせながら牢獄の格子にすがり付いた。ぼろぼろと涙をこぼした。

「ああ！　ああ！　あいつら以外の人の声を聴いたのなんていつぶりだろう……頼む、僕をここから出してくれ！」

アンジェリンは怪訝な顔をして男をじろじろと見た。

「出すも何も……あなたは誰なの？」

牢の中の男は荒い息を整えながら喘ぐように言った。

「僕は、僕はベンジャミン。ローデシア帝国第一王子のベンジャミン・ローデシアだ」

「……はあっ!?」

アンジェリンは思わず素っ頓狂な声を上げてしまった。

◯

すっかり土砂降りだった。早く大公家に行きたかったベルグリフたちだったが、この雨で足止めを食らった。あまりひどい雨だと町馬車も走りたがらないようで、王城方面に向かっていた馬車から降ろされて、閉まった店の軒先で雨宿りしている最中である。

パーシヴァルが苛立ったようにつま先で地面を蹴った。

「くそ、こんな時に……」

ベルグリフは目を細めて雨の向こうを見ようと試みた。しかし大粒の雨がひっきりなしに落ちて来るから、遠くまで見通すことはできない。ただでさえ不案内な帝都で視界がこれでは、下手に動いて迷うのが怖かった。

「ここはどの辺だろう」

「まだ下町の辺りだろうよ」

風まで吹いて来て、軒先にも細かな雨が吹き込んで来る。さっきからマイトレーヤが右往左往して、今はパーシヴァルの陰に隠れて雨をしのいでいた。

「うう、みじめ……この〝つづれ織りの黒〟マイトレーヤがこんな……」

「嫌だったら転移魔法でも何でも使え」

パーシヴァルが言うと、マイトレーヤはとんでもないと言うように首を横に振った。

「それでシュバイツたちに見つかったらどうするの。そんな危ない事できない」

「もうとっくに気付かれてるっつーの。ったく、臆病モンが……」

こんな所で便々としている法はないのだが、土砂降りでは止むを得ない。このまましばらく足止めか思われたが、ふと雨脚が弱まった。ベルグリフはマントのフードをかぶった。

「行こう。今のうちに少しでも進まなくちゃ」

「おう」

さっさと歩き出した二人の少し後を、マイトレーヤが焦ったように追いかけた。

しばらく歩くとまた雨が強まって来た。濡れても行けない事はないが、道が分かりづらくなるのが辛い。町というのは似たような風景が続く。初めて来た町であればなおさら同じにしか見えない。雨の中では地図を広げるわけにもいかない。

また店の軒先に逃げ込んだ。喫茶店の前である。分厚い硝子の向こうに朱色の明かりが瞬いて、お客が詰まっているらしかった。

同じような雨宿りの連中に交ざって、地面を叩く雨を眺めていると、また雨脚が弱まる。雲の分厚い所と薄い所とがまだらになって、それが流れているから雨に強弱があるらしい。

「弱まった。行くぞ」

「ああ。こっちでよかったか……」

とベルグリフたちが歩きかけた時、喫茶店の扉が開いて誰かが出て来た。

「あれっ、ベルさん？　パーシーさんも」

突然後ろから声をかけられて、ベルグリフは驚いて振り返る。アネッサが立っていた。開いた扉からトーヤとモーリンも続いて出て来る。パーシヴァルが目をしばたかせた。

「アーネ？　トーヤにモーリンもいるじゃねえか、何やってんだこんな所で」

「ギルドに情報収集をと思って……」

「そうだったのか。アンジェたちは別行動かい？」

ベルグリフが言うと、アネッサは首肯した。

「はい、大公家でベルさんたちを待ってますけど、こっちが先に合流するとは思わなかった……あ、こちら副支部長のアイリーンさん」

アネッサが体を避けて、後ろのぼさぼさ髪の女性を紹介した。ベルグリフたちも頭を下げて自己紹介する。アイリーンは「ほえー」と目を丸くした。

「どうも、アイリーンと申しますー。こりゃまた随分腕が立ちそうな……さぞ名のある冒険者さんなんでしょうねえ」

「立つなんてもんじゃないよ。ねえ、モーリン」トーヤが言った。

「ですね。パーシーさんは〝覇王剣〟っていう方が分かりやすいんじゃないですか?」

モーリンが言った。パーシヴァルは困ったように頬を掻いた。

「別に言いふらすような事じゃねえだろ」

「え? え、〝覇王剣〟? ……え、マジですか? 同名ってわけじゃなく?」

「まあ、一応な」

パーシヴァルがSランク冒険者のプレートを見せると、アイリーンは興奮気味に頬を染めた。

「ほぁああ、本物!? お、お、お会いできて光栄ですよぉ、ファンなんです、わたし!」

アイリーンはパーシヴァルの手を握ってぶんぶんと振った。トーヤが目を丸くしている。

「……こんなアイリーンさん初めて見た」

「意外にミーハーですねえ」

モーリンがからから笑った。

扉の前でもそもそしていたから、出入りができないと怒られた。また雨が強くなったように思われて、ベルグリフは困ったように首をひねったが、モーリンが鼻歌交じりに指をちょいちょいと動かした。

「さ、行きましょー。アンジェさんたちもお待ちかねですよ」

そう言ってモーリンはひょいと軒の下から出る。見れば、雨は彼女の頭の少し上で、見えない膜に弾かれるようになっている。魔法で雨除けを作ったらしい。

それで一行も軒先を出る。頭上で弾かれる雨粒を見て、パーシヴァルが感心したように言った。

「やるな。そういうのは細かな魔力制御が必要だろ？」

「ええ、まあ。これくらいなんて事ないですけどね」

「だとさ。おいチビ、お前はできねえのか？」

パーシヴァルに小突かれて、マイトレーヤは口を尖らした。

「わたしはそういう低俗な魔法は使わない」

「その子は……？」

アネッサが怪訝な顔をしてマイトレーヤを見た。アイリーンが「あれ」と言って、身をかがめてマイトレーヤの顔を覗き込んだ。

「マイちゃんじゃなーい。最近見ないと思ったら、何やってるの？」

マイトレーヤはびくりと体を震わせて、フードを深くかぶって口元で指を立てた。

「秘密」

「えー？　まあいいけど」

アイリーンはコートの裾を合わせて、首元をうずめた。ベルグリフはくつくつと笑った。

「彼女はマイトレーヤ。フィンデールで会ってね、協力してくれる事になったんだ」

トーヤが驚いたように言った。

「マイトレーヤって……噂に聞く〝つづれ織りの黒〟の？」

「え、この短い間に？　流石はベルさんというか何というか……」

アネッサは感心したようにマイトレーヤを見た。マイトレーヤは身を縮めて視線を逸らした。パーシヴァルが面白そうな顔をしている。

トーヤとモーリンは帝都の道に明るいから、もう迷う心配はない。雨も気にならなくなったので、ベルグリフはホッと胸を撫で下ろした。いたずらに時間ばかり浪費している状態が一番精神的に来る。

足元だけは悪いけれど、それくらいは何という事もない。こんな下町も石畳なのは流石に帝都といったところであろう、ぬかるみがない分、滑る事にさえ気を付ければまだ歩きやすい。

歩きながらアイリーンが言った。

「事情はお聞きしましたよ。何だか凄い事になってるみたいですね」

「ええ、困った事に……アーネたちとはどういう話を？」

「皇太子周辺で不審な動きがないか、あるいは帝都で妙な事は起こっていないかって事を。ね、アーネちゃん」

「そうですね」

「実際どうだ？　尻尾が摑めりゃいいんだが」

　アイリーンは肩をすくめた。

「あからさまに怪しい、って事はありませんねえ。偽者でも今の所表面的にはいい方に変わってますから、一々追及しようって人はいませんん。ただ、昔の放蕩者だった頃に比べて、あまり周囲に人を近づけなくなったとは聞きますよ」

「わたしたちが大公家の屋敷に行った時に現れたんですよ。でも確かに皇太子なのに護衛の一人も連れていませんでした」

　尤も、見えない所にいたのかも知れませんけど、とアネッサが言った。ベルグリフは顔をしかめた。

「そうか……うーん、これはどう取るべきか……」

「ベルグリフさん、どういう意図で帝国内部の情報を？」

　トーヤが言った。ベルグリフは腕を組んだ。

「皇太子が偽者だという事は分かった。そこから突き崩すには、偽者だという事を糾弾できる人が必要だと思ってね。リーゼロッテ殿と話したかったのも、その辺りに詳しい人を紹介してもらえるかと思ったからで」

「へえ、もしかして他に継承権のある奴を焚きつけて継承争いでも起こすつもりだったか？　ベル、お前意外にえげつねえな」

「結果的にそういう事になってしまうか……いずれにせよ、善政の裏側で何か非人道的な事を企んでいるのは確かみたいだからね、それを何とか暴ければと思うんだ。何か材料があれば、皇太子の事を糾弾できる人が協力してくれるかも知れない。いずれにせよ、色々と情報が入らないと動けないが……」

「でも上手く行きますかねえ、向こうも中々用心深いみたいですし」

モーリンが言った。アイリーンが首肯する。

「根回しといい抜かりないよ。それに国民からの人気も高いもんねー」

「だね。少なくとも悪い風には聞かないし、悪口だって完璧過ぎるからやっかみで何か言われる程度の事ぐらいかな」トーヤが言った。

「だよねー。そりゃ昔より少し老けたように見えるけど、やっぱり美男子である事に変わりはないから、女の子からの支持は絶大だし。むしろ大人っぽくなって色気が増したような」

「もー、アイリーンちゃんそんな事ばっかですねえ」

「いやー、顔の良さは大事だよお、あればっかりは偽者でも変わんないねえ」

アイリーンとモーリンはきゃっきゃとはしゃいでいる。

ベルグリフは何か考えるように眉をひそめた。

「……？　老けた？　しかしまだ若いのでは」

「え？　はい、そりゃ若いですけど、年くらい取るでしょう。顔つきも大人びて来たように思いますけどね」

「……今の性格に変わってから、数年は経っている筈、ですよね？」

「そうですねえ、四、五年くらいは経ってるかと。変わった頃は美少年って感じでしたけど、今はすっかり青年ですし」

「……盲点だったな」

「何かおかしなところでも？」

アネッサが不思議そうな顔をして言った。ベルグリフは頷いてモーリンの方を見た。

「皇太子は見た目にも明らかに年を取っている。擬態の魔法としては……不自然じゃないかな？モーリンさん」

「…………あー、確かに変ですね。何で気付かなかったかな、わたし……」

モーリンはいつの間にか取り出していた干し林檎をかじりながら言った。アネッサが首を傾げる。

「不自然？　どういう事ですか？」

「俺も聞きかじりだから詳しくはないんだけど、擬態の魔法は長期間の使用には向いていないらしいんだよ。だから過去にも完全に偽者に成り代わったっていう話はあまりないらしくて。いや、加齢まで再現できる新しい術式だとしたらお手上げだけど……」

ベルグリフはそう言いながらモーリンを見た。モーリンはからから笑う。

「よくご存じですねえ、わたし、忘れかけてましたよ、それ」

「……！　そうか、確かに」

トーヤも納得したように頷いている。マイトレーヤも目をぱちくりさせていた。パーシヴァルが怪訝な顔をする。

「魔法使いどもは納得してるが、どういう事だ？」

「えっとですねえ、擬態の魔法にも何種類かありまして、一つは対象の死体に入り込む。ただ、これは時間の経過によって肉体が腐敗しますんであまり使う人はいません。むしろ死霊術でアンデッドとして動かす方が多いですね」

モーリンが指を立てて続ける。

「それから生きている相手の肉体に入り込むというのもありますが、これは対象の意識とせめぎ合うので安定性がありません。動きもぎこちなくなりますから、使う人は稀です。魔法薬を使って肉体を変化させる方法は薬の効果が切れれば元に戻っちゃいます。材料も必要だし、薬を使うという方法上体に負担が大きいですね。一番ポピュラーなのが、対象の肉体の情報をトレースして自分の姿を変える事ですが、これはトレースした時の姿しかできないんですよ」

「それが何か問題あるのか？」

「つまり変化しないって事。髪も髭も爪も伸びない、成長もしないし年を取らない。そんな事も想像できないの？」

「ああ？」

「ひい」

パーシヴァルに睨まれたマイトレーヤは小さくなってベルグリフの陰に隠れた。アイリーンがくすくす笑う。

「マイちゃん、なんか丸くなっちゃって……すると、もしかして皇太子の本物が生きているのではないかと？」

ベルグリフは頷く。パーシヴァルは余計に分からないというように首をひねった。

「どういう事だ？　どうして本物が生きている話につながる？」

「魔法はある種のリスクを負う事によって効果が高まる場合もあるんですよ。それに、対象が生きていれば、常にその情報をトレースできます。擬態の質が飛躍的に高まるんです」

モーリンが説明した。パーシヴァルは眉をひそめた。

「……なるほど、つまり本物を生かさず殺さずにしておけば、一種の契約の魔法が働いて魔法の質が上がり、かつその肉体の情報を逐一トレースしておけば擬態も自然になるって事か」

「ああ。そうなると本物の皇太子を殺すわけにはいかない……パーシー、抜け道が見つかるかも知れないぞ」

ベルグリフはそう言って顎鬚を捻じった。パーシヴァルが感心したようにその肩を叩く。

「しかし驚いたな。なんでお前そんな事知ってるんだ？」

「いや、昔読んだ本にそんな事が書いてあって、印象的だから頭に残ってたんだ」

「それでもよく覚えてますよね……」

アネッサが脱力したように笑った。ベルグリフは苦笑した。

「……いずれにしても、これはまだ仮説の段階だよ。だがまあ、少し方向性は見えてきたかな。継承争いを煽らなくても済みそうだ」

アイリーンが何だか感動したような面持ちで言った。

「老けたってだけでそこまで……ベルグリフさん、凄いですねえ」

「いや、その話題が出なければ恐らく気付かなかったでしょう。おかげさまで……」

「面白くなって来ましたねえ。わたしもそれ方面で少し探り入れてみよっと」

「や、そこまで迷惑は」

「いいんですいいんです、好きでやってますから。それに憧れの〝覇王剣〟さんの力になれるなら嬉しいですし……」

アイリーンはそう言ってパーシヴァルにウインクした。パーシヴァルは肩をすくめる。ベルグリフはくつくつと笑った。

「色男は得だな」

「何言ってやがる。ま、助かる。ありがとよ、アイリーン」

「きゃーん♡」

アイリーンは朱に染まった頬に手を当ててやんやんと頭を振った。

ギルドに戻るというアイリーンと別れ、ベルグリフたちは大公家の帝都屋敷に向かった。足止めを食らった事もあって、もう夕方近い時刻である。

分厚い雲がかぶさっている分、まだ陽は落ちていない筈なのに辺りはすっかり暗くなりかけていた。

玄関で案内を乞うと、ほんの少しの間を置いてスーティが駆けて来た。

「お待ちしてました」

「ああ、スーティさん、すみませんこんな恰好で……」

「いいんです。早く来てください」

何やら深刻そうな顔をしている。ベルグリフたちは顔を見合わせ、早足でスーティの後に付いて屋敷の中に入った。

案内された部屋に入ると、ミリアムがソファに腰かけて落ち着かなげに手をこすり合わせており、その向かいにはカシムが座っていた。両手で顔を覆っている。マルグリットは苛立った様子で壁際を行ったり来たりしていた。

カシムが顔を上げた。

「あ、ベル……」

アネッサが不思議そうな顔をして部屋の中を見回した。

「アンジェは？　リゼもいないみたいだけど……」

「うぅー、それが……」

ミリアムがしょぼくれたような様子で事情を説明した。途中途中でマルグリットやカシムも口を挟んで補足する。

そうして、フランソワが現れてアンジェリンが皇太子の所に行った事と、さらにカシムがサラザールから聞いた話とが統合されて、どうやらアンジェリンは敵に捕らえられてしまったらしいという事が分かった。

パーシヴァルが眉を吊り上げてカシムを小突いた。

「ちゃんと見とけっつったろうが！　お前がいながら何やってんだ！」

「ごめんよう、オイラも油断しちゃって……」

カシムは小さくなってうなだれた。マルグリットが舌を打つ。

「ったく、アンジェの奴情けねえ。やっぱりおれも付いて行きゃよかった」

「過ぎた事を言っても仕様がないよ。ほらカシム、いつまでも落ち込むな」

ベルグリフは淡々とした様子で濡れたマントを注意深く丸め、鞄からタオルを出して頭を拭いた。

そうしてパーシヴァルに差し出す。

「パーシー、拭いとかないと風邪引くぞ」

「……嫌に冷静だな。アンジェが心配じゃねえのか？」

「そりゃ心配は心配だよ。でも何も考えずにやられっぱなしって事はないさ。あの子は強い」

パーシヴァルは大声で笑って、どっかりとソファに腰を下ろした。

「確かにそうだ！　そんならこっちもしっかりしなくちゃいけねえな。どのみち、これでベンジャミンどもとぶつかるのは確実だぞ」

「そっちの方が分かりやすくていいじゃねえか。へへ、腕が鳴るぜ」

マルグリットがぱしんと手の平と拳を打ち合わした。ベルグリフは腕組みした。

「だが正面からぶつかるわけにはいかない。そうなればこっちは犯罪者だからな」

「向こうがどう出るか、ですよね。搦め手で来るか、もしくは時間をかけずに一気に攻めて来るか」

トーヤが言った。ベルグリフは頷く。

「アンジェに何かしたくらいだ、あちらも本腰を入れて来るだろうね……ギルドでは他に何か気になる情報はあったかい？　皇太子関連でなくても、帝都での不審な出来事でも何でもいいんだが……」

アネッサが考えるように腕を組んだ。

「……皇太子と関連があるかは分かりませんが、ここ最近帝都で魔獣の発生が確認されてるみたいです」

「帝都で？　町中って事か？」

パーシヴァルが言った。トーヤが頷く。

「そんなに頻度はありませんけどね。俺たちは請け負った事はないんですが、出て来るのも下位ランクの魔獣ばかりだそうで、被害もほとんどないとか」

帝都は他の町と同じく、魔獣を寄せ付けない為の結界に囲まれている。帝国の中枢部ともなればその結界はより強力な筈だ。それにもかかわらず下位ランクの魔獣が急に町中に発生するというのはおかしい。

ずっと黙っていたカシムが口を開いた。

「怪しいね。ベンジャミンとシュバイツが手を付けてるのは魔王関連の研究だろ？　魔王は魔獣の発生源だぜ」

「え、帝都に研究施設があるかもって事？」

ミリアムが目を丸くする。パーシヴァルが目を細める。

「木を隠すなら森の中か。ふぅむ……よし、俺はそれを当たってみるか」

「ギルドに行くのか？」

「ああ。アイリーンも協力してくれるだろうよ。トーヤ、モーリン、ちょっと顔つなぎしろ。俺だけじゃ話がややこしくなる」

パーシヴァルはそう言って立ち上がる。トーヤとモーリンは顔を見合わせた。

「いいんですか？　全員揃ってから話をするんじゃ……」

「アンジェが捕まったのにそんな悠長な事言ってられるか。細かい事はベルに任せる。いつまでも受け身でいるのは俺の性に合わん。いいな、ベル？」

「そうだな。向こうが先手を打って来たなら、こっちものんびりしているわけにはいかない。頼むよ、パーシー」

カシムも立ち上がった。

「オイラももう一度サラザールの所に行って来る。あいつはアンジェが捕まった事を即座に認識したから、多分何か知ってる」

「話通じんのかよ。お前帝都来てからいいトコなしじゃん、サラザールからは一向に情報引き出せないしよ」

マルグリットがそう言ってけらけら笑う。カシムはムスッと顔をしかめた。

「うるせー、オイラだって上手く行かない事くらいあらぁ」

「……カシム、この子を連れて行ってくれ」

「んあ？」

ベルグリフに押し出されたマイトレーヤを見て、カシムは怪訝な顔をした。

「なんだい、そのちっこいのは」

「あ、そいつ通信の時に見たぞ、誰なんだ？」

マルグリットも目をぱちくりさせる。マイトレーヤは居心地が悪そうに身じろぎした。

「彼女はマイトレーヤ。フィンデールで知り合ってね、協力してくれることになったんだ。とても優秀な魔法使いで」

マイトレーヤがびっくりしたようにベルグリフを見上げ、それから嬉しそうに口端を緩めた。ベルグリフは続けた。

「それに転移魔法も使える。サラザール殿と協力できれば、何か打開策が見つかると思うんだが

「……」

「この人は誰なの」

　マイトレーヤが不安そうにカシムを見て、ベルグリフの服の裾を引っ張った。

「彼はカシム。俺とパーシーの友達で……ええと、〝天蓋砕き〟って言った方が分かるかな？」

「〝天蓋砕き〟……本物？　嘘でしょ？」

「嘘じゃねーよ、偽者だと思う？　試してもいーぜ」

　カシムはおどけたように両手を顔の横でひらひらさせた。マイトレーヤはもじもじしながらカシムを見上げた。

「一流は一流を呼ぶ……わたしは〝つづれ織りの黒〟マイトレーヤ。よろしく」

「……ああ〝つづれ織りの黒〟？　へえ、噂には聞いた事はあったけど、こんなちっこいとは知らなかった」

「……魔法は超一流。安心して」

　称賛と名声の広がりを確認したマイトレーヤは、ちょっと自慢げに胸を張った。パーシヴァルがくつくつと笑い、マイトレーヤの頭を小突いた。

「名誉挽回のチャンスだ。頑張って来い」

　マイトレーヤは頰を膨らましてカシムの傍に駆け寄った。

「野蛮人は無視。早く行こ」

　カシムは噴き出してげらげら笑い出した。

「そうだそうだ、野蛮人は無視して行こうぜ、へっへっへ。んじゃ、ちょっくら行って来るね」

すっかり元気が出たらしいカシムはマイトレーヤを連れて出て行った。ミリアムがぽつりと呟く。

「〝天蓋砕き〟に〝蛇の目〟……それに〝つづれ織りの黒〟って……ドリームチームだ」

「俺たちも行くぞ。ベンジャミンどもに一泡吹かせてやらねえとな」

パーシヴァルもマントを翻して部屋を出て行く。トーヤとモーリンが慌てたようにその後を追っかけた。

残ったベルグリフはふうと息をついて、注意深くソファに腰かけた。アネッサとミリアムは何となくもじもじした様子である。パーティメンバーであるアンジェリンが心配なのだろう。

黙って様子を見ていたスーティが嘆息した。

「凄い事になって来ちゃいましたね……」

「すみません、スーティさん……」

「いえ、構いませんよ、わたしも冒険者の端くれですし。うちのお嬢様が何をしでかすかが心配ですが……ま、お茶でも準備しましょう」

そう言って部屋を出て行った。マルグリットが椅子に腰かけて足を組む。

「で、ベルはどうすんだよ」

「俺は少しリーゼロッテ殿と話がしたい。上手くすれば……皇太子殿下と直接顔を合わす機会を設けてもらえるかも知れないからね」

娘三人は驚いたようにベルグリフを見た。

「ちょ、直接？　危ないですよ、それ」

「そうですよ、アンジェだって捕まっちゃったみたいだし……いくらベルさんでも」

「そうだぞ、お前剣はアンジェとかおれには敵わねえじゃねえか。自殺行為だぜ」

「分かってるさ。でもね、俺はアンジェの父親だから……娘をいたずらにかどわかされて黙って笑っていられるほど優しくはないんだ」

見るときつく拳が握られている。顔つきもやや厳しいものが窺えた。さっきは努めて冷静に振舞っていたが、内心は怒りが煮えたぎっていたのかも知れない。それをなるべく表に出さずぐっと押し込めている分、鋭く砥いだ刃物のような雰囲気が漂っていた。

いつも柔和な態度を崩さず、優しい顔つきのベルグリフが明らかな怒りの面相を現した事に、三人は思わず息を呑んだ。

一一七　雨音がより強く上から

雨音がより強く上からかぶさって来るようだった。

さっきまでアンジェリンが座っていた椅子に、聖堂騎士のドノヴァンが腰を下ろしている。虚ろな目をしたメイドが、淡々とした手つきでテーブルにお茶と菓子を並べた。フランソワは無表情でベンジャミンの後ろに付いており、ファルカは相変わらずのぼんやりした表情で突っ立っていた。時折兎耳がぴくぴくと動いた。

ドノヴァンの向かいに座ったベンジャミンが不敵な笑みを浮かべて口を開いた。

「聖堂騎士というのも景気が悪そうだねえ」

「ははは、殿下と比べては帝国の大貴族ですら不景気という事になりましょうな」

ドノヴァンの方も笑みを浮かべたままテーブルのカップに手を伸ばした。ベンジャミンはテーブルに肘を突いて指を組み合わした。その上に顎を乗せる。

「さて、どういった用向きかな？」

「情けない話ですが、我らの方も何かと入用でしてな、援助の方をいただけないかと恥ずかしながら膝を折りに参りました」

ベンジャミンはからからと笑う。

「そんな事ならお安い御用だ。君たちには色々と世話になっているからねえ……しかしドノヴァン君、いつまでも使われるだけの身分で満足できるのかい？」

「私は主神の忠実な下僕ですから……しかし殿下とはいいお付き合いを続けて行きたいものですな」

ドノヴァンは何か含むような笑みを見せ、お茶をすすった。ファルカは表情こそぼんやりとしているが、顔だけは庭の隅の暗がりに向けていた。手が腰の剣の柄に置かれている。ほんの少しの動作で抜き放てそうな自然体だ。それを見てベンジャミンが言う。

「役に立っているかい、彼は？」

「ええ。実に良い〝剣〟です」

ドノヴァンはファルカを横目で見て薄笑いを浮かべる。

「そいつは重畳だね。ま、僕の護衛に斬りかからなければいいけど」

「多少の粗相は多めに見てやっていただきたいですな。こちらも浄罪機関を抑えるのに骨が折れますゆえ」

「うん、その点は感謝しているよ。おかげでここ一年実に快適だ。このまま君が帝都の教会のトップに座ってくれれば、僕としては言う事はないんだがな」

「はは、それは主神の御心次第ですな」

「そういう事にしておこうか。ま、こちらとしても協力は惜しまないよ。お互い頑張ろうじゃないか、ドノヴァン君」

ベンジャミンはわざとらしく言いながら肩をすくめた。ドノヴァンも笑って応える。和やかな会合に見えたが、どちらも腹の底では相手を食い破ってやろうという魂胆が渦巻いているように思われた。

しばらく互いに黙って菓子をつまんでいた両者だったが、やがてドノヴァンが口を開いた。

「……本国の方は頭が固いものでしてな、私の報告にもかかわらず機関を送り込もうという連中がまだおります。そういった連中を納得させなければ」

「ふむ……生贄羊が必要って事かい？」

「左様」ドノヴァンは声をひそめてベンジャミンの方に顔を近づけた。「浄罪機関は元々〝災厄の蒼炎〟とは敵対関係……幾度も返り討ちに遭っておりますゆえ、あれと折り合う事はありますまい」

ベンジャミンは小さく口端を緩めた。

「彼を差し出せと」

「今すぐにとは申しません。しかし、あれと協力関係にある限り、殿下の御身に安息の訪れる事はありますまいな」

「……ま、考えておくよ」

「よい返事を期待しておりますぞ殿下……どうか味方にする人間をお間違えのないよう」

ドノヴァンは立ち上がった。そうしてベンジャミンの後ろに立つフランソワを見てふんと鼻を鳴らした。

「……あまりいい趣味とは言えませんな」

そうしてファルカを伴って大股で立ち去った。

ベンジャミンは椅子にもたれて手の平を点検するように表に裏にして見た。

「さぁて……どうしたもんかな」

「殿下……」

「ん？　ああ、いいさ。君も戻って休むといい」

フランソワは一礼して立ち去った。その後ろ姿を横目で眺め、ベンジャミンは誰に言うでもなく呟いた。

「……うーん、やっぱり長くは持たないか。僕もまだまだ……」

その時、先ほどまでファルカがずっと見つめていた暗がりから人影が現れた。長身を黒いコートに包み、白髪交じりの髪の毛を頭の後ろでまとめている。〝処刑人〟ヘクターだ。ヘクターは不気味な笑みを浮かべてベンジャミンの傍らに立った。

「あの小僧、私を斬りたがっていたようだな。兎の癖に狂犬のような目つきだったぞ」

「ん？　ああ、ドノヴァンの〝剣〟かい？　あれはそういうものさ」

「飢餓の剣だったか。かかって来ればよかったものを、随分大人しいものだな。何か別の獲物が決まっているのか……」

「残念そうだね」

「ぬるい相手ばかりで張り合いがない。剣が錆び付く。〝覇王剣〟とまみえてみたいものだが」

「そのうち機会があるさ。しかしあのエルフも色々な因縁を持ってるものだね……シュバイツは？」

「貴様が知らんのに私が知るわけがないだろう」

「……まったく、あいつも勝手だな。何を考えているのやら」

「小悪魔《インプ》の小娘はどうした」

「マイトレーヤもどうなったんだか分からないんだ。シュバイツならその辺も分かりそうなものなんだがなあ……」

組織としてのまとまりがないのは困ったもんだよ、とベンジャミンは肩をすくめた。ヘクターは詰まらなそうに目を細めて何ともなしに周囲に目を配った。

「……いつまでも私にくだらん役目ばかり押し付けるな」

「そのうちたっぷりと暴れてもらうさ。もう少し辛抱してくれよ」

ヘクターは返事をせずに再び暗がりの中に消えて行った。ベンジャミンは椅子にもたれて頭上を見た。四角く切り取られた空は暗闇に包まれつつあった。

○

頭上からの雨はモーリンの魔法に阻まれているが、歩く度に足元では飛沫が舞った。

石畳とはいえ凹凸はあり、くぼんだ所には水が溜まる。早足だから一々そんなものをかわしている余裕もなく、時折水溜まりを踏みつけると勢いよく周囲に水を跳ね散らかした。

大公家の帝都屋敷から出たパーシヴァルたちは、一直線にギルドの第四支部へと向かった。それほど離れているわけでもないが、近いわけでもない。

ギルドの入り口をくぐる頃にはすっかり陽が落ちて、辺りは暗くなっていた。

こんな雨でもギルドは賑わっていた。しかし雨がおさまらないせいで濡れた靴で入って来る連中ばかりらしく、床はすっかり濡れて滑りそうだ。職員がモップを手に右往左往している。

「ひゃー、水がしみちゃって」

モーリンが濡れて色の変わったブーツを見て困ったように笑った。

「大分急いだからな。ま、死にやしねえよ。げほっ、ごほっごほっ」パーシヴァルは匂い袋を取り出しながらトーヤを見た。「トーヤ、アイリーンはどこだ」

「副支部長室だと思います。こっちですよ」

受付嬢と二言三言話をして、裏手に踏み込んだ。廊下を進み、副支部長室と表札が下げられた部屋の扉を叩いて開いた。

奥の机に腰かけて書類を見ていたらしいアイリーンが、驚いた様子で顔を上げた。

「ありゃりゃ？　どうしたの？」

「いや、少し協力してもらいたい事があって……」

「邪魔するぞ」

「あっ、パーシヴァルさんまで……ひええ、散らかっていてすみません」

アイリーンは慌てた様子でテーブルの上に散らかった書類を乱暴にまとめた。パーシヴァルがからから笑う。

「照れるな照れるな、仕事熱心でいいじゃねえか」

「はわわ、恐縮です……とりあえずどうぞ」

アイリーンは頬を染めながら、来客用のソファを勧めた。トーヤが部屋の中を見回した。

「あの、ここで大丈夫かな？」

「んん？　またそういう話？」

「帝都の魔獣出没の事についてなんですけどねー。どうなんですか、その話題」

モーリンが言った。アイリーンは少し眉をひそめて考え込む。

「あれか……いや、大丈夫だと思う。一応ちゃんとギルドに正規に入って来た依頼だから。ま、ちょっと声は低めでお願いねー」

四人で膝を突き合わした。何だか部屋の中がしんとしているような具合であった。

帝都に現れた魔獣はせいぜいがDランクで、町中という特殊な状況でなければ特に手のかかる対象ではない。だから高位ランクの冒険者が出て行くには及ばない仕事であったようだ。そのせいでトーヤやモーリンもその仕事には関わりが薄い。

パーシヴァルが怪訝な顔をして腕を組んだ。

「しかし、原因究明に乗り出したりはしなかったのか？　どう考えても不自然だ、魔獣を倒してしまいって事はねえだろうよ」

「そこなんですよね。確かに最初こうなった時には原因究明の仕事もいくつかあったんですけど、しばらくしたらなんか自然消滅しちゃったんです。それほど魔獣の発生が高頻度だったわけじゃないのもあると思いますけど」

「上から握り潰されそうになったわけじゃなくて？」

「それは分からないなあ、わたしの担当じゃなかったから……」

「いずれにせよ、ギルドがこの問題に本腰を入れてねえのは確かだ。どうも臭い。アイリーン、魔獣の出た場所は分かるか」

「ええ、あれ関連の資料を見れば……ちょっと待っててくださいねー」

アイリーンは席を立って、資料を取りに行くのだろう、部屋を出て行った。トーヤがパーシヴァルに顔を近づけて囁く。

「もしも偽皇太子がギルド上層と癒着しているとしたら……握り潰した可能性はありますよね」

「ああ。調べられちゃ不都合があったと考える方が自然だ。高位ランクの魔獣が出たならもっと騒ぎになっていただろうが、下位ランクだけじゃ忘れられるだろう」

「なんか陰謀が錯綜してますねー。陳腐な小説みたい」

「こんなくだらねえ話、小説にもなりゃしねえよ」

しばらくしてアイリーンが戻って来た。

「お待たせしましたー」

テーブルに帝都の地図が置かれる。あちこちに丸が付けてあって、その横に数字が書かれている。どうやら魔獣が退治された場所らしい。

「この数字はこっちの詳細な資料の番号で」

「ふむ……大体この辺に集中しているな」

帝都東側の一角である。丸は概ねその辺りに多く、他にもない事はないが、詳細な資料を見てみると逃げた魔獣を追って、最終的に討伐した地点がそこという事らしく、結局発生した場所はその辺りに集中しているようだった。

資料を眺めながらトーヤが呟いた。

「グレイハウンドも出たんだ……Eランクとはいえ、よく一般人の被害がなかったなあ」

「この辺りは少し治安の悪い場所だからねー。荒くれ者も多いし、ちょっとガラの悪い冒険者が根城にしていたりもするんだなこれが」

「なるほど、魔獣が出てもその場の連中で叩き潰せるってわけか」

「そうそう。ものによっては事後報告だったもんで、本当か嘘か揉めた事もあるんですよ」

「いずれにしてもこの辺が怪しいのは分かった。それにこれだけはっきりしてるのに原因調査が自然消滅したのも妙だ、絶対に何かある。行くぞ」

　パーシヴァルは地図を畳んで懐に入れると立ち上がった。アイリーンが目をぱちくりさせる。

「え、もう行っちゃうんですか？　お茶を運ぶように言って来たんですけど」

「悪いがあんまりゆっくりもしていられねえんだよ。片が付いたらお茶会でも酒盛りでも付き合ってやるから今日のところは勘弁しろ」

「ま、マジですか？　ひゃあー、どうしよう」

　赤くなってもじもじするアイリーンを尻目に、パーシヴァルは早足で部屋を出た。トーヤとモーリンが慌てたようにその後を追いかける。パーシヴァルは振り返らずにトーヤに声をかけた。

「トーヤ、この辺りには行った事があるか？」

「いえ、でも道筋は大体見当が付きます」

「上等だ。どれくらいかかる？」

「歩きだと……それなりに。暗いから余計に時間を食うかも知れませんけど」

「チッ、面倒だな」

　ギルドを出るとまだ雨が降っている。その上陽が落ちて暗いから見通しが余計に悪かった。軒の照明の下でパーシヴァルは地図を広げた。

「北があっちか……確かに少し時間を食うな、こりゃ」

　地図をしまって歩き出そうとするパーシヴァルを、モーリンが突っついた。

「ちょっと濡れますけど、飛びますか？」

「なに？」

「飛行魔法使えますんで。雨除けが薄くなるから濡れちゃうかもですけど」

「……お前、中々に芸達者だな」

　パーシヴァルとトーヤはモーリンの近くに寄って肩に手を置いた。モーリンはぷつぷつと何か呟くように唱える。すると途端に体がフッと軽くなり、三人はみるみるうちに空中に浮かび上がった。代わりにというように、今まで弾かれていた雨粒が体に降り注いだ。

　パーシヴァルは顔をしかめてマントのフードをかぶった。

「こりゃ随分降ってやがる」

「うひー、ちべたい。トーヤ、ガイドしてください」

「分かった、あっちに」

　三人は雨の降る帝都の空を東へと飛んだ。雨粒を避けるようにした薄目の向こうで、都の灯が雨でけぶって滲んだように光っていた。

　冷たい雨に指先がじんじんと痺れ始めた頃、少しずつ高度が下がって着地した。

　周囲には古い造りの建物が並んでいて、道も石で舗装されておらず、あちこちに水たまりができていた。そこに窓から漏れる明かりが照り返している。

パーシヴァルは目を細めて周囲を見回した。この雨では外に出ている者はいない。少しずつ気温が下がって来ているのか、雨にみぞれが混じって来ているように思われた。

モーリンが小さくくしゃみをした。

「うう、寒いです……」

「ご苦労だったな。ひとまず雨宿りだ」

雨の当たらない軒先に入り込む。この辺りはスラムというほどの事ではないが、表通りのような明るい賑やかさのある場所ではないようだ。この軒の店も戸を閉めてひっそりと静まり返っている。

パーシヴァルはマントを脱いでばさばさと振った。防水のものらしく、表面にまとわり付いていた水滴が跳ね飛んだが、内側までしみている様子はない。

モーリンがローブの裾を絞りながら言った。

「いいマントですねえ、それ。全然しみてない感じじゃないですか」

「龍の胃袋をなめして作った。水も火もちょっとやそっとじゃ通さんし、鎧以上に丈夫だ。お前、随分濡れたな……どうだ、何か不審な魔力を感じるか？」

「お腹が空いてそれどころじゃありません。飛行魔法は疲れるんです」

「……まだ開いている店があるだろう。行くぞ。トーヤ、お前は」

「平気です、行けます」

トーヤは背中を向けてごそごそと服を絞っているらしかった。

三人は軒下を出る。まだ開いている店くらいあるだろう。

水たまりを踏みながら往来を進み、淡い光の漏れ出ている酒場らしい所に踏み込んだ。あまり人は入っている様子ではなく、三人が入ると客が一斉に入り口の方を見た。余所者を歓迎するような雰囲気ではない。

しっとり濡れたローブが体の線を浮き立たせているモーリンに、荒くれ共も鼻の下を伸ばしたようだったが、パーシヴァルがぎろりと辺りを睨むと、誰もがこそこそとまたコップや皿に向き直った。

パーシヴァルはカウンターに行って店主らしい男に声をかけた。

「何か食い物をくれ。あとタオルか何か貸してもらえると助かるんだが」

「先払いでお願いしますよ」

財布から銀貨をつまみ出してカウンターに放り出した。

「釣りは取っとけ」

「やや、これはどうも」

不愛想だった店主の態度が急に陽気になった。女中に何か言って奥からタオルを持って来させた。パーシヴァルはそれをトーヤに手渡す。

「流石に着替えはないが」

「十分です、ありがとうございます」

「もぐもぐ」

モーリンは既にチーズを載せたパンを頬張っている。トーヤが呆れたように言った。

「拭かないと風邪引くよモーリン」

「腹ペコの方が風邪引きますもぐもぐ」

「もー」

トーヤはタオルをモーリンの頭にかぶせてわしゃわしゃと拭いた。

暖炉で火が赤々と燃えているから暖かい。服も外よりは乾くだろう。小さなグラスに入った蒸留酒を飲み干すと体が温まる気分だ。パーシヴァルは空になったグラスを押しやった。

「もう一杯くれ」

「はい」

「この辺りは魔獣が出た事があるらしいな」

酒を注いでいた店主の眉がぴくりと動いた。

「……お客さん、ギルドから派遣されて来たんで？」

「まあ、そんなもんだ」

店主は怪訝そうな顔をしてパーシヴァルをじろじろ見たが、やがて合点が入ったように頷いた。

「なるほど、ようやくギルドも腰を上げてくれたってわけだね」

「今までは？」

「依頼に行っても受理されなくてねえ。割に合わん仕事だから受けてくれる奴がいないもんだと思ってたよ。兵士や軍は早々に調査を打ち切るし、こっちは不安だってのに」

「ふむ……魔獣はここ最近はいつ出たんだ？」

「半年くらい前かね。まあ、この辺にたむろしている連中でも片付く程度のもんだが、女子供が襲われたらと思うとね」

「そうか。ま、俺が来たなら安心だ。詳しい事を教えてもらおうか」

パーシヴァルはそう言って蒸留酒のグラスを手に取った。

店主の話によると、魔獣はこの地区に何度か現れたらしい。具体的にどこから湧いて出たという事は判然としておらず、元々治安のよくない地区であるために積極的に調査を行う者も現れていない。しかも出現する魔獣も下位ランクのものだけであったので、多くの連中はそれほどの脅威とも考えていないようである。むしろ悪漢や追剝の方が危ないという認識らしい。それでも、ここの店主のように戦う力のない者はやはり不安を抱えているようだ。

パーシヴァルは地図を出してカウンターの上に広げた。

「この酒場はどの辺だ」

「ああと……ここですね」

店主が指さす。魔獣が現れたという丸印はその辺りにもあった。しかしそこよりも少し東に行った辺りに集中しているようだった。

「この周辺なのは間違いないですね」とトーヤが言った。

「そうだな。何かしら魔法の要素がある事は確かだろうが……おいモーリン、腹はくちくなったのか」

「あと温かいスープが一杯欲しいです」

モーリンの前には空になった皿が五つも六つも重なっている。

「その細身のどこに入ってんだ……おい、スープをくれ」

パーシヴァルは呆れつつも硬貨をつまみ出してカウンターに置いた。トーヤが地図を見ながらはて首を傾げた。

「この辺、確か廃墟になった建物が多かったような……」

「そうそう、よく知ってるね。昔は栄えてた辺りなんだが、表通りから遠いからって段々廃れて来てね、今は無人の家とか廃墟も多いよ。だからならず者が集まりやすいんだがね」

「まともな連中は近寄りがたいってわけか。色々隠すには都合が良さそうな場所だな」

スープを飲み干したモーリンが立ち上がって、手の平でぽんぽんと腹を叩いた。

「元気いっぱいです。行きましょう」

「おお、満足したか」

「腹八分目ですけど、これから動きそうですし丁度いいですよ」

「おま、あれだけ食っといて……」

「いつもの事なんです……気にしないで」

トーヤが苦笑して立ち上がる。パーシヴァルも肩をすくめて立ち上がった。

雨は相変わらず降っているが、少しみぞれの割合が増えて来たのか、ぼたぼたと重さを増しているように思われた。肩を濡らす水滴も手で払うと細かな氷があった。

三人はぐしゃぐしゃの道を早足で進み、やがて窓から明かりの漏れぬ辺りまでやって来た。

二階建てや三階建ての建物が並んではいるが、かつて立派だったという面影が感ぜられるくらいで、壁は剝がれ、窓は割れて板が打ち付けられ、不気味な雰囲気すら漂っていた。

パーシヴァルは辺りを見回し、眉をひそめた。

「なるほど、嫌な感じだ……お前ら、魔法で網か何か張れるか？」

「ええ、少し待ってください」

トーヤは腰の剣を抜いて念じるように目を閉じる。モーリンも胸の前で両手の平を向き合わせて何か小さく唱えた。やがて二人の体から魔力の波が迸り、建物の間を縫って辺り一面に広がって行った。探索の魔法だ。広がった魔力の波に引っかかるものがあれば、即座に気付く。

パーシヴァルはしばらく腕組みして立っていたが、やがて妙な気配を感じて眉をひそめた。トーヤが目を開く。

「何か来ます」

「……ふん」

パーシヴァルは素早くトーヤとモーリンの前に出ると、暗がりの中を滑るように近づいて来た何かに向かって剣を抜き放った。大した手ごたえもなく影は切り裂かれて、そのままの勢いで地面を転がって行く。トーヤが目を細めた。

「魔獣……？　それにしては」

「気にするな、続けろ」

パーシヴァルは鋭い視線で周囲を睨み付け、音もなく近づいて来る第二第三の影を瞬く間に切り伏せた。そうして詰まらなそうにため息をつく。

「俺も舐められたもんだ」

モーリンが目を開いて眉をひそめた。

「……何か空間の歪みみたいなものがありますね。どうしましょう、パーシーさん」

「先導しろ。周りは気にするな」

二人は頷き合って駆け出した。影は周囲の建物を這うようにして追いすがって来る。しかしかかって来る者はすべてパーシヴァルの剣が真二つにした。トーヤがくすりと笑いを漏らしたので、モーリンは目をぱちくりさせた。

「どうしました？」

「いや……もう、ホント凄いや。笑っちゃうくらい」

いくつかの角を曲がり、やがて建物の一つが目の前に現れた。扉は閉ざされ、幾つもの板が打ち付けられて頑丈に塞がれている。トーヤが後ろを見返った。

「どうしましょう！」

「くだらん事聞くな、ぶち破れ！」

トーヤは素早く剣を振り上げた。刀身が青白く輝き魔力が渦を巻いた。そのまま扉に向かって振り下ろす。斬撃は衝撃の塊になって、打ち付けられた板ごと扉を突き破った。

開いた穴に三人は飛び込む。

建物は窓も塞がれて真っ暗だ。だから雨音さえも阻まれて、ずっと打ち付けていた冷たい雨が遠い世界に行ったようだった。

追いかけて飛び込んで来た黒い影の最後の一体を斬り裂いたパーシヴァルは、剣を振って腰の鞘に収めた。

「殿《しんがり》か……俺がこういう役目をする事になるとはな」

「凄い安心感でしたよ。流石です」

「ははっ」

自分も年を取ったものだとパーシヴァルは笑った。

「……う、これは」

魔法で光の玉を出したモーリンが、切り裂かれた影を見て息を呑んだ。

それは黒い布である。そこから人の骨が見えていた。そうして布の下からわずかに黒い霧のようなものが宙に溶けるように漂っていた。アンデッドらしい。

「死霊魔術か？　道理で妙な気配だと思ったら……どうした？」

睨み付けるようにアンデッドを見ていたトーヤは、声をかけられてハッと顔を上げた。

「い、いいえ、なんでも……」

「……トーヤ、お前、因縁のある相手が敵方にいるって言ってたな。誰だ？」

トーヤは何か言いあぐねるように口をもぐもぐさせたが、パーシヴァルの鋭い視線に射貫かれて、やがて観念したように目を伏せた。

「すみません、今更隠し事はなしですよね……」

「俺はベルみたいに優しくはねえからな。お前の因縁で足を引っ張られちゃ困る」

「そうですよね、その通りです」

トーヤはしばらく俯いて黙っていたが、やがて顔を上げた。

「俺には兄がいました。立派で、優しくて、剣も魔法も良い腕だった……その兄を殺したのが、

〝処刑人〟ヘクターです」

「兄貴の敵《かたき》ってわけか」

「はい。本当に大好きな兄だったので……どうしても感情的になってしまって」

「気持ちは分かる。俺もどうしても殺してやりたい相手がいるからな……だが頭に血が上った状態じゃ勝てるものも勝てん」

「頭では分かっているつもりなんです。でも……」

「若いな……俺の言えた事でもねえが」パーシヴァルは苦笑交じりに言った。「ま、けじめをつけたいなら協力してやらんでもないが、俺は負け戦をする奴を助けるつもりはないぞ。分かるか、意味が」

「……はい」

トーヤは唇を噛むように口を結んだ。モーリンがはらはらした表情で二人を交互に見た。

「あの、あの……」

「そんな顔するな、別に見捨てようってんじゃない。しっかりしろって言ってんのさ」

パーシヴァルはふっと笑って建物の奥の方を見た。ぼろぼろの壁の一角にぽっかりと暗闇をたたえた穴が開いていていた。

「あの奥だろうな。行くぞ」

パーシヴァルは大股で歩き出した。

一一八　建物の壁であると考えれば、外に

建物の壁であると考えれば、外に抜けていると思われたのだが、穴の奥はいつまでも暗がりが続いていた。モーリンの出した光球が照らす床は石のように黒く照り返していたが、変につるつるとしていた。

パーシヴァルを先頭にモーリンが続き、一番後ろにトーヤがいた。敵の気配はないが、何だか不気味で心がざわつくようだった。

やがて地面が緩やかな下り坂になって来た。

相変わらず敵の気配は感じない。空気がしんしんと冷たくて、風もないのにむき出しの顔に刺さるようだった。モーリンが身震いする。

「うー、寒いですねえ」

「濡れたから余計にか。大丈夫か？」

「慣れですねえ、もうちょっとすれば平気かと思いますけど……辛いものが食べたいなあ」

「全部終わったら好きなだけ食わしてやるよ」

「ホントですか！　わーい」

緊張感がないというか、肩の力が抜けていいというか、パーシヴァルは呆れたように笑った。

　一方のトーヤは硬い表情のまま黙って歩いている。何か考え事をしているようにも見えた。パーシヴァルはしばらく何も言わなかったが、やにわに見返って口を開いた。

「おい、トーヤ」

「えっ、あっ、はい！」

「考え事もほどほどにしろ。転ぶぞ」

「す、すみません……」

　バツが悪そうに頭を掻くトーヤを見て、パーシヴァルはくつくつと笑った。

「まあ、気持ちは分かる。だが相手は思考を鈍らせて勝てる相手か？」

「……いえ、まず勝てないと思います」

　しっかりしないと、とトーヤは自分の頬を両手でぱんと叩いた。

　地上で出くわしたアンデッドと、それを操っていた魔力の気配から、この先に待ち受けている相手は〝処刑人〟ヘクターにまず間違いないと思われた。彼は今まで殺した盗賊や賞金首をアンデッドとして使役しているらしかった。

　ヘクターはベンジャミンに奇襲をかけたらしいサティをシュバイツと一緒に撃退したという。Sランク冒険者であるという事実もあり、かなりの強敵であることは間違いないだろう。

　どちらにせよ、ここでベンジャミンにつながる糸が手繰り寄せられたのは僥倖《ぎょうこう》だ、とパーシヴァルは思った。自分の勘もまだまだ捨てたものではない。

　三人は足元を確かめるようにゆっくりりと、しかしなるべく早足で進んだ。硬い床を分厚い靴底が踏んで行く音がこつこつと響いている。

両側には壁が迫っていた。人が二人並んで歩ける程度には広いけれど、ここで戦いになるのはあまり良い状況ではないなとパーシヴァルはより感覚を尖らした。

不意に光球が揺れるようになって、光が不安定に明滅した。

「どうした」

「どうもこの辺りは魔力が乱気流みたいになってるみたいです。空間自体が魔法で作られている可能性もありますね……」

モーリンが光球を安定させようと小さく詠唱をしていると、何やらひたひたと足音が聞こえて来た。トーヤが後ろを向いて腰の剣に手をかける。

「パーシヴァルさん」

「お出ましか……焦るな。狭いのは向こうも同じだ」

暗がりの向こうに何かが揺れたと思ったら、黒いマントの影が幾つも迫って来た。床だけでなく、横向きになって壁まで走って来る。骨の手に握られた剣が鈍く光った。

「後ろは任せた！　突破するぞ！」

パーシヴァルはマントを翻して、前から寄せて来る骸骨に向かって駆けた。向こうが剣を振りかざす時には、もうパーシヴァルの剣が二度三度と振るわれた。骨はマントもろともバラバラになって床に散らばり、靴で踏み付けられて砕けた。

「来い！」

まだ奥から骸骨が寄せて来ている。だがパーシヴァルはちっとも臆することなく剣を片手に走る。その後ろからはモーリンが続き、一番後ろをトーヤ、その後ろからは敵の骸骨が追いかけて来たが、追いすがろうとする者はトーヤが切り伏せた。

　緩やかではあるが斜面を下って行く形だから、次第に速度を増して勢いづいた。敵の骸骨は数こそいるが、数がある分狭い通路では却って動きが取れずに不利らしく、抵抗らしい抵抗もできずにパーシヴァルに次々と倒された。

　そうしてしばらく駆けて行くと、段々と傾斜がなくなって平らになり、向こうの方に明かりが見えた。パーシヴァルはさらに勢いづいて足を速め、骸骨を三体まとめて斬り飛ばすと光の見えた方へ飛び込んだ。

　不意に空間が広くなった。

　とはいえ、驚くほどではない。小部屋というくらいの広さの四角い空間だ。壁に淡い光を放つランプが吊るされて、足の折れた小さなテーブルと椅子とが無造作に転がっている。

　骸骨の最後の一体を斬り倒したパーシヴァルは、周囲を見回して目を細めた。

「妙な気配だな……モーリン、何か感じるか？」

「んー」

　光球を消したモーリンは目を閉じて集中していたが、やがて目を開いた。

「魔獣の気配ですね、これは。それも災害級の……しかもいっぱい」

「ははあ」

　パーシヴァルは面白そうな顔をして剣を収めた。

「魔獣を飼育でもしてんのかな？」

　小部屋には開きっぱなしの扉があり、その向こうに道が続いていた。パーシヴァルはずんずんとそちらに歩いて行く。トーヤとモーリンもその後に続いた。

部屋の外は廊下のようだったが、幅も広かった。

その両側には鉄格子の牢屋が幾つも並んでいて、何も入っていない部屋、骨や服の残骸が転がっている部屋などが多かったが、魔獣らしいのがうずくまっている部屋もあった。そういった部屋には床にも壁にも天井にも、魔術式の模様がびっしりと描かれており、それが魔獣を牢に縛り付けているらしかった。

パーシヴァルは面白そうな顔をしながらそれを眺め、魔獣を挑発するように鉄格子をこんこんと叩いた。

「こいつは面白いな。魔獣なんぞ捕まえてどうするつもりなのやら」

「パーシーさん、肝が太いですねえ……どれも高位ランクの魔獣ですよー？」

「この程度の魔獣ごときに俺は負けけん。まあ、どのみち動けなさそうではあるが……ここはシュバイツや偽ベンジャミンの研究施設だと思うか？」

「何とも言えませんが……ヘクターがいるならその可能性は高いと思います」

トーヤは油断のない目つきで廊下の奥の方まで見渡していた。パーシヴァルは腕組みした。

「ここも魔法で作られた空間か？」

「ええ、恐らくは。時空魔法の一種だと思いますけど……凄いですよね。こんな空間、構築するのはもちろん、維持するのだってどういう術式を組めばいいのか……」

「画期的な魔法だな。まあ、開発したのが悪人じゃ世間に広めたりはしねえか」

転移の魔法は難易度が桁違いだ。しかも素養が必要で、誰にでも使える魔法ではない。しかし、その素養どころか魔法使いですらないパーシヴァルもあの空間を通る事ができた。

魔法によって空間と空間をつなぎ、自由に行き来できる魔法というのはまだ開発されていない筈だ。まして時空を弄って別空間を作り出すなど、桁違いの難易度であることは間違いない。しかし敵方はそれを手に入れ、しかもここまで実用にこぎつけている。

「……時空魔法か」

パーシヴァルは眉をひそめてしばらく考え込んでいたが、やがて諦めたように顔を上げた。

時折牢屋の間に扉があって、そこは小部屋だった。どの部屋も無人で、寝床や机、椅子などがしばらく使われた様子もないまま放置されていた。覗き込み、何も手がかりがないのに肩をすくめて廊下に出る。

「ふぅむ……あまり使われている様子はないな。稼働してるのか、この施設？」

「うーん、どうでしょう？」

「けど放棄しているとしたら、魔獣やあの転異空間を放置しているのは妙だし……そもそもこの空間を残しておく必要が」

「放棄されてはいない」

突然第三者の声がした。目をやると、黒いコートを着て焦げ茶の髪の毛をひっつめて結び、右の目に刀傷のある男が立っていた。トーヤが凍り付いたように体を強張らせた。

「ヘクター……！」

パーシヴァルがにやりと笑って前に出る。

「はは、ようやくお出ましか。客を待たせやがって」

「ここまで辿り着く者は少ない……その失敗作が来たのは驚いたが……」

「ヘクター……」

「久しぶりだなモーリン。だが貴様に用はない」

ヘクターはぎろりとパーシヴァルを睨んだ。

「並の使い手ではないな。名乗れ」

「パーシヴァルだ。〝覇王剣〟って言った方が通りがいいか？」

ヘクターは驚いたように目を見開いたが、すぐに愉快そうに笑い出した。

「そうか、お前が〝覇王剣〟か。これは極上の獲物が迷い込んでくれたものだ」

「俺を獲物呼ばわりとは恐れ入るね。お前は〝処刑人〟だな？」

「ほう、私を知っているとは光栄だな。そっちの失敗作に何か吹き込まれたか？」

顎で指されたトーヤは唇を噛んで剣の柄に手をやり、今にも飛びかかりそうな気配を漲らした。しかしそれをパーシヴァルが手で制す。

「落ち着けって言ってるだろう。深呼吸しろ」

「ッ……すみません」

トーヤは大きく息を吸って、吐いた。パーシヴァルはにやりと笑って、トーヤの背中をぽんと叩いて前に押し出した。

「けじめ付けて来い」

「はい！」

「ええ……あの、パーシーさん？　一人でやらせるんですか？」

モーリンが心配そうな顔をしてトーヤを見、パーシヴァルを見た。パーシヴァルは腕組みして片方の足に体重をかけた。

「なに、危なそうなら助けに入ってやるさ。男にはよ、辛いと分かっててもやらにゃならん事があるんだよ、モーリン」

「男……えーと……」

モーリンは何か言いたげに口をもぐもぐさせたが、諦めたように黙った。ヘクターは不機嫌そうに顔をしかめている。

「何をしている〝覇王剣〟。私は雑魚に用はないのだが」

「奇遇だな。俺もだ」

そう言ってパーシヴァルは欠伸をした。ヘクターは眉根の皺を深くした。

「思い上がるな」

やにわに剣が抜かれた。形状はカットラスだが刀身が長い。そうして先端が欠けている。ヘクターはそれを逆手で持って地面に突き立てる。硬い筈の地面に欠けた剣先は易々と突き刺さった。同時にヘクターの影が水面のように波立った。トーヤが剣を抜いて怒鳴る。

「パーシヴァルさん、来ます！」

ヘクターの影から数体の骸骨が飛び出して来た。手には剣や槍、斧などの武器を持っている。

パーシヴァルは感心したように顎に手をやった。

「いいなあ、魔法が使えて」

「ひええ、さっきの骸骨よりも強そうですよ、あれ！　魔力の量が段違いです」

「そうかそうか」

トーヤの脇を抜けて来た数体の骸骨は、各々に武器を振り上げてパーシヴァルにかかって来た。

しかしパーシヴァルは腰を落とすと剣を抜き放ち、それらをまとめて切り払ってしまった。

「俺には同じだ。トーヤ、しっかりしろ！　兄貴の仇を取るんだろうが！」

骸骨数体に囲まれて手間取っているトーヤに、パーシヴァルが怒鳴った。

トーヤはぐっと歯を食いしばって、素早い身のこなしで群がって来た骸骨を吹き飛ばし、そのままヘクターの方に駆けた。その勢いのままに剣を突き込んだ。

しかし、ヘクターは少しだけ体を反らしてそれをかわし、そのままトーヤを後ろに受け流した。

地面に刺さった剣を抜く。トーヤは素早く反転してヘクターの背後から斬りかかった。

「詰まらん」

ヘクターは振り返りもせず、カットラスでトーヤの一撃を軽々と受け止め、押し返した。

「誰が教えた剣だと思っている」

「――ッ！　このッ！」

距離を取ったトーヤは剣を後ろに引き、左手を前に出す。魔力が集まり、魔弾となって撃ち出された。

ヘクターは面倒臭そうに振り向くと、それらを剣で打ち払う。そうして剣の切っ先をトーヤに向けて、魔弾を撃ち返した。トーヤは慌てて防御に回り魔弾をかわした。

ヘクターは魔弾を撃ちながらトーヤに一歩ずつ近づく。

「鬱陶しい……お前を片付けて、それからゆっくりと〝覇王剣〟と戦うとしよう」

「く……」

決して弱くはない筈のトーヤが防戦一方である。

しかし何だかおかしい。あまりに動きが荒過ぎる。トーヤの動きはもう少し洗練されていたように思うのだが、とパーシヴァルは怪訝な顔をしながら戦いを見守っていた。

モーリンがじれったそうに足踏みした。

「パーシーさん……トーヤを助けてあげましょう」

「仇との戦いに手出しされたくはないだろうよ」

「そりゃそうかも知れませんけど……このままじゃ殺されちゃいます」

「……トーヤの奴、何だか動きが鈍くないか。〝処刑人〟はそういう魔法も使うのか？」

「うぐ……わ、わたしから言っていいのか……あ！」

いよいよトーヤが追い詰められて来た。魔弾で体勢が崩れた所にヘクターが剣を振り下ろした。トーヤは何とか受け止めるが、ヘクターは手を伸ばしてトーヤの胸ぐらを掴んだ。そのまま引き倒そうと引っ張る。だがトーヤも足を踏ん張って抵抗した。貫頭衣が音を立てて引きちぎれ、互いにバランスを崩して少し離れた。

モーリンはもう我慢できないというように、一気に足先に魔力を集約した。そうして地面を蹴り、床すれすれにまで体を低くして、滑るように飛んで行った。そのままヘクターの横をすり抜け、トーヤを抱きかかえて距離を取る。

ヘクターは面白そうな顔をして剣を肩にぽんと載せた。

「そうか、お前もいたな。二人がかりでも構わんぞ、モーリン。その方がまだ面白い」

「……もうやめましょうよ。トーヤはまだどこかであなたを慕ってるんですよ？」

「そんな事ない。モーリン、下がってて……」

「もう！　この意地っ張り！　親子で殺し合うなんて！」

いつもは柔和なモーリンが怒ったように怒鳴った。パーシヴァルは眉をひそめた。

「なんだと？　どういう事だ？」

「え、あ」

モーリンは慌てて口をつぐんだ。

「なんだ、貴様ら何も話していなかったのか」

ヘクターが言った。

トーヤは唇を噛んだ。破けた服の下、胸の所にさらしがきつく巻いてあるのが見えた。薄暗さの中でも妙に際立つ肌の白さは、何だか丸みがあるように思われた。パーシヴァルは額に手をやって嘆息した。

「……おい、ちょっとお喋りしようぜ〝処刑人〟。お前とトーヤはどういう関係だ？」

「父と娘、師と弟子といったところか」

「娘、ね……トーヤよぉ、お前も随分な役者だなあ？」

「……ごめんなさい」

トーヤは俯いた。彼――彼女は男ではなかったのである。

そういえば帝都への旅路でも着替える所などは見た事がなかったし、途中で温泉に立ち寄った時も風呂には入らなかったな、とパーシヴァルは思い起こした。よくもまあ、上手く隠して来たものだと感心してしまう。

「まあいい。だがこいつの兄貴を殺したと聞いているぞ。お前、自分の子供を殺したのか？」

「殺されるような軟弱者は我が子ではない」

「中々ストイックだな。涙が出そうだ。おかげで娘に恨まれちまったってわけだ」

「不出来な種をまいてしまった事が私の失敗だった……ヒナノ、貴様もあの時殺しておくべきだったな。それが貴様にとっても幸せだったろう」

ヘクターはトーヤの方を見てそう言った。パーシヴァルははてと首を傾げる。

「ヒナノ？　誰だそりゃ」

「本当に何も聞いていないのだな。トーヤとは兄の名、こやつはヒナノだ」

「ははあ、なるほど。確かに女の子だったわけだからな」

名前も恰好も兄のものに変え、男として遍歴を重ねた少女の心情はパーシヴァルには分からなかったが、何かやるせないものを感じた。パーシヴァルは乱暴に頭を掻いた。

「察するに厳しい修行で殺しちまったってところか。お前、教えるの下手だな？」

「付いて来れぬ方が悪い。お前にも分かる筈だ〝覇王剣〟。本当の力は死の淵からでなければ湧いては来ないと……生き延びる為には力が必要なのだ。それが身に付けられないならば生きている価値などない」

「そうだな。俺もそう思っていた……少し前まではな」

「……なに？」

パーシヴァルはフッと笑ってこつこつと歩き出した。身構えかけたヘクターの横を素通りして、床に膝を突くトーヤ――ヒナノとモーリンの所に行く。

「でもなあ、俺は優しさと愛とでめちゃくちゃ強くなった娘を知ってんだよ。親父に剣を教わってな。そりゃ厳しさは必要だろう。だが愛しているからこそ厳しくなれるのさ。憎しみだけで力を付けた俺がちっぽけに見えた……お前、子供に辛く当たったのは何の為だ？　俺には自己満足にしか聞こえねえな」

パーシヴァルはマントを脱いでヒナノの肩にかけた。

「着とけ。女の子が破けた服のままでいるもんじゃねえ。モーリン、こいつを頼むぞ」

「は、はい」

「……あの」

「ちょっとお前の親父にキツイお灸をすえてやるが、構わねえな？」

ヒナノは目を伏せて俯いた。

パーシヴァルはニッと笑ってヘクターの方に向き直った。軽く肩を回し、腰の剣を引き抜くと雰囲気が変わった。全身から溢れ出す闘気と威圧感が、冷たい空気をぴりぴりと揺らすようであった。

「前置きが長くなったな。お待ちかねの殺し合いだ」

「……ようやく楽しめそうだ」

ヘクターの方もそれに圧倒される事はまったくないように見えた。カットラスを構え直し、鋭い視線でパーシヴァルを射貫く。

しばらく互いに睨み合っているばかりであったが、パーシヴァルが先に動いた。床を踏み砕くのではないかというような凄まじい踏み込みで、限界まで引き絞って放たれた矢の如き勢いで間合い

を詰める。全身から放たれる威圧感は、その姿を倍以上に大きく見せた。

だがヘクターも尋常の使い手ではない。怪物のようなパーシヴァルの威圧感に臆する事もなく、パーシヴァルの突き出して来た剣を真正面から受け止めた。魔力をまとった鋼同士が打ち合う鋭い音が響く。互いの手が衝撃に震えた。

ヘクターの顔が愉悦に満ちた。

「素晴らしい……これだから戦いはやめられん」

ヘクターはその長身に似合わぬ軽業師の如き身のこなしで飛び上がると、パーシヴァルの背後に降り立ち横なぎに剣を振るった。パーシヴァルは素早く地面を蹴ってそれをかわしたが、ほんの少しかすって腕に傷が走り、血が滴った。

「……そうか、マントがなかった」

普段は鎧代わりのマントはヒナノに着せている。ああいう便利な道具を持っていると戦い方が雑になるなとパーシヴァルは苦笑し、剣を構え直した。

「伊達な異名じゃねえな〝処刑人〟よ。だが俺を殺せるかな?」

「くく、失望させてくれるなよ〝覇王剣〟……!」

ヘクターは剣を床に突き刺した。途端にヘクターの影が地面を伸びて来て、パーシヴァルの足元に絡みついた。足を動かそうにも摑まれたように動かない。

「噂の暗黒魔法か」

ヘクターが剣を構えて距離を詰めて来た。パーシヴァルは動揺するそぶりも見せずにそれを迎え撃つ。ヘクターは腕を鞭のようにしならせて強烈な斬撃を放って来たが、パーシヴァルは上半身の動きだけでそれらをかわし、受け止め、押し返した。

　両者の勢いが凄い為か、ヒナノもモーリンも手を出しあぐねているらしい。どちらも後ろの方で黙ったまま見守っている。

「お前、シュバイツや偽皇太子とつるんでんだってな」

「それがどうかしたか」

　ヘクターは強力な一撃を振るった。パーシヴァルは危なげなく剣で受けるが、カットラス自体に何か魔法があるのか、一撃を受けていないにもかかわらず頬や腕などに時折小さな痛みが走るように思われた。

「お前らは何を企んでんだ？」

「私を相手に無駄口を利く余裕があるとは流石だ」

　パーシヴァルの一撃を受け止めたヘクターは一度距離を取った。少し痺れたらしい手を握って、開き、それから剣の切っ先をパーシヴァルへ向ける。

「シュバイツやベンジャミンが何を企んでいようと関係がない。私は雇い主の仕事を忠実に行うだけだ」

「はは、それがこのちんけな施設のお守りか。〝処刑人〟も堕ちたもんだな」

「だがこうして貴様がやって来たわけだ、〝覇王剣〟」

　ヘクターが魔力を込めると、カットラスから魔弾が撃ち出された。パーシヴァルはそれを剣で打ち払う。ヘクターは魔弾に紛れてパーシヴァルに肉薄すると、再び猛攻を加えた。

「……この施設、本丸とはつながってんのか？」

「それがどうした。お喋りは終わりだ」

ヘクターの剣は勢いを増してパーシヴァルに襲い掛かった。

相変わらず足は動かないし、防戦一方に思われたパーシヴァルだったが、やがてヘクターの剣を受け流すのと同時に、床の影をサッと切り払った。すると足が拘束から解かれ、パーシヴァルは思い切り跳躍した。

「小細工頼りで俺に勝てると思うな」

落下の勢いも加わった強烈な一撃がヘクターに振り下ろされる。先ほど攻撃を受け流されて体勢を崩したヘクターは、咄嗟に剣を出して受け止めるが、物凄い衝撃で思わず膝を突いた。パーシヴァルはそのまま押し込む。物凄い膂力から放たれる圧力にヘクターの腕が震え、額には脂汗が滲んだ。

「どうした。終わりか？」

「……流石だ。だが慢心するのはまだ早い」

ヘクターが小さく何か唱えた。パーシヴァルは肌が粟立つのを感じ、咄嗟に後ろに跳び退った。ヘクターの影から数本の剣や槍が罠のように上へと飛び出して来た。あのまま鍔競り合っていたら貫かれていただろう。パーシヴァルは剣を構え直した。

「ふうん、芸達者だな……」

「この緊張感……これこそ狩りの醍醐味だ」

武器の後からまた骸骨が出て来た。顎の骨をかちかち言わせながら次々と現れてパーシヴァルを取り囲んで行く。パーシヴァルは面白そうな顔をして剣を肩に載せた。

「この骨、お前が殺した奴らなんだってな。随分殺したもんだな、おい」

「褒め言葉だな」

どこかの牢の中で魔獣が唸り声を上げた。パーシヴァルは剣の峰で肩をとんとんと叩いた。

「魔獣を飼うとはセンスのいい趣味だ。ここの主人はお出かけ中か？」

「今は本拠地が違う。ここには最早顔を出さぬ」

「ははあ、成る程な。お前、ベンジャミンが偽者だって知っているわけか？」

「些細な問題だ……どちらにせよ貴様はここで死ぬ」

ヘクターは剣を構えた。魔力が渦を巻いた。

『欠けぬ月　暗き太陽の粒　悪夢の果てと幻想と　影と光のひとくさり』

大魔法だ。

パーシヴァルは眉をひそめて剣を構える。

ヘクターの後ろの方から何やら巨大な影が膨れ上がったと思うや、頭上から降るようにしてかぶさって来た。途端にパーシヴァルは体に重みを感じた。手の一部のように扱っていた剣が嫌に重い。

周りを取り囲んだ骸骨兵たちが一斉に前へと押し出した。パーシヴァルへと武器が突き込まれる。

武器同士がぶつかり合うがちゃがちゃいう音が響き渡った。

仕留めた、と思われたがヘクターは怪訝そうに顔をしかめた。

「……？　妙だ。手応えが」

「トーヤ！」

パーシヴァルの怒鳴り声が聞こえた。ヘクターはハッとして後ろを見返る。マントを翻してヒナノが剣を突き出した。いつの間にか、ヘクターはパーシヴァルを前に、ヒナノとモーリンを背後にする位置に動いていたのだった。

「ぐぬっ！」

剣はヘクターの左腕を貫いた。だがヘクターも即座にヒナノを叩き切ろうと剣を振り上げる。だが振り上げたカットラスにモーリンの魔弾が直撃し、手は衝撃に震えた。

「おのれッ！」

ヘクターは怒りに燃えた目で、次の攻撃を繰り出そうとするヒナノを蹴り飛ばした。だがヒナノはその足にしがみ付き、決して放すまいと抵抗する。ヘクターはまたも剣を振り上げようとしたが、腕に力が入らない。目をやると、右腕が肩の所から寸断されていた。見事な切れ味で、痛みが後から遅れてやって来る。

「貴様……！」

「言ったろ。小細工頼りじゃ俺には勝てねえってよ」

いつの間にか骸骨兵の囲いから抜け出していたパーシヴァルは、剣を袈裟に振り下ろした。ヘクターは背中を斬られ、堪らずに床に倒れ伏した。顔だけ動かしてパーシヴァルの方を見る。彼も無傷ではない。頬や額からは血が流れ、服や鎧も傷だらけだ。彼の足の向こうで、足を斬られて地面に転がっている骸骨兵たちが見えた。

「くく、大魔法を受けても剣を振るうとは……体が重くなったそのままに床に伏せたわけか」

「そう。そのまま骸骨どもの足を斬って抜け出した。卑怯だと思うか？」

「馬鹿な。これは騎士の決闘ではない。大魔法を過信し、鼠に気を払わなかった私の落ち度だ……

殺せ」

「それを決めるのは俺じゃねえよ」

パーシヴァルは剣を収めてくるりと背を向けた。

ヒナノが荒い息を整えながら、ヘクターを見下ろしていた。ヘクターは力を振り絞って仰向けに転がった。床に広がる血だまりが服や髪の毛に染みて行く。

「……傑作だな。失敗作にこうして見下される日が来るとは」

「俺も兄さんも失敗なんかじゃない」

ヒナノは今にも泣きそうに頬を紅潮させてヘクターを睨み付けた。

「俺は……お前の事が心底憎い。今すぐ心臓に剣を突き立ててやりたい。なのに……なのに……」

ぼろぼろと涙をこぼし、ヒナノは膝を突いた。ヘクターは冷ややかに笑う。

「だからお前は失敗作なのだ……」

「違う！　俺も兄さんも人間だ……お前だって、その筈だったんだ……どうして……」

「甘ったれた事を……だから貴様の兄は死んだ。私が殺した。私を殺すほどの覚悟があれば、あれも死なずに済んだ。それだけの話だ」

ヒナノはくっと唇を嚙むと、短刀を抜いて振り上げたが、ついに振り下ろす事はなく、だらりと腕を下ろした。するりと手から短刀が滑り落ち、音を立てて床に転がった。

「くく、その甘さが、いずれ命取りにならなければ……いい、が……な……」

右腕の傷からはとめどなく血が溢れ、やがてヘクターは不気味な笑みを浮かべたまま動かなくなった。目からは光が失われた。ムッと鼻を突く血の臭いが辺りに立ち込め、冷たい死の気配が満ちた。

膝を突いたまま涙をこぼすヒナノにモーリンが駆け寄って肩を抱いた。

「大丈夫ですか……？」

「ごめ……ッ、結局、俺は、最後まで……」

ヒナノは両手で顔を覆った。

「俺は……どこかでベルグリフさんとアンジェリンさんに憧れちゃったんだ。俺も、あんな風に……なんで俺たちはこうじゃなかったんだって……殺してやるって決めてたのに、目の前にすると体が思うように動かなくて……」

パーシヴァルがふうと息をつき、ヘクターの死体の傍らにしゃがみ込んだ。手を伸ばし、死体の目を閉じてやる。

「お前は甘いんじゃない。優しいだけだ。恥ずかしい事じゃない」

「……ッ」

ヒナノは溢れる涙を押さえるように目元に指をやった。

「……まあ、そう簡単に割り切れるもんでもないだろう。気持ちは分かるが、あまりここに長居もできん。厳しいようだが行くぞ」

「はい……すみません……」

ヒナノはぐしぐしと目をこすって立ち上がった。そうしてマントを脱ごうとする。

「マント、ありがとうございました」

「いいから羽織っとけ。服は破れっぱなしだろうが」

パーシヴァルは乱暴にヒナノの頭をくしゃくしゃと撫でた。ヒナノはマントをもそもそと羽織り直し、口元までうずめて俯いた。

パーシヴァルは辺りを見回した。

「……モーリン、何か魔力の流れは感じるか」

「……そうですね、あっちに何かありそうです」

「行きましょう」

ヒナノが自分の気持ちを誤魔化すように乱暴な足取りで歩き出す。すんすんと鼻をすする音が聞こえた。

モーリンがそっとパーシヴァルにささやいた。

「パーシーさん……ごめんなさい、色々」

「素っ気なくて悪いな。どうもそういう性分じゃなくてよ」

「いえ……ずっと黙っててすみません。あの子も色々あって」

「俺は何も気にしてねえよ。お前も大変だったなあモーリンよ。ずっとあいつを守ってやってたわけか」

「柄じゃないんですけどね……ああ、もうあんなに。おおいトー、じゃなかった、ヒナー、待ってくださいよー」

モーリンは努めて明るく振る舞うようにヒナノを追っかけた。

「……気の利いた一言くらい言えりゃあな。ったく、年甲斐のねえ」

自分に向かって悪態をつき、パーシヴァルは二人を追って歩き出した。

一一九　石畳は濡れて、低い所を筋に

石畳は濡れて、低い所を筋になって水が流れていた。

道の脇の溝に溜まった所に雨粒が落ちて音を立てる。分厚い靴底が地面を踏むたびに、雨に混じったみぞれのくしゃくしゃとした感触が感ぜられた。

「流石に一筋縄ではいかんな」

聖堂騎士のドノヴァンが呟いた。

彼は帝国の下級貴族出身であるが、親の意向により、幼少の頃からルクレシアの教皇庁に出向き、聖堂騎士の侍従として長く勤めた。そこで自らも聖堂騎士へと成り上がった。

ヴィエナ教徒として人並みの信仰心こそ持っているものの、成り上がり者という事もあって、信仰心以上の野心を抱いている。それが結果として彼に教皇庁の帝都支部の長という役目を得るチャンスを巡らせて来たが、それは彼を更なる権力争いへと巻き込んでいく事にもなった。

だが、元々野心家であり、その野心を掻き立てられるだけの才能を持つドノヴァンには、それは何らの苦痛にもならなかった。むしろルクレシア本国で教皇庁の裏側とのつながりすら作って来た彼は、帝都での権力争いにおいて他者よりも一歩先んじていた。何といっても皇太子とのつながりができたのだ。何だかんだいって権力者の後ろ盾というのは強い。

それでも不安はある。教皇庁は裏側では清廉とは言えぬ権力者同士の争いが渦巻いているが、表向きは教徒たちのよき指導者であり、異端の者、悪人を罰さねばならない。

〝災厄の蒼炎〟シュバイツは教皇庁にとっては最悪の敵であった。

彼が主として研究しているソロモンの魔王たちは、かつて主神ヴィエナの勇者が封印した敵である。無論、現在のヴィエナ教においても、魔王は忌むべき対象として扱われているし、教徒はもちろん、民衆たちにも魔王は恐れるべき存在であった。

研究の内容といい、過去に起こした事件といい、教皇庁と相容れぬ男である事は間違いない。現に、何度も浄罪機関と戦っているのだ。

そのシュバイツが皇太子と組んでいる。

初めに皇太子ベンジャミンから協力を持ちかけられた時は、流石のドノヴァンも驚いた。しかし彼の野心は危ない橋を渡る事を躊躇させなかった。ベンジャミンもドノヴァンの野心を見越して彼に声をかけたのだろう。

浄罪機関とのつながりもあるドノヴァンは、ベンジャミンの思った通りに彼らの動きを抑えた。自身が帝都に出ている事もあって、帝都での彼らの活動を制限したのである。それができるだけの立場に上れたのも、ベンジャミンの後押しがあったのは間違いない。

だが、それもいつまで続くか分からない。

権力争いを知る者には常識だが、権力に安泰などないのだ。常にその立場を虎視眈々と狙い続けている連中がいる。その為にはより多くの手札を持ち、他者を蹴落とし続けねばならない。

その為には戦力も正当性も必要であった。

異端の反逆者の首。そして赤毛の男が持っていた聖剣。まさか場末の宿の酒場であんな業物にお目にかかるとは思わなかった。あの清浄な魔力を宿す剣は、教皇庁に於いても聖剣として崇められるに違いない。

ドノヴァンはちらと少し後ろを歩くファルカを見た。相変わらずのぼんやりした表情で後ろを付いて来る。

この兎の獣人の少年は元々ドノヴァンが奴隷として手に入れたものだ。今では非合法となっている奴隷制だが、まだ裏の世界ではひっそりと取引が行われている。尤も表向きは従者として扱ってはいるが。

ファルカは獣人らしいしなやかな身のこなしと、驚くほどの剣の腕前を持っていた。しかし口は利けないのか利かないのか、ともかく一言も喋らず、意思の疎通こそできるものの戦う時以外はいつもぼんやりしていた。そんな有様だから奴隷商にも抵抗なく捕まったのだろう。従順であり、しかし腕前は一流で、余計な事は何もしない。護衛としては最上級の人材だ。

そして、今は皇太子から与えられた魔剣を振るっている。数々の魔獣を屠って魔力を吸収したその刀身は次第に暗い輝きを増し、ファルカは更なる力を得ているようにも思われたが、次第に目の輝きが異様になって来ているようにも見えた。ぼんやりしている癖に、いつも誰かと戦いたがっているような感じだった。

「……あの聖剣が手に入れば」

より安泰なのだがな、とドノヴァンは呟いた。

仮にも聖堂騎士がいつまでも魔剣を振るっているのは体裁が悪い。魔獣退治によって民衆の支持を得ているからいいものの、些細な事から突き崩されるのが権力争いだ。いつまでも弱点をそのままにしておくわけにはいかない。

　聖剣であるならば振るうのに正当性があるばかりでなく、より広い支持を得られるだろう。もし剣が持ち手を選び、使えないというならば、魔剣にあの力を吸収させればいい。

　黄輝石の街灯が濡れた地面に照り返して、石畳がぎらぎらと光っている。

　ドノヴァンは煩わし気に肩のみぞれを払い落とし、ふとファルカが付いて来ないのに気付いて振り向いた。

「何をしている、早く来い」

　しかしファルカは立ち止まったまま一方を見て突っ立っている。そのまま動かないように思われたが、やにわに視線の方へと早足で歩き出した。ドノヴァンは眉をひそめた。

「おい、何処に行く。ファルカ！」

　ファルカは答えず、ドノヴァンの方を見もしない。

　ドノヴァンは苛立って怒鳴ったが効果がない。仕方がなくドノヴァンはファルカの後を追っかけた。

○

　パーシヴァルとカシムがそれぞれに出かけてから小一時間ばかり経ったが、まだリーゼロッテは戻って来ない。

マルグリットが落ち着かない様子で壁の前を行ったり来たりしている。

アネッサが呆れたように声をかけた。

「少し落ち着けよマリー」

「落ち着いてられるかっつーの。くそ、待つのは性に合わねえんだ……パーシーに付いてきゃよかったかな……」

「焦ってもしょうがないよー、ほら、お茶飲めばー？」

「もう何杯も飲んだよ！　なあ、ベル、リゼを待ってるよりこっちから偽皇太子のとこに押しかけた方がいいんじゃねえか？」

ベルグリフは首を横に振った。

「無理だ。それじゃ城にすら入れないよ」

「ご丁寧に頭下げてどうすんだよ、どうせ偽者なら首取っちまえば正体現すだろ。おれたちなら城の衛兵くらい何とでもなるって」

アネッサがため息をついた。

「ならないよ、馬鹿。王室近衛騎士団は高位ランク冒険者並みの実力者揃いって話なんだぞ。一人二人ならともかく、数十人も相手にできる筈ないだろ」

「……それはそれで戦ってみたいな」

「もー、マリーちょっと甘いもの食べて落ち着きにゃー」

ミリアムがひょいと立ち上がってマルグリットに駆け寄り、手に持った砂糖菓子をマルグリットの口に次々と押し込んだ。マルグリットは「うが」と言って口いっぱいの砂糖菓子に目を白黒させた。

ベルグリフは組み合わせた指先を見つめた。

皇太子に会って、それでどうしようか。自分でも驚くほどの憤りがあるけれど、それをただぶつけてみた所で何か解決するわけではない。これまでの動向や、そもそも偽者であるという事実もあって、話し合いでどうにかできるようにも思わない。

皇太子の本物が生きている可能性が出て来たのだから、そちらの線から何か考えた方がいいのではないだろうか、と今になって考えがまとまって来る。

娘の事もあったとはいえ、少し頭に血が上り過ぎていたか、とベルグリフは目を伏せた。

座ったままずっと考えるようにしているベルグリフを見て、アネッサが心配そうに口を開いた。

「ベルさん、大丈夫ですか？」

「ん、大丈夫だよ。ありがとう」

ベルグリフは顔を上げて微笑んだ。ミリアムがソファに腰を下ろす。

「アンジェなら大丈夫ですよぉ、相手が誰だろうと負けません」

「そうだな……俺もそう思うよ」

アンジェリンが何の考えもなしに敵の懐に飛び込むとは考えたくなかった。拒否する事で状況が悪化する事を見越して否応なしであった可能性もあるが、だからといってただやられると考えて行く筈はない。

いずれにせよ、大丈夫だという自信があるからこそ出向いて行ったのだ。事によるとあえて懐に飛び込んで何か得ようとしている可能性もある。なにせSランク冒険者である。自分如きが心配するのはお門違いというものだ。ベルグリフはそう信じたかった。

しかし、もちろん親としての心配は理屈とは別に心を苛む。相手の得体が知れないのも、その思いに拍車をかけた。

アネッサがお茶のお代わりを淹れた。

「……リゼにどこまで話すんですか？」

「あまり巻き込みたくはないんだ。リーゼロッテ殿はとても素直でいい人だからね……」

フランソワとアンジェリンの間に確執がある事は、ベルグリフたち一行全員が知っている。だが、そのフランソワは、今はベンジャミン子飼いの部隊長だ。アンジェリンの仲間と父親であるベルグリフの頼み事を素直に聞いてくれるとは考えづらいが、リーゼロッテを介してならばなんとかなるかも知れない。

それに期待を抱いてはいるが、リーゼロッテ自身を巻き込むのは嫌だった。ベンジャミンが偽者であるという事すら伝えるのはためらわれた。兄が仕えている男が悪事を企む偽者であるという事は、決して喜ばしい事ではないだろう。彼女は素直にフランソワを慕っている。そんな無邪気な少女を悲しませたくはなかった。

そもそも、フランソワはベンジャミンが偽者だと知っているのだろうか。彼が抜擢されたのはここ最近の事だから、偽者に変わってからの事だ。もし知らずに仕えているのだとすれば、偽者だと知れば協力してくれるかも知れない。フランソワだって帝国の皇太子に忠誠を誓えど、正体不明の偽者に忠誠を誓う義理などない筈だ。

だが、真正面からそんな事を言ったって一笑に付される事は目に見えている。

　そうなると、どのように話を切り出せばいいものか……とベルグリフたちが考えていると、扉が開いた。スーティを伴ってリーゼロッテが部屋に入って来た。

　ベルグリフの姿を見た彼女は顔をほころばせた。

「来てくれたのね、ベル！」

「お邪魔しております、リーゼロッテ殿」

　ベルグリフは微笑んで頭を下げた。リーゼロッテの後ろから入って来たオズワルドは、居並ぶ冒険者たちを見て立ち尽くした。

「お、おお……」

「あらオジー、すくんじゃってどうしたの？　みんないい人ばっかりだから大丈夫」

「こ、怖いわけじゃないよリゼ……いや、ちょっと驚いただけ……エ、エルフ……初めて見た」

「そう？　それならいいけれど。みんな、わたしの婚約者のオズワルドよ」

　ベルグリフは立ち上がって慇懃に頭を下げた。

「お初にお目にかかります、ベルグリフと申します。汚い恰好で申し訳ありません」

「こ、これはご丁寧に——お、おほん。楽にしてくれたまえ」

「恐縮です、オズワルド殿。エストガルでは娘がお世話になりました。お礼を申し上げます」

「んん？　娘って……」

「オジー、ベルはアンジェのお父さまなのよ！」

「はっ？　あ、あの〝黒髪の戦乙女〟の？」

「はは、信じられないかも知れませんが……ええと、彼女たちは娘の友人でして」

ベルグリフはアネッサたちを紹介する。オズワルドはぽかんとしてこの珍妙な客たちをまじまじと見た。その様子を見てくすくす笑っていたリーゼロッテだが、アンジェリンの姿がないのに気付いて、不思議そうな顔をして部屋の中を見回した。

「あら？　アンジェは？」

「えっと、皇太子——殿下に呼ばれて」

ミリアムが口をもごもごさせながら言うと、リーゼロッテは驚いたように目を見開いたが、すぐに嬉しそうに笑って、早足でソファまでやって来てぽんと腰を下ろした。

「殿下はアンジェにご執心なのね！　でも美人だから分かるなあ、アンジェがお妃さまになったりしたらどうしましょ」

リーゼロッテは無邪気にそう言ってくすくす笑った。そうしてベルグリフを見る。

「そうなったら凄いわね、ベル！」

「ええ、光栄な事です……そうなれば、の話ですが」

ベルグリフは笑って肩をすくめた。オズワルドも慌てたようにやって来てリーゼロッテの隣に腰を下ろす。

「べ、ベンジャミン皇太子殿下に呼ばれたのか？　す、凄いな……でもあの時も舞踏会で一緒に踊っていたし……」

「美男美女だからお似合いよね……ふふ、アンジェと殿下はどんなお話をしているのかしら。ね、みんな、お菓子だけじゃお腹空いたんじゃない？　スーティ、食事の支度をさせて頂戴。広間じゃなくてここに運ばせていいわ」

「料理長が困りますよ」

「簡単なものでいいと言って。あんまり肩ひじ張った料理じゃみんな疲れちゃうでしょ」

リーゼロッテはそう言ってウインクした。スーティは一礼して部屋を出る。アネッサが言った。

「なあリゼ、皇太子殿下は、やっぱり普通はそう会えないものなのかな？」

「そうねえ、高貴な方だから……でもご本人はとっても気さくなのよ。パーティに突然現れてみんなを驚かせたりもするの。昨日も驚いたわよね」

リーゼロッテはそう言ってくすくす笑う。そういえば昨日ベンジャミンが唐突に現れたのだった。

ミリアムが思い出すように宙に視線を泳がした。

「そうだったねー、確かに美男子だったにゃー」

「でもあまり浮いた噂は聞かないのよね、オジー」

「そうだね。昔は凄かったらしいけど、今は全然聞かないや……だからこそアンジェリンにご執心なのが僕は驚きだけどね」

「だってアンジェはすっごく綺麗じゃない。殿下と並んでもちっとも見劣りしないと思うわ！　ね、ベル！」

リーゼロッテはそう言ってベルグリフを見て笑った。ベルグリフは笑い返しながらも目を伏せる。

こんな状況でなければ素直に嬉しい出来事なのだが、と心の中で嘆息した。

ようやく口の中の砂糖菓子をやっつけたらしいマルグリットが慌てた様子でやって来て、カップのお茶を乱暴に飲み干した。

「ぷはっ——ミリィ、てめえ覚えてろよ！」

「えー、おいしかったでしょー？」

「甘過ぎんだよ馬鹿！　うー、口の中が変な感じだ……おい、もう一杯よこせ！」

「えっ、あっ、はい」

眼前にカップを突き出されたオズワルドは、慌ててポットを取り上げてお茶を注いだ。そうして
「なぜ僕が」と首を傾げた。リーゼロッテはくすくす笑った。

「ふふっ、マリーの前じゃうちの旦那様も形無しね」

やがてスーティが戻って来たと思ったら、続いて料理が運ばれて来た。肉や野菜をパンで挟んだものや小さなパイ皮包み、一口大の肉の切り身や野菜、魚介などを串に刺して焼き上げたものなど、話をしながら片手間に食べるのに丁度いい料理が揃えられていた。

それらをつまみながら話を続ける。

「ねえねえ、リゼのお兄さんは皇太子の親衛隊なんだよねー？」

「あらミリィ、殿下を付けないと失礼よ。フランソワお兄様ね！　最近は特にお忙しくてあまり屋敷にも戻って来られないみたい。わたし、一応お兄様に会いに来たのだけれど、ゆっくりお話しする暇もないの」

「そっか。むー」

ミリアムは眉をひそめてお茶のカップを口に運んだ。身内がこれでは、自分たちが話をするのも難しいか、とベルグリフはやや眉をひそめる。オズワルドが笑って肩をすくめた。

「結構な大抜擢だもの、そりゃ忙しいに決まってるさ。僕らも帝都に着いた初日に少し食事をしただけで、他はちっとも会えないものね」

「だってオジーはあちこち出かけてるじゃない。やれお茶会だ、交流会だって」

「僕のは仕事みたいなものだよ。君こそあちこち遊びに出かけているじゃないか……でもフランソワ義兄上、少し顔色が悪そうだったね。体を壊していないか心配だよ」

「お体がすぐれないご様子なのですか？」

　ベルグリフが尋ねると、オズワルドは頷いた。

「うん、僕もそう思って聞いたんだけどね、本人はそんな事はないと言っておられたよ。まあ、別にふらついたりはしていなかったから、僕の取り越し苦労かも知れないけれど」

「……仕事は順調だって？」

　とアネッサが言った。リーゼロッテはにっこり笑った。

「中々難しいけど、やりがいがあるって」

　ベルグリフは考えを巡らそうと目を伏せたが、どうにも頭の中がとっ散らかる。

　平静でいるよう努めてはいるが、やはりアンジェリンの事が気になってしまう。さっきから料理に手が出ないのもそのせいかも知れない。

　その時、傍らに立てかけておいたグラハムの大剣が突然唸り声を上げ始めた。

　はてと思っていると、廊下の方が妙に騒がしくなった。困りますだのご容赦をだのという声が聞こえ、ばたばた、人の駆けるような足音が近づいて来た。オズワルドが眉をひそめる。

「なんだ、騒々しいな」

　嫌な予感がして、ベルグリフはさっと立ち上がり剣を手に取った。

「……！　お嬢様、下がって！」

スーティが携えた鉄棒を構えるのと同時に、蹴破られるような勢いで扉が開き、兎耳の聖堂騎士が飛び込んで来た。ファルカは迷う事なくベルグリフ目掛けて疾走して来た。恐るべき速度で腰の剣が抜き放たれる。

——速い！

ベルグリフは剣を抜く間もなく鞘ごと大剣を前に出した。

だが、ファルカの剣は大剣を打つ前に細剣に阻まれた。後ろから割り込んだマルグリットが力任せにファルカを押し返した。ファルカはしなやかな身のこなしで扉の前まで跳び退った。

「なんだぁ、お前は？」

マルグリットは咥えていた串をぷっと床に吹いて、距離を取ったファルカを睨み付けた。

開いた扉の向こうでは、使用人や衛兵たちが不安そうな顔をして覗き込んでいる。呆気に取られていたオズワルドが口をぱくぱくさせた。

「せ、聖堂騎士？　なんで……？」

「どういう事なの？　いくら聖堂騎士様でも、こんな無礼は許しませんよ！」

リーゼロッテが怒ったように立ち上がり、ファルカに怒鳴る。しかしファルカは相変わらずの曖昧な顔をして突っ立っている。隙だらけに見えるのに、まるで隙がない。それでいて凄まじい殺気だ。

マルグリットがにやりと笑って剣を構えた。

「何だか知らねえが……退屈してたんだ、やろうってんなら相手になってやるぜ」

ファルカは心なしか嬉しそうに剣をくるくる回すと、軽い身のこなしで床を蹴った。マルグリットも前に出て剣を合わせる。

　鉄棒を構えたスーティが叫んだ。

「マリーさん、手助けは！」

「要らねえ！　それよりも早くリゼを部屋から連れ出せ！」

「助かります！　お嬢様、こっち！」

「なんなの……どうなってるの……」

　怯えて困惑しているリーゼロッテ、それに戸惑っているオズワルドを連れて、スーティは壁伝いに扉の方に向かった。

　それを見ながら、ベルグリフは大剣を鞘から抜いた。刀身はぎらぎらと光り、唸り声は強さを増した。怒っているよう聞こえる。

「アーネ、ミリィ、君たちもリーゼロッテ殿を」

「え、でも……」

「ミリィ、部屋の中じゃわたしらは動きづらい。出た方がいい」

　射手と魔法使いでは、狭い部屋の中では戦いづらい。マルグリットに加勢しようと杖を構えていたミリアムは、アネッサに促されて不承不承といった様子でリーゼロッテたちの後を追った。

　ファルカは強靭な脚力でまさしく野兎の如く跳ね回り、時には壁を走る技まで見せて、四方八方からマルグリットを攻め立てた。

　しかしマルグリットも大したもので、縦横無尽なファルカの動きに見事に対応し、迫って来る剣撃を受け止め、いなし、五分に渡り合った。しかし初めは笑みさえ混じっていた表情は硬かった。

テーブルやソファが倒れ、料理が床に散らばる。

手を出しあぐねて見守っていたベルグリフが声をかける。

「マリー、大丈夫か！」

「ベル、気ぃ付けろ！　こいつの剣、何か変だぞ！」

マルグリットがほんの一瞬視線を逸らした時、ファルカは突然方向を変えてベルグリフの方に跳びかかって来た。ベルグリフは大剣で受け止める。清浄な魔力と歪んだ魔力とが弾けるように飛び散った。聖剣は怒ったように唸り、ファルカの剣は呻くような不気味な声を上げた。

「く……たしか、魔剣、だったか……ッ」

ファルカは無表情の中に愉悦を混じらせながら嬉々として剣撃を繰り出した。ベルグリフは何とかいなすが、受ける度に妙に疲労が溜まるように思われた。

そういえば、この剣は斬った相手の魔力を吸収するとパーシヴァルが言っていた。現に、宿屋に現れたノロイがあの剣に吸い込まれるのを目撃している。となると、体を斬られなくとも、剣に流した魔力が削り取られているのだろうか。

数合打ち合ったと思うや、マルグリットが飛び込んで来てファルカを引き離した。

「下がってろベル！　お前じゃ危ねえ！」

「……すまん！」

悔しいがマルグリットの言う通りである。技量の問題もあるが、何よりも狭い室内では大剣の取り回しが外ほど容易でない。ベルグリフは警戒しつつも二人の間合いの外に下がった。

その時、何だかざあざあという雑音が聞こえた。雨音ではない。はて、何だろうと思っていると、誰かが荒い足取りで部屋に入って来た。聖堂騎士のドノヴァンであった。額に青筋を浮かべ、怒りに紅潮している。

「ファルカ！　何をしている、この大馬鹿者が！」

ドノヴァンの喝破に、ファルカはびくりと体を震わして動きを止め、いたずらを見つけられた子供のように、おずおずとドノヴァンの方を見た。ドノヴァンはつかつかとファルカに歩み寄ると、躊躇なくファルカを殴り倒した。

「血に飢えおって……ッ！　大公閣下の屋敷でとんだ恥さらしだ！」

ファルカはしゅんと兎耳を垂らしてうなだれた。

ドノヴァンはイライラした様子で部屋の中を見回し、ベルグリフを見て目を見開いた。

「……そういう事か」

「またお会いしましたな。このような形とは些か驚きましたが」

ベルグリフはあくまで丁寧に、しかし視線は鋭くドノヴァンを見据えて会釈した。それでも声に皮肉気な響きが混じるのは機嫌が悪いからだろうか。

その時、さっきからずっと低く聞こえていたざあざあという雑音が大きくなって、ぶつ切れに人の声が混じるようになって来た。空間の一部が歪んだと思ったら、宙空に何かが映り始めた。通信魔法だ。

『お——やっとつながっ——た——』

「カシム？」

ざらざらと不鮮明な映像だが、カシムの姿が見えた。

『ベル、ちょっとこっちに来てくれ。糸口が見つかったかも知んない。あー、そうだ。とりあえずアンジェは無事っぽいよ。それは安心して』

「本当か？　そうか……」

一気に胸のつかえが取れたようで、ベルグリフは肩の力を抜いた。カシムは部屋の中を見て怪訝そうに眉をひそめた。

『なに？　何の騒ぎだい、こりゃ』

「いや、大丈夫だ。サラザール殿の所だな？　すぐ行く」

『うん。ただまあ、ちょっとややこしい事に――』

カシムの言葉が終わる前に映像はぶつんと途切れてまた元通りになった。マルグリットが言った。

「行くのか？」

「ああ。大人しく行かせてもらえるなら、だが」

そう言ってベルグリフは聖堂騎士たちを見た。ドノヴァンが眉をひそめた。

「引き留める理由はない……見苦しい所を見せた。この馬鹿者が失礼したな」

「私よりも大公閣下の御息女に謝られた方がいいでしょうな」

ベルグリフは素っ気なく言って、未だに唸っている大剣を鞘に収めた。

マルグリットが怪訝な顔をして二人を交互に見る。

「なんだよ、こいつらは知り合いか？」

「昨日すれ違っただけだよ」

ベルグリフはそう言って、ちらと廊下の方を見た。怪我をした者はいないようだ。様子を窺っていたらしいリーゼロッテが肩を怒らせてやって来た。アネッサとミリアムもベルグリフの方に駆けよって来る。

「いくら聖堂騎士だからってこんな無礼はないわ！　どういうつもりなの!?」

リーゼロッテに詰め寄られ、ドノヴァンは素早く膝を突いて頭を垂れた。

「御無礼仕りました……私はドノヴァン、そちらはファルカと申します……ひざまずかんか愚か者が！」

ドノヴァンが怒鳴ると、ファルカは慌てたように同じ姿勢を取った。リーゼロッテは頬を膨らまして腕組みしている。

「ドノヴァン卿、帝都の聖堂騎士はこのような狼藉を働くのですか？　彼らは大公家の客人なのですよ！」

「返す言葉もございません……どうかお許しを」

「何の騒ぎだ」

廊下の方から声がした。リーゼロッテが振り向き顔をほころばせる。

「あ、お兄様！」

フランソワが眉をひそめて立っていた。その顔を見たベルグリフは思わず目を細めた。フランソワの方も少し驚いたようにベルグリフを見た。

「貴様は……」

「あなたは……確かフィンデールで？」

「なぜここにいる……！　あの小娘はどうした！」

フランソワが苛立ったように部屋に入るや、大剣がより強く唸った。フランソワは虚を突かれたように立ち止まり、顔をひきつらせた。

「く……」

「お兄様、ベルの事ご存じなの？　アンジェのお父さまなのよ」

「……〝黒髪の戦乙女〟のか？」

フランソワはベルグリフを睨み付けた。ベルグリフは黙ったまま小さく頷いた。

「親子揃って僕の前に立ちはだかるのか、貴様らは……」

「お兄様、丁度いいところに来てくださったわ。この人たち、突然屋敷に押し入って来て暴れたの。聖堂騎士らしいのだけれど」

リーゼロッテはフランソワにそう言って、怒ったようにドノヴァンとファルカを指さした。

フランソワは聖堂騎士二人をじろじろと見て、ふうとため息をついた。

「彼らは僕の見知りだ。お二人とも立派な騎士であらせられる。何か怪しいものを感じてやって来てくださったのだろう」

「え、でも」

「リゼ、お前も貴族の令嬢ならば友人は選びなさい。得体の知れない卑しい冒険者と、高貴な聖堂騎士、どちらが信用に足るかは考えるまでもないだろう」

「そんなのおかしいわ！　だっていきなり部屋をめちゃくちゃにして」

「この屋敷の主人は僕だ。僕が気にするなと言っているんだ」

「お、お兄様……」

「お二人とも、こちらに参られよ……リゼ、お転婆もほどほどにな」

フランソワはそう言って踵を返した。

「フランソワ殿」

ベルグリフが一歩踏み出した。フランソワは足を止めて、怪訝な顔をして振り向いた。

「なんだ」

「……あなたはご自分の仕事に誇りを持っておられますか？」

フランソワはしばらくベルグリフを睨み付けていたが、結局何も言わずに二人の聖堂騎士を連れて部屋を出て行った。

マルグリットが怒ったように踵で床を蹴った。

「なんだあの野郎、アンジェを連れて行ったと思ったら今度は敵をかばいやがって！」

「……ごめんなさい、マリー。お兄様が失礼を」

「あ、いや、お前に怒ったわけじゃ……」

しゅんとしてしまったリーゼロッテを見て、マルグリットはわたわたと慌てた。

ミリアムが早足でやって来てリーゼロッテの頭を撫でた。

「いいよいいよ、ありがとねー、リゼ」

「そうだよ、リゼは何も悪くない。気にしなくていいんだぞ」

アネッサもそう言ってリーゼロッテの肩に手を置いた。リーゼロッテは俯いた。

「……ごめんなさい二人とも。ベル、カシムの所に行くの？」

「はい。騒ぐだけ騒いで申し訳ないと思いますが……」

「ううん、いいの。あなたたちは何も悪くないもの。あのね、ちょっと気分が悪いから休ませてもらうわね…………みんな、お兄様の言った事は気にしないでね。スーティ、玄関まで送ってあげて」

リーゼロッテはすっかり元気をなくし、オズワルドに付き添われてとぼとぼと部屋を出て行った。スーティは困ったように頬を掻いていたが、やがて口を開いた。

「行きますか。何だか今日は色んな事がありますね」

散らかった部屋は使用人たちが片付けを始めている。一行はスーティに連れられて玄関まで歩いて行った。アネッサがそっとベルグリフにささやいた。

「ベルさん、フランソワと会ってたんですか?」

「ああ。フィンデールでサティを探していた……参ったな。あちらはすっかり俺たちを敵視している。これではリーゼロッテ殿を介してもゆっくり話はできそうにない……」

「でもカシムさんが何か摑んだんですよねー? パーシーさんもきっと何か見つけてくれるだろうし」

「そうだな……ともかく急ごう。スーティさん、もしパーシーたちが戻って来たら」

「サラザールさんの所、ですね。言伝しておきますよ」

「何から何まですみません……行こうか」

色々な事が気になるけれど、ともかく今はアンジェリンの事が気になって仕様がなかった。自分がこれではいけないのにと思いながらも、親なのだから当然だという言い訳じみた考えも頭の隅にはあるように思われた。

玄関の向こうはまだ雨音が響いている。

○

ずっと横になったままだと、何だか背中がむず痒くなって来る。

体を動かした時に肌が変に皺になるような体勢だったのだろうか、右の二の腕の辺りから先が何だか痺れている。指先の感覚が希薄だ。

サティは薄膜一枚隔てたようなぼんやりした視界の向こうに、木造りの天井を見た。埃っぽく、妙に汚らしい。

もぞもぞと上体を起こす。外から射し込むセピア色の光があせていた。

あまり眠れなかったようだ。その短い眠りも浅く、却ってくたびれたように感じるくらいである。

「痛……」

肩を押さえる。血は止まったようだが、まだ痛む。魔力もあまり回復していない。

気が滅入るようだった。視界がぐらついて、思わず目をつむった。頭の中身だけがぐるぐる渦を巻いているようだった。

それでも何とか寝床から起き上った。

ふらつく足取りで庭に出ると、あせたセピア色の光が彼女を照らした。

庭向こうの畑にハルとマルの双子の姿が見えた。四つん這いになって、萎れた野菜の間から何か見つけようとしているらしかった。

サティの魔力の枯渇が、この空間の環境に悪い影響をもたらしているのは確かだ。周囲の木々は元気を失って葉を散らし始め、庭の名もない草たちや畑の野菜も萎れている。空気は湿度を失って埃っぽい。

ぎい、と家鳴りがした。家すらも一気に年を取って来たように思われた。

まずいな、とサティは歯噛みした。ここに籠っていても埒が明かないかも知れない。しかし、今の自分の状態で外に出て、双子を守り切れるだろうか。

戸口にもたれて眺めていたサティに気付いて、双子が駆けて来た。

「なにしてるの！」

「ねてなきゃダメ！」

双子はかろうじて集めたらしい薬草を持った手を振って、サティを寝床に追い返した。サティは困ったように笑いながらもまた仰向けになる。こんな小さな事がたまらなく嬉しかった。

大人しく再び横になって天井を眺める。眠いわけではないが、寝転がっているのは楽だ。しかし頭の中身は嫌に覚醒気味になってしまって、何となく落ち着かない。目を閉じると瞼の裏に変な光の模様がちらちらした。

唐突に邂逅した黒髪の少女の事を思い出す。

アンジェリンと名乗ったその少女は、ベルグリフの娘だと言っていたが、確かに彼が育てたならばあんな風に真っ直ぐな性格に育つだろう。とても可愛らしく、それでいて力強い光が目に宿っていた。

「……捜さずに大人しく帰る……って事はないよね、きっと」

光の模様が、記憶にある少年たちの姿に変わって行く。

アンジェリンにはああ言ったけれど、それで大人しく帰るとは考えられない。パーシヴァルはもちろん、カシムも、ベルグリフだってそうだろう。

若かったなあ、とサティは口の中で呟いた。

喧嘩も沢山したけれど、それ以上に沢山笑った。互いの為なら命だって投げ出せる。そんな風に本気で思っていた。けれど、それで足を失った親友にどう向き合えばよかったのか、子供だった自分たちには分からなかったのだ。

アンジェリンから事情を聞いたなら、今回は危険だという事は分かり切っているだろう。ベルグリフなら諦めるか、どうか。

「……ないだろうな」

ベル君、人の事ばっかり気にかけるんだもん、とサティは呟いた。危険に対する警戒心は人一倍だったが、それは自分よりも仲間の安全の方に重きを置いた警戒心だった。

普段は大人しいのに、こうと決めたら一番頑固なんだよなとサティは小さく笑った。

駆け出しだった頃、いつもリーダーのパーシヴァルや、好奇心旺盛な自分が無茶を言っていた。カシムは面白がっていつも便乗した。才能はあった、と思う。パーシヴァルとカシムは勿論、自分だって引けを取らないと思っていた。だから無茶をしても大丈夫だと思っていたし、随分暴走したものだと今となっては笑ってしまう。

そんな風に自分たちが突っ走る中、ベルグリフは困ったように笑いながらも、大抵は大人しく付き合ってくれていた。しかし、危険の方が大きいと判断した時は、パーシヴァルや自分がいくら騒ぎ立てても絶対に許してくれなかったと思う。なのに、仲間が危ない時は自分の身を顧みずに飛び出して行く。だからパーシヴァルは助かった。

生きていてくれた。それだけでよかったのに、どうしてここに来てしまったのか。

やるせなかった。自分と別の所で幸せを摑んでいた筈のベルグリフが、自分のせいで危険に飛び込んで来るのがやるせなかった。それなのに嬉しいと感じてしまう自分が嫌だった。

本当に相手の事を思うなら、本気で拒絶すればいい。それなのに、心のどこかでは助けに来てくれる事を期待している。アンジェリンを追い返したのも、今となっては卑劣な言い訳のように感ぜられた。そんな事をしても彼らが素直に帰る筈がない。そう心のどこかでは分かっていたのだ。

「……自分勝手だ」

ごろりと寝返りを打つ。ずきんと肩の傷が痛んだ。

その時、不意に空間が揺らいだ気がした。サティは目を見開いて反射的に体を起こす。

庭の方から双子の悲鳴が聞こえた。瞬時に体中に力がみなぎった。傷が痛むのも気にならない。寝床から跳ね起きて家の外に飛び出した。

「ハル！　マル！」

庭に出たサティは目を見開いた。白いローブを着た男が立っていた。足元にカラスが二羽、ぐったりと死んだように転がっている。

「シュバイツ……ッ！」

「家族ごっこは楽しかったか」

シュバイツは二羽のカラスを見て、嘲るように言った。

　サティはカッと目を見開いて、滑るように地面を駆けた。怪我をしているとは思えない動きである。だが、シュバイツはまったく慌てる事なく右手を前に出した。二人の前で、見えない刃が交差した。ローブの下から、シュバイツの鋭い視線がサティを射貫いた。

「『鍵』はどこだ?」

　サティは黙ったまま、次々に見えない刃を繰り出して攻撃する。しかし一太刀もシュバイツに届かない。ざあ、と風が吹いて枯葉が舞い散った。

「無駄な事を……」

　シュバイツは面倒臭そうに体を少し引いて、小さく指先を動かした。途端に、サティは背中に強烈な一撃を感じた。地面に押さえ付けられるようにうつ伏せに倒れる。枯れた草がちくちくと肌に痒い。体を動かそうとしても、何かにのしかかられているようにまったく動かなかった。

　シュバイツは再び冷たく言い放った。

「『鍵』はどこだ?」

「……とっくに壊した。あなたたちに渡すくらいなら」

「そうか」

　シュバイツは腕を振り下ろした。再び強烈な衝撃が体を襲った。

「がっ――!」

「愚かな女だ」

　サティは視界が黒く染まって行くのを感じた。

「うぅ……はる……ま、る……」

うつ伏せのまま動かなくなったサティの前で、シュバイツは辺りを見回した。周囲の木々はかろうじて枝に留めていた葉を勢いよく散らし、目に見えて枯死して行くようだった。

シュバイツはサティに手を向けた。サティの姿が陽炎のように揺れて消え去った。それから転がったカラス二羽を拾い上げて腕を振る。シュバイツの姿も陽炎のように揺れ、やがて消えた。

ぎぎ、と大きな音を立てて家が傾いだ。

一二〇　鞘でしたたかに打ち据えられた

鞘でしたたかに打ち据えられたらしいファルカが、怯えた表情で部屋の隅にうずくまっている。

ドノヴァンは多少溜飲を下げたような顔をして、鞘を腰に戻した。

「愚か者が……これだから教養のない獣人は困る」

「気は済んだか」

フランソワが面倒臭そうな顔をしながらドノヴァンに言った。ドノヴァンはフンと鼻を鳴らした。

「まあ、助かった。礼を言うぞ」

「あまり問題を起こしてもらっては困るな。殿下に迷惑がかかる……どうしてここに？　あいつらと因縁でもあるのか？」

ドノヴァンは椅子にどっかりと腰を下ろした。

「剣だ。あの赤髪の男が持っている大剣、あれを手に入れたいと思っている。だが間抜けが血に飢えて暴走した……これで話がややこしくなった」

睨まれたファルカはびくりと体を震わせて、もぞもぞと膝を抱え直した。フランソワは何か考えるように腕を組んでいたが、やがて口を開いた。

「ならば殿下にお頼みすればいい。あの赤毛の男は、殿下に仇なす女の父親だ」

「なんだと……？　ふむ」

ドノヴァンは顎をさすって考えるように眉をひそめた。利害は一致しそうだと思ったらしい、納得したように頷いた。

「分かった、そうしよう……貴殿が取り次いでくれるのかな？」

「まあ、いいさ。どちらにせよ奴らは何か企んでいるようだし、殿下にお知らせしなくては」

「……私が来た時、空中に妙なものが浮かんだ。声が聞こえてな、サラザールがどうとか言っていた。連中はそこに向かうようだが」

フランソワは目を細めた。

「……それは尚更お伝えせねばならん。すぐに行こう」

フランソワは脱いだばかりの外套を着直して足早に部屋を出た。聖堂騎士二人もその後に続く。

手柄を立てる機会だと思いながらも、何故かフランソワの心は躍らなかった。ただ何か義務のみを果たしているだけのような、奇妙な静けさがずっと心に広がっている。

自らの躍進も、アンジェリンへの復讐すらも、無理矢理にそう思い込まなければどうでもいいと思ってしまうようだった。

——誇りを持っているかだと？　冒険者風情が生意気な。

フランソワはベルグリフの姿を思い浮かべて苛立った。だが、その苛立ちは心が死んだようになっている自分に向いているような気もした。やる事なす事言い訳ばかりだ。復讐も出世もただのアリバイ作りに過ぎないのか。

違う。自分はその為に力を付けるのだ。より強くなれば見える景色も変わる筈だ。力のない自分に苛立ち、冒険者如きに侮られる事もなくなる。

フランソワは自分に言い聞かせながら、わざと乱暴な足取りにして心を奮い立たせた。

ドノヴァンが妙な薄笑いを浮かべてその後ろに続いた。

〇

アンジェリンは抜身のまま持っていた剣を鞘に収め、鉄格子を握りしめたベンジャミンを名乗る男をまじまじと見た。痩せて、髪も髭も伸び放題だが、確かにその下にある顔立ちは美しく、品があるように思われた。

「……本物なの？」

「ほ、本物だ……頼む、助けてくれ」

ベンジャミンはぜいぜいと苦しそうに喘ぎながら言い、咳き込んだ。

アンジェリンは怪訝な顔のまま鉄格子にそっと触れた。冷たい鉄の感触だ。この牢屋は入り口がない。鉄格子にも戸がないし、奥の壁にもそれらしいものは見当たらない。どうやってここに入れたのか分からないが、こんな荒唐無稽な世界だ、牢屋の入り口がないくらいで今更驚きはしない。

「……離れてて」

アンジェリンはそう言って剣の柄に手を置いた。ベンジャミンは慌てたように鉄格子から離れ、壁際にはり付く。アンジェリンは深く息を吸って腰を落とした。

「――ふッ！」

気合一閃。鞘から抜く勢いそのままに剣を振るう。金属同士のぶつかる鋭い音が何度か響いたと思うと、鉄格子は斬られてばらばらと地面に転がった。ベンジャミンが目を見開いた。

「す、凄い……」

アンジェリンは空いた隙間から牢の中に入ると、ベンジャミンの足をつないでいた鎖を断ち切った。ベンジャミンは切れた鎖を、本当に切れているのかと確認するように手に取り、涙をこぼした。

「夢じゃ……夢じゃないだろうか……まさか、こんな日が来るなんて」

そう言って立ち上がろうとするが、足がふらつくらしい、バランスを崩して膝を突いた。アンジェリンは腕を掴んで立たせ、肩を貸してやった。

「大丈夫……？」

「すまない……君は本当に恩人だ……しかし鋼鉄の鉄格子を斬るなんて……」

「Sランク冒険者だから」

アンジェリンはそう言ってプレートをベンジャミンに見せた。

「ほ、本物だ……そうか、道理で……よければ名前を聞かせてくれないか？」

「……アンジェリン」

「アンジェリン……良い名前だ。本当にありがとう」

ふらつくベンジャミンを牢から連れ出したはいいけれど、これからどうしようかと思う。どのみちこの妙な空間から出られなくては同じ事だ。

しかし、本物のベンジャミンが見つかったという事は、今まで会っていたベンジャミンは偽者だという事がはっきりした。このベンジャミンの本物が、この空間が作り出した偽者だったらどうしようもないけれど、この際それは考えなくてもいい。疑い出せば切りがない。

ひとまず壁際にベンジャミンを座らせた。ベンジャミンは少し歩いただけでもすっかり息を荒くして苦しそうだった。

「……水か何か持ってればよかったけど」

「いや、いいんだ、この際そこまで求めはしない……ハァ……」

「あなたはいつからここにいるの？　あの皇太子の偽者は誰なの？」

ベンジャミンは辛そうではあったが、彼も喋りたいらしい、つっかえつっかえながらアンジェリンに話をした。

数年前、ベンジャミンは取り巻きの女の子たちと遊びに出かけた日、馬車の事故に遭った。そのまま気が付いたら牢屋に押し込められていた。恐らくはその事故のドサクサに偽者に入れ替わられたのだろう。

最初は別の場所の牢屋だったが、少ししてからこの場所に移され、死なない程度の水と食事を与えられながらずっと閉じ込められていた。偽者の正体も、敵の素性も何も知らされなかったらしい。時折、偽者とその仲間がここに現れる他には誰とも会う事もなく、孤独で気が狂いそうだったらしい。だからアンジェリンが現れた時はいよいよ幻覚が見えたかと思ったそうだ。

「でも喜びがあっという間に勝ったよ……」

「……噂通りのお馬鹿さんだったんだね」

「返す言葉もない……僕の愚かさに付け込まれたんだ。ハァ……偽者は僕に代わって何をしているんだい？　やりたい放題にやっているのか？」

「……良い方に変わったってみんな言ってる。優れた為政者だっていう評価だよ」

ベンジャミンは絶望的な顔になって俯いた。

「はは、は……なんだそりゃ。それじゃあ僕はいったい……」

「でも、多分それは表向き。裏じゃ良くない事を企んでる。魔王に関する人体実験なんかもしてるんだよ」

「な……いや、確かにそうかも知れないな……前の牢屋には何故か魔獣も捕らえられて入れられていたから……」

アンジェリンはベンジャミンの肩を摑んで、真正面からその顔を見据えた。

「ねえ、あなたを助けてあげる。だから約束して。偽者をやっつけて皇太子に戻ったら、馬鹿な遊びばっかりしていないでちゃんとみんなの事を考える立派な人になるって。そうじゃなきゃ、わたしだって胸を張ってあなたを助けられない」

ベンジャミンは少し目を伏せていたがやがて開き、ジッとアンジェリンを見返した。

「……分かった。僕は愚か者だが、恩人の願いを無下にするような人間ではないつもりだ。僕にできる精一杯を尽くすと約束するよ」

「ん。それでこそ皇太子」

アンジェリンは満足そうに頷いて、よしよしとベンジャミンの頭を撫でた。ベンジャミンはむず痒そうに体を動かした。長い監禁暮らしは、図らずして放蕩者の皇太子の性根を叩き直す事になったようだ。

ともあれ、その為にはひとまずここから出なくてはならない。しかしその方策が思いつかない。

ベルグリフがいてくれればな、と思ったアンジェリンだったが、ハッとして頭を振った。お父さんに頼りっ放しじゃお父さんは喜ばないぞ、と自分の頬をぴしゃりと手の平で叩く。

「……一応聞くけど、ここから出る方法は分かる？」

「分かっていればよかったんだが」

ベンジャミンは俯いて嘆息した。まあ、予想していた事だ。アンジェリンは特に落胆する事もなく頷き、改めて周囲を見回した。

赤と白のチェック模様の地面は相変わらずだ。パセリ林の爽やかな匂いも、穏やかな風に乗って漂っている。

牢屋があった白いレンガの壁は、見上げるとどこまでも続いているように思われた。少し上に、同じような鉄格子の牢屋が等間隔に並んでいるらしいのが見えるが、中までは見えない。中に何かあるかも知れないが、くぼみも出っ張りもない平坦な壁をよじ登る技術は、流石のアンジェリンでも持っていなかった。

「……とりあえず、もう少し辺りを見てみる。あなたはここで待ってて」

「い、いや、ちょっと待ってくれ。置いて行かれるのは困る……ほら、一人でも歩けるから」

そう言って、ベンジャミンもふら付きながらも両足を踏み締めた。アンジェリンは困ったように頭を掻いた。

「ホントに大丈夫？　無理しないで……」

「取り残される方が怖いよ……牢は一応身を守る事にもなっていたんだし」

成る程、牢屋は出られないが、何か入って来る事もなかったわけだ。そこから出られたのは自由を得はしたが、危険もある。アンジェリンにもこの空間の事が分からない以上、確かにばらばらに行動するのは好ましくないように思われた。

アンジェリンはしばらく考えた後、ベルトに隠していたナイフを取り出してベンジャミンに手渡した。

「何もないと思うけど……いざという時はこれで身を守って」

「む、無茶を言うなあ……頑張るけどさ」

ベンジャミンは緊張した面持ちでナイフを握り、嘆息した。

アンジェリンは地面を剣で傷つけて目印を付けると、ゆっくりと歩き出した。ひとまず壁に沿って歩いて行く。壁はゆるく内向きに湾曲しており、もしかしたら円を描いているのかも知れないとアンジェリンは思った。

壁の反対側には、青いパセリの林がずっと並んでいる。その向こうには恐らく海があるのだろう。もしかしたら、この壁を中心にしてパセリ林が囲み、その周囲は海が広がっているのかも知れない。孤島のようなものだ。岬だと思ったものはオムライスだったわけであるし、まん丸の島の可能性がある。

何か取っ掛かりがあればと思いながら歩いていたが、何か見つかる様子はない。同じ風景が続いている。魔力の流れもあまり感じないし、何かが干渉して来る様子もなかった。これは今までの空間よりも骨が折れそうだとアンジェリンは嘆息した。

しばらく歩いた後、ベンジャミンの体力も考えて少し足を止めた。腰を下ろして壁に寄り掛かる。

「……ねえ、あなた以外にここに来たのは偽者だけ？」

「いや、あと白いローブを着た男がいた時もある。そいつが何者なのかは分からないが……」

あの廊下でサティを追って来た白いローブが思い浮かんだ。

「シュバイツかな……」

「シュバイツ……？　ま、まさか〝災厄の蒼炎〟のか？」

「知ってるの？」

「そりゃ、帝国の歴史に名前が出て来る魔法使いだよ。悪い意味で有名なんだが……そんな奴が関わっているのか」

ベンジャミンは絶望的な顔をして俯いた。アンジェリンは嘆息する。

「誰が相手でも関係ない……そいつらは転移魔法で？」

「そんな事、僕には分からないよ……」

役に立たないなとアンジェリンは口を尖らした。まあ、ずっと閉じ込められていたと考えれば仕方がないとも思うけれど、もう少し頼り甲斐があってもいいのではないか。

「……偽者をやっつけたら、いっぱい勉強してね」

「う、うむ。頑張るよ……」

次第に陽が暮れて来た。ニヤケ笑いの太陽がパセリ林の向こうに沈もうとしている。アンジェリンは目を細め、首を傾げた。

「昼と夜があるんだ」

「ああ、一応ね。もしずっと昼間だったらと思うとぞっとするよ……」

牢屋に入れられたまま何の変化もなく、昼と夜すらなければ本当に気が狂ってしまうかも知れない。そう考えるとよく持ちこたえたなとアンジェリンはベンジャミンを少し見直した。

じれったいけれど、取っ掛かりがないから、無駄に動くのが憚られるような気がした。

だが、夜になるという事は今までと環境が違うという事でもある。陽が落ちるとこの世界も別の様相を見せるかも知れない。ベンジャミンに聞く限りでは昼と夜では変わった所はないという事だけれど、自分で調べてみない事には納得できない。

太陽がすっかり沈み、代わりに薄笑いの横顔が付いた三日月が昇って来た。さっきの太陽といい、どうも腹の立つ顔である。しかし放つ光は強く、暗い中でも歩くのに何の支障もないくらいには明るかった。

ベンジャミンがおずおずと口を開いた。

「な、なあ、アンジェリン。そういえば君はどうしてこんな所に？　ギルドから秘密の依頼でも受けたのかい？　その、僕を助けるようにとか」

「ううん……あなたの偽者がお父さんの昔の友達を狙ってたの。それを助けようと思って」

「そ、そうか……そうだよね」

ベンジャミンはちょっと寂しそうに苦笑した。アンジェリンはそれを見て肩をすくめた。

「でもあなたが生きててくれてよかったって思う。あなたがいるから、偽者をやっつけても大丈夫になったし」

「はは、そうか。それなら、げほっげほっ」

言いながら何か喉に絡んだらしい、ベンジャミンはむせ込んだ。アンジェリンはすぐ傍らに寄って背中をさすってやる。

「無理に喋らないでもいい……」

「ご、ごめんよ、でも誰かと喋れるのが嬉しくてね」

アンジェリンはふんと鼻を鳴らして笑い、ベンジャミンの頭をよしよしと撫でた。ベンジャミンは困ったように頬を掻いた。

「君は変な子だな、まったく」

牢屋のあるレンガ造りの壁は、巨大な影になって覆いかぶさっていた。

月明かりが強いせいか、というわけでもないだろうけれど、空には星は見えない。月の横顔が薄笑いを浮かべながらこちらを見ているような気がする。

いや待てしばし。そういえば、壁に沿ってかなりの距離を歩いたと思うけれど、アンジェリンがさっき傷を付けた所には戻っていない。湾曲しつづけているのに丸いわけではないのだろうか。

しかも、壁と反対の海側には、同じようにずっと太陽があり、今は月がある。あれらがアンジェリンたちに付いて来ているのか、それとも別の魔法的要因か。

いずれにせよ、この空間で何かしらの変化を持っている存在は太陽と月、それから魚だ。そいつらをしばき倒せば何か変わるかも知れない、とアンジェリンは立ち上がった。

ベンジャミンが不安そうにアンジェリンを見上げる。

「どうするんだ?」

「あの月が怪しい。あっちに行く」

「そ、そうか……」

アンジェリンが腰の剣の位置を直して歩き出そうとすると、ふと何か聞こえた気がした。微かな音だ。鉄格子を石か何かで叩いているような音である。

「聞こえる？」

「え？　……誰かが鉄格子を叩いている、のか？」

ベンジャミンも耳を澄まして怪訝な顔をする。他に誰かがいるのだろうか。

「今まで聞こえた事は？」

「な、ない。初めてだ……」

「……行ってみよう」

月は後回しだ。アンジェリンは音の聞こえる方に向かって足を進めた。

元来た方向である。ここまで来る時には中には誰もいなかった。すると、上の方に見える牢屋のどれかだろうか。

アンジェリンが目を細めながら歩いて行くと、果たして上の方の牢屋の一つが無暗に騒がしかった。ひっきりなしに鉄格子が打ち鳴らされ、甲高い音が闇夜に響いて月光を震わした。

中にいるのが敵か味方か分からない。アンジェリンがしばらく黙ったままそれを見上げていると、やがて音が止んだ。

鉄格子にすがるようにしてもたれた影を見て、アンジェリンは目を剝いた。月明かりに銀髪が光る。

「サティさん!!」

アンジェリンが叫ぶと、牢の中のサティは驚いたようにアンジェリンを見た。

「ア、アンジェリン、ちゃん？　どうして……」

「話は後！　すぐに出してあげる……！」

と言ったものの、牢屋はかなり高い位置にある。飛び上がるにも足場がないときつい。

アンジェリンがどうしたものかと思っていると、サティが鉄格子の隙間から手を伸ばした。

「剣持ってる？　貸して！」

アンジェリンは腰の剣を鞘ごと手に取り、思い切り放り投げた。剣は真っ直ぐに飛んで行き、サティの手に収まった。

それから少し、鉄と鉄の触れ合う音が聞こえたと思ったら、切れた鉄格子が降って来た。

「やっぱり本物じゃないと駄目だった……ありがとう！」

顔を出したサティが剣を放って寄越した。アンジェリンはそれを受け取って腰に戻すと両腕をいっぱいに広げた。ベンジャミンが目を白黒させる。

「ど、どうするつもりなんだ？」

「跳んで！　受け止めるから！」

サティがうろたえたように足踏みした。

「い、いや、それは無理だよ！　何とか下りるから離れて……」

「無理じゃない！　わたしは〝黒髪の戦乙女〟アンジェリン……Sランク冒険者だぞ！」

サティはやや逡巡した様子だったが、やがて身を屈めるとひょいと空中に身を投げた。アンジェリンは両足をしっかと踏みしめてサティを見据える。少しずつ距離が近くなったと思うや、サティはアンジェリンの胸の中に飛び込んでいた。

突然の重みに体が驚くが、アンジェリンは力を込めて受け止めた。倒れもしなかったし、受け止

め損ねもしなかった。温かく柔らかな体が飛び込んで来たのに、むしろホッとしたくらいだ。

「……サティさん、大丈夫？」

サティは黙ったまま、アンジェリンの背中に手を回してぎゅうと抱きしめた。すんすんと鼻をする音が聞こえた。アンジェリンもそっと抱き返す。

近くで見るとサティはボロボロだった。生傷だらけで血の臭いすらうっすらと漂っている。美しい銀髪も乱れてばさばさだ。しかしそれ以上に温かく、不思議と懐かしい安心する匂いがした。

サティは鼻声で言った。

「ありがとう……何度も……」

「ハルとマルは……？」

「……シュバイツに」

アンジェリンは顔をしかめた。あのセピア色の空間もついには敵に攻め込まれたのだ。

大きく息を吸ったアンジェリンは真っ直ぐにサティの目を見つめた。月明かりを反射するエメラルド色の瞳に、自分の姿が映るようだった。

「……もう逃がさないからね。ハルとマルを助けに行こう。偽皇太子もシュバイツもやっつけて、お父さんたちと会ってもらう……！」

「あはは、分かった……もう観念したよ。一緒に行こう」

サティはアンジェリンの顔を見てにっこり笑った。

○

雨は少しばかり弱まったようだったが、それでも容赦なく降り注いで体を濡らした。

サラザールの研究室は入り組んだ道の奥にある。地下道や増設された建物によって地面が幾重にもなっているのである。だからそういった所に入ると雨は当たらなくなったが、陽が落ちているせいで暗く、注意しないと道に迷いそうだった。

不慣れな土地で迷わないか心配だったが、アネッサとミリアムはきちんと道を覚えていた。高位ランク冒険者として培った技であろう。まだ冒険者になって日が浅く、さらにエルフでもあって森以外の土地に不慣れなマルグリットはまったく分かっていないようだったが。

少し前を行くミリアムの足取りは軽かった。

「よかったねー、アンジェ無事だって」

「うん。でもまだ安心はできないぞ。まだ解決したわけじゃないんだし」

「なー、ベル。なんでカシムはアンジェが無事って分かったんだろうな？」

「アンジェが時空牢とやらに捕らえられたのを知ったのはサラザール殿だっただろう？　きっと時空魔法で知る方法があるんだと思うよ」

「あ、そっか。そうだな。うーん、でもサラザールなあ……あいつ、なんか怪しいんだよな」

マルグリットはそう言って頭の後ろで手を組んだ。

石畳の地下通路は義足で叩くとまた違った音が響いた。しばらく行くと、魔術式らしき文字や図形がびっしりと描かれた木戸があった。

「ここです、ここー」

「小一時間ってとこだな……」

アネッサが扉を叩くと、程なくして開いてカシムが顔を出した。

「おー、来た来た。早く入って」

「カシム、どういう事になってるんだ？」

「色々説明が要るんだな、これが。そっちは何か進展あった？　というか何騒いでたのさ」

「こっちもややこしい事になっていてね」

ベルグリフは聖堂騎士の事や、フィンデールで既にフランソワに会っていた事などを手短に話した。

「なるほどねえ……ま、あいつがこっちに協力するとは思えないね。ベンジャミンが偽者と知っているかどうかは……分かんないな。まあ、それは後だ。ひとまず入って」

カシムに招かれて部屋に入って、ベルグリフは面食らった。

薬品臭い部屋は青白い薄明かりに満ちていたが、それがひっきりなしに明滅してちかちかしており、目がくらむような心持だ。

そうして部屋の真ん中の魔法陣の上で、誰かが大の字にぶっ倒れていた。しかもその人影は伸びたり縮んだりして、一向に形が定まろうとしていないのである。ミリアムが目をぱちくりさせた。

「え、え、あれサラザールさん？　どうしちゃったの？」

「まー、順を追って説明するから」

ひとまず全員が部屋に入る。

部屋の隅の方にいたらしいマイトレーヤが出て来てベルグリフの足を突っついた。

「遅い。何してたの」

「はは、ごめんごめん。これでも急いで来たんだ」

「どうなってんだ？　サラザールの奴死んだのか？」

マルグリットが言った。カシムが肩をすくめる。

「そういうわけじゃないよ。アンジェのせいだね、こいつは」

「え？　どういう事ですか？」とアネッサが言った。

「順を追ってっつってんのにせっかちな奴らだね。まあいいや。ざっくり言っちゃうとサラザールとシュバイツどもはグルだったのさ」

「はあ？」

思わず皆が目を丸くした。マイトレーヤが面白そうな顔をして言った。

「正確には互いに利用し合ってた。シュバイツやベンジャミンが利用している別空間は、〝蛇の目〟が作ったもの。シュバイツたちはそれを利用して自分の計画を進めて、〝蛇の目〟はそれによって引き起こされる事象を観測してた」

「でもこいつを責めても無駄だよ。前にも言った通り、サラザールには善悪の区別も良心も一切ない。ただ自分の好奇心だけが行動規範なんだな。こいつが言うところの事象流の観測の為に、シュバイツどもに別空間を構築してくれてやったってわけ。アンジェが落とされた時空牢を作ったのもこいつだよ」

そういう事だったか、とベルグリフは腕組みした。それならば、アンジェリンが時空牢に落とされた事をサラザールがすぐに見抜いたのも納得できる。

ミリアムが不思議そうな顔をして、姿を変え続けるサラザールを見た。

「それは分かったけど……なんでこんな事に？」

カシムがからから笑って山高帽子をかぶり直す。

「それが傑作でさ、アンジェが時空牢の仕掛けを突破して空間にダメージを与えまくったから、こうやって術者にそれが返って来てるらしいぜ、へっへっへ、やっぱあいつは凄いなあ」

「サラザールの空間魔法は独特。現象化した自分の魔力と作り出した空間を常につなげて維持してる。だから凄く安定性があるけど、こうやって突破されると術者も安定しなくなる」

「なるほど……よくこの短時間で分かったね」

「この〝つづれ織りの黒〟マイトレーヤにかかればこの程度余裕。もっと褒めていいよ」

「それは分かったけどよ、これからどうすんだよ。サラザールはあのザマだし」

マルグリットがそう言った時、妙な声を上げてサラザールが跳ね起きた。若い男の姿である。そのままふらふらしながら大声で笑っている。カシムが帽子をかぶり直した。

「丁度よく起きやがったな。おい〝蛇の目〟、しっかりしろよ」

「うっふっは！　はははは！　これは愉快だ！　素晴らしいぞ〝天蓋砕き〟！　事象の流れも集まりつつあるぞ！」

「うるせー、お前の与太話はもう飽きたよ。散々オイラたちをおちょくりやがって」

「カシム。サラザール殿が別空間を作っているならば、こっちから入る事もできるのか？」

「流石ベル、話が早いや。いや、実はね、こいつは時空牢を管理こそしているけれど干渉はできないらしいんだな。その辺の権限はシュバイツやベンジャミンが持ってるらしい」

「じゃあどうすんだよ」マルグリットが怒ったように言った。

「そこでこいつの出番さ。なあマイトレーヤ？」

マイトレーヤはびくりとしたように体を震わした。アネッサが首を傾げる。

「その子に何が……あ、確か転移魔法がどうとか」

「そうだ！　〝つづれ織りの黒〟、腕利きだって聞いてるよー」

ミリアムの言葉にマイトレーヤは表情を緩めかけたが、ハッとしたように頭を振った。

「でも、あんまり……シュバイツに見つかるかも……」

「今更何言ってんの。ここまで来たら見つかろうが見つからなかろうが同じだって」

「むう……」

マイトレーヤは渋るように口を尖らした。ベルグリフの背の大剣が怒ったように唸った。マイトレーヤは小さく悲鳴を上げてカシムの後ろに隠れた。

「お、脅されても屈しない」

「剣相手に強がってどうすんだよ……ほれほれ、頼むよ。オイラ、お前の魔法には一目置いてんだぜ」

「う、うぐぐ」

マイトレーヤは観念したように息をつくと、ベルグリフの方を見た。

「……守ってくれる？」

「ああ。そういう約束だからね……頼む、マイトレーヤ」

ベルグリフはそう言って頭を下げた。マイトレーヤは口を結ぶとカシムの服を引っ張った。

「まず空間の座標を特定。手伝って」

「あいよ。ミリィ、お前も手伝いな。そういうわけで〝蛇の目〟……ん？」

さっきまでけたたましく笑っていたサラザールが静かになっていた。老人の姿になったサラザールは、片眼鏡《モノクル》の奥からベルグリフをジッと見ていた。

「……これは。むう……そうか。君が」

「なんだ？　ベルがどうかしたんかよ」

サラザールはぐにゃりと若い女の姿に変わり、顎を撫でた。

「この流れは……ここで終わるわけではない。節目か。そうか。うむ、分かった」

「おい、座標を特定するから」

「よかろうよかろう。今日は良い日だ」

サラザールはすんなりと協力した。また面倒なやり取りを覚悟していたカシムの方が面食らったくらいだ。

魔法使いたちが集まって、それぞれに魔力をたぎらせて術式を構築している。半透明の魔法陣が幾つも空中に浮かび上がっては消え、風もないのに髪の毛や服の裾が揺れている。

隣に立つマルグリットがそっと耳打ちした。

「なあ、その空間に乗り込んでどうするんだ？　アンジェを助けるだけか？」

「……まだ何とも言えないが、ただアンジェを助けるだけじゃ済まないような気がするよ。少なくとも、向こうも何かしら動くとは思うんだが」

事象の流れ。魔法使いではないベルグリフにはそれが何の事だか分からないが、確かに何か大きな力に押し流されて行くような気はしている。その流れの行き着く先に何が待っているのかはまだ分からない。しかしこの旅路の終着点は近い。何故だかそんな気がする。

これが最善のやり方なのか、それはベルグリフには分からない。もっとやりようがあったのではないか、と自分の力不足が悔やまれた。

しかし今は後悔している暇などない。ともかく進み続けねばならない時もある。

背中の大剣が小さく唸った。

同じように流れに乗って来る者たちとぶつかる。そういう予感がベルグリフの胸の内でどんどん膨らんだ。

一二一　夜半近く、すっかり濃い夜の闇

夜半近く、すっかり濃い夜の闇が頭からかぶさっている。降り続けていた雨はやや勢いを弱めたが、みぞれが多く混じって重苦しく地面に積み重なった。

部屋の中の黄輝石のシャンデリアが明るく、窓には姿が映るばかりで外は見えない。フランソワが頭を下げた。

「夜分遅く申し訳ございません、殿下」

「なに、いいさ」

ベンジャミンはフランソワに連れられて来た聖堂騎士二人に目をやって笑った。

「どうなされたのかな、お二人とも」

「実は折り入ってご相談が」

ドノヴァンはやや恐縮した様子で、ファルカによる狼藉の事を説明した。ベンジャミンは特別驚く様子もなく、ふむふむと頷きながら聞いていた。

「なるほどねえ、そいつは災難だったね……もしかしたら剣の方がファルカ君に侵食して来ているのかも知れないよ」

「なんですと?」

「あの剣は成長する。つまり、ある種の意思を持っているのさ。だから他者の血や魔力を吸いたくてたまらない。その剣の意思が、段々とファルカ君の意識に強い影響を与え始めているのかも。剣自体も随分強くなったようだしねえ」

ドノヴァンは怪訝な顔をしてファルカを見た。ファルカは無表情で後ろに控えている。

「……魔獣ばかり斬って来たのも関係が？」

「そうかもね。斬った対象の魔力を吸収するわけだから。もっと別の種類の魔力を吸収すれば、その衝動も治まるんじゃないかな？」

「ふむ……」

するると、尚更あの大剣を手に入れねばなるまい、とドノヴァンは顎を撫でた。あれを魔剣で打ち壊せば、その魔力は魔剣のものになる。そうなれば力を増すだけではなく、他者を斬りたがる衝動も抑えられるだろう。そうでなければ、高位の聖職者、あるいはエルフでも斬らねばならぬ状況になっていたかも知れない。ベンジャミンは面白そうな顔をしている。

「ドノヴァン君、何か当てがありそうだね？」

「はは、殿下は何でもお見通しでいらっしゃいますな」

赤毛の剣士の持つ大剣、それを手に入れたいという話を聞いて、ベンジャミンは驚いたような顔をして、それからにやりと笑った。

「それは好都合だな」

「ふふ、実はフランソワ殿から彼奴らは殿下に仇なす者たちとお聞きいたしましてな。僭越ながらご加勢をと思いまして」

「なるほど……うん、それは助かる。相手方の強力なのは一人捕らえてあるんだが、まだ油断できない状況でね」

より詳しい話を、というところで不意に部屋の中に別の気配が現れた。

「……！」

「ファルカ!!」

即座に反応して剣を抜きかけたファルカは、ドノヴァンに怒鳴られて、びくりと体を凍らせた。

ドノヴァンはファルカを睨み付けた。

「先ほどの失態を忘れたか、この愚か者が！」

「……」

ファルカはしゅんとうなだれて、現れた相手の方を見た。白いローブを着た男が立っていた。ベンジャミンがからからと笑う。

「やあ、シュバイツ。何処に行ってたんだい」

シュバイツは目深にかぶったフードの向こうから、冷たい眼光を投げかけた。

「……なぜ聖堂騎士がいる」

「はは、ちょいとお互いの利害が一致してね、敵の敵は味方っていうだろう？　なあ、ドノヴァン君？」

「は……」

ドノヴァンは小さく頭を下げた。確かに利害は一致する。この際、シュバイツの事は後回しでも構わない。剣が制御できなければ彼を相手取っても勝負にならないだろう。ドノヴァンとて聖堂騎士である。浄罪機関の襲撃を単身で何度も退けている相手を見くびりはしない。

シュバイツは聖堂騎士たちを見ていたが、やがてふんと鼻を鳴らしてベンジャミンの方を見た。

「まあいい。俺には関係のない事だ」

そうしてローブの懐からぐったりしたカラスを二羽、テーブルの上に無造作に放り出した。カラスたちは動かないが、死んだわけではないらしい。ベンジャミンが「おお」と言って立ち上がった。

「流石だね、君は。それじゃああのエルフの結界を突破したわけか」

「多少手間取ったが、魔力不足で旧神との契約が弱まっていたのだろう」

「エルフは？　殺したの？」

「あれはまだ利用価値がある。『島』の牢に放り込んでおいた」

「ははは、なるほどね。今日は時空牢は大賑わいだな」

「なに？」

シュバイツは目を細めた。

「どういう事だ？」

「いや、僕の方もあの〝黒髪の戦乙女〟を閉じ込めておいた。〝覇王剣〟と並ぶあちら側の最大戦力だろう？　けど中身は小娘だね、他愛のない」

「この大間抜けが!!」

滅多に声を荒らげないシュバイツの怒号に、流石のベンジャミンも面食らったらしい、驚いたように目を見開いてしばたたかせた。

「な、なに怒ってるのさ。平気だよ、『個室』に入れたんだぜ？」

「お前はあの娘の実力を過小評価している。なぜ俺が戻るまで待たなかった」

「いや、向こうが態勢を整えるとまずいと思ったんだけど」

シュバイツはイライラした様子で腕を組み、頭を振った。

「あの娘を取り巻く事象の流れに飲まれまいと……俺は細心の注意を払って来たというのに、お前のせいで台無しだ、この役立たずが」

これにはベンジャミンもカチンと来たらしい、テーブルに音を立てて乱暴に手を置いた。

「あのねえ、君がいつも自己完結して何も言わないのも悪いだろう？　あんなお人好しの娘に何ができるっていうんだい？　『個室』を突破して『島』まで辿り着く可能性があるとでも？」

シュバイツは失望したように嘆息し、侮蔑の視線をベンジャミンに投げた。

「……お前はとうに流れに飲まれていたわけか」

「なんだって？　おい、シュバイツ。君がそうなら僕にだって考えが」

「もういい。自分の尻くらい自分で拭いて来い」

シュバイツはそう言って腕を振った。すると部屋の中の風景がぐにゃりと蜃気楼のように歪み、次の瞬間には、部屋の中にいた者たちは一人残らず姿を消していた。

○

「……応急処置だけど」

「うん、ありがとう。ふふ、やっぱり手際がいいね」

服を着直したサティはにっこりと微笑んだ。アンジェリンは腰のポーチの簡易救急道具で、まだ血のにじんでいるサティの傷を手当てした。昨日の戦いで負った刀傷などの他に、打撲の内出血どもあり、見るだけで痛々しかった。

「昨日も手当てしてもらって、今日もなんてね」

「無茶し過ぎ……」

「そうだね、我ながら情けないや」

サティは苦笑して頭を掻いた。アンジェリンは頬を膨らましてサティの頬を両手で挟んだ。

「うにゅ……」

すべすべして、むにむにと柔らかくて、ずっと触っていたいくらいだ。出会ってから、サティはずっと傷だらけだ。もっと綺麗な筈なのにな、とアンジェリンは頬を膨らました。

「綺麗なんだから、傷だらけなんてもったいない」

「そりゃあなたも一緒だよ。ほら、ここなんか痕になっちゃいそう」

サティは手を伸ばしてアンジェリンの頬をつまんだ。こちらも負けず劣らず柔らかいらしい。二人して互いの頬をつねり合っていると、後ろの方からベンジャミンの声がした。

「あの……もうそっち向いてもいいかい？」

「あ、ごめん。いいよ」

忘れてた、とアンジェリンは頭を掻いた。治療で服を脱がすから向こうを向いていろとの厳命をベンジャミンは律儀に守っていたらしい。美女を侍らしていたという噂のエロ皇太子にしては素直でよろしい、とアンジェリンは一人で頷いた。

サティがくすくす笑った。

「ごめんなさいね殿下。でもまさか生きていらしたとは驚きです。ご無事で何より」

「あ、ああ。ありがとう。僕もこんな所でエルフに会えるなんて驚きだよ。サティっていったっけ。君はアンジェリンの知り合いらしいが……」

「わたしの友人の娘なんですよ。でもこの子には昨日会ったばっかりで」

サティはそう言って笑った。

そうだ。そういえば話にはずっと聞いていたのに、会ったのは昨日が初めてだったのである。それなのに何だか懐かしさすら感じるのは、ベルグリフの昔の仲間だからというのが大きいのだろうか。

ベンジャミンは伸び放題の髭を捻じって苦笑した。

「まったく、できればもっと落ち着いた所で会いたかったものだよ」

「本当ですねえ。しかしまずはここから出る事を考えないと」

サティは真面目な顔になって周囲を見回した。

「サティさん、転移魔法は……？」

「ここは駄目みたい。さっき牢屋の中で試したけど弾かれたよ」

まあ、シュバイツが私を放り込んだんだから、それくらいの対策はあるだろうね、とサティは嘆息し、目を細めた。

「アンジェリンちゃん、何か取っ掛かりはありそうかな？」

「あのね」

「うん」

「アンジェでいいよ」

「んん？」

「……アンジェリンちゃん、だとなんか距離感じるから」

サティは一瞬呆けたが、やにわに噴き出して笑い出した。そうして手を伸ばしてアンジェリンの頭をわしわし撫でる。

「あははは、もー、あなたはマイペースだねえ。分かった、アンジェ。それで何か気付いた事はある？」

「この空間に来る前に三つ空間を通った。そのどれも何かしら変わった所があって、そこを突いた。この空間だと、あの月が怪しい」

アンジェリンはそう言って、横顔の三日月を指さした。サティはふむふむと頷いた。

「確かに、監禁用の空間は干渉できる鍵がないといけないからね。それが謎解きになるか、それとも守護者《ガーディアン》か……調べてみないとね」

「謎解きは分かるけど……守護者？」

「そう。要するに牢屋番だね。そいつを倒せば鍵が開く」

成る程、最初の部屋の赤い球体みたいなものだろうか、とアンジェリンは思った。

「分かりやすくていいけど、大抵は一筋縄じゃいかない。Sランク魔獣並みの相手だね」

「それくらいなら楽勝。任せて」

ビシッと親指を立てたアンジェリンを見て、サティはまた笑った。

「もう、さっきから面白いなあ、アンジェは！　……ベル君は本当にいいお父さんなんだね」

「うん！　世界一の自慢のお父さん！」

アンジェリンはそう言って胸を張った。サティはにっこり笑い、大きく息を吸った。

「よし、行こうか。殿下、歩けますか？」

「ああ。戦うのは流石に勘弁して欲しいけど」

「あなたが役に立つなんて思ってないから大丈夫」

「……そりゃ事実だけど、中々辛辣だね、アンジェリンは」

ベンジャミンは苦笑して頭を掻いた。

三人は連れ立って歩き出した。壁を背に森へ向かっていく。近づくほどに鮮烈に鼻に抜ける匂いが強くなった。

月の光が影を長く伸ばす。アンジェリンは時折顔を上げて空の月を見上げたが、月は次第に高くなるばかりで、近づいても手が届きそうになかった。ベンジャミンが呟いた。

「……高いなあ。あれを壊すのか？」

「分からないけど……調べてみない事には」

仮にあの月と戦う事になっても、剣士であるアンジェリンには少し荷が重いように思われた。『大地のヘソ』でバハムートと戦った時は、眷属の飛ぶ魚たちを足場にして跳び上がれたけれど、そういうものは見当たらない。流れ星あたりを眷属にして飛ばしてくれれば、それを足場にできそうなものを、とアンジェリンは歯噛みした。

「サティさんは、魔法が専門なの？」

ふと尋ねてみる。ベルグリフたちの昔話では、サティは若い頃のパーシヴァルと同格の剣士だった筈だ。サティは「そうだねえ」と視線を泳がした。

「今は魔法も多いけど、基本的には剣士だよ」

「剣は？　隠しているのか？」

ベンジャミンが言った。サティは笑って肩をすくめた。

「隠していると言えばそうでしょうね。要するに、魔力で見えない剣を作ってそれを使う事が増えたの。本物は持ち歩かなくなって久しいけど……こういう空間だと本物がないと駄目だね。反省だよ」

「さっき牢屋が斬れなかったのも……？」

「うん。言い訳みたいになっちゃうけど、今のわたしは別の所でかなり魔力を消費しているから、魔力の剣もちょっと質が落ちてるみたい。ただでさえこういう空間は魔法に対してはかなり抵抗力があるから……アンジェが来てくれてよかったよ、本当に」

また頭を撫でられて、アンジェリンはちょっと頰を染めた。なんだかサティにこうされるのは嬉しい気がした。

いずれにせよ、サティも魔弾程度は扱えるものの、遠距離はそれほど得意ではないようだ。まだ月が鍵だと決まったわけではないが、やはりあれが怪しいように思う。

子供の頃、アンジェリンはベルグリフに月を取ってくれと言ったらしい。そういえばそんな覚えもある。そんな時、ベルグリフはどうしてくれたのだったか。

大きなパセリの葉から月光が漏れて、地面をまだらに照らしている。チェック模様の地面と相まって、なんだか取り留めがない。見ていると目が回るようだ。少し腹が減ったような気もする。

ざあ、と葉が揺れた。サティが足を止め、怪訝な顔をして目を細めた。

「空間が……何か来た、かな？」

アンジェリンは背筋に冷たいものを感じ、剣を引き抜いた。

「寄って！」

サティはベンジャミンを抱き寄せてアンジェリンの方に寄った。

突如として何か黒い塊がぎゃあぎゃあと鳴き声を上げて木の間を縫って来た。

二羽のカラスだ。それが羽をはばたかせて襲い掛かって来る。爪もくちばしも鋭く、目を突かれては大変だ。ベンジャミンは何が起こったのか分からず、引きつった悲鳴を上げて目を白黒させた。

「くっ、この！」

アンジェリンはカラスを叩き斬ろうとしたが、青ざめたサティがそれを制した。

「待って！」

「え、でも」

「この子たちはハルとマルなんだ！　どうして……」

「ええ!?」

このカラスがあの双子？　アンジェリンは困惑してカラスをよく見ようとしたが、暗がりではあり、動き回っているから分からない。ひとまず斬らないように剣の横腹を使うようにして何とか追い払った。カラスたちは舞い上がり、枝にとまってぎゃあぎゃあと鳴いた。

息つく暇もなく、今度は別の影が滑るようにして近づいて来た。アンジェリンはハッとして体勢を整え、その影を迎え撃った。剣士らしい。

「ぐう……！」

相手は恐ろしく俊敏な動きで縦横無尽に跳び回り、アンジェリンを翻弄した。何とかそれをいなしながら、アンジェリンは怒鳴った。

「サティさん！　大丈夫!?」

「わたしの事は気にしないで！」

ちらと見ると、サティは見えない剣で襲撃者の攻撃を防御し、ベンジャミンの事も守っているようだった。やっぱりこの人もただ者じゃないな、とアンジェリンはちょっと嬉しくなり、すぐにそんな場合ではないと気を引き締めた。

「コン――のッ！」

上から急降下して来た影の攻撃を受け止め、力任せに押し返した。

襲撃者はひょいと飛び退って、何だか嬉しそうに剣をくるくる回した。少年だ。兎の耳が頭で揺れている。

「なんなんだ、いったい……」

「それはこっちの台詞だよ」

別の声がした。見ると、小綺麗な服に身を包んだ皇太子ベンジャミン、の偽者が立っていた。隣にはフランソワと、兎耳の少年と同じ服を着たがっしりした男が立っている。ベンジャミンはそれを見て息を吞んだ。

「お前は……それになぜ聖堂騎士が」

「はは、ご紹介しようか。こちらは聖堂騎士のドノヴァン卿、そちらはファルカ殿だ」

ベンジャミンはうなだれた。偽者は肩をすくめた。

「しかし参ったな。これじゃシュバイツに怒られるのも仕方がない……アンジェリン、君は大したもんだ。つくづく敵にしておくのが惜しいよ」

「……いい加減に諦めたら？　あなたたちじゃわたしには絶対に勝てない」

「どうかな？　君一人ならばともかく、足手まといを二人も連れてちゃ却って不利じゃないかな？」

後ろにまた別の気配がした。アンジェリンはそっと後ろを見返った。白いローブを着た男が腕組みして立っていた。シュバイツだ。その隣には虚ろな目をしたメイドが控えていた。

挟まれた。あまり良い状況とは言えない。

ベンジャミンは言うまでもなく、サティも本調子ではない。この連中を相手にするには少し心許ないような気がする。

その時ベンジャミンがよろよろと立ち上がって口を開いた。

「待て、ドノヴァン卿、その男は皇太子ではない……」

「なに？」

自らも剣の柄に手を置いていたドノヴァンは怪訝な顔をしてベンジャミンを見た。ベンジャミンは喋りづらそうにしながらも続ける。

「僕が……本物のベンジャミンだ。その男に幽閉され成り代わられていたんだ……その男に帝室の血は流れていない。騙されるな」

ドノヴァンは横目で偽者の方を見やった。偽者はちっともうろたえる事無く薄笑いを浮かべて立っている。ドノヴァンはベンジャミンに目を移した。

「……証拠は？」

「いや……しかし、確かにそうなんだ。昔の僕とまるきり変わった事は、卿もご存じの筈」

「それで？　偽者たる僕はわざわざ善政を布く為に無能者の皇太子を幽閉した、とそう言いたいのかな？」

割り込んだ偽者に言われ、ベンジャミンは唇を噛んだ。偽者はくつくつと笑う。

「偽者を用意するならもっとマシな男を用意するべきだったね、アンジェリン。さてドノヴァン卿、貴殿はどちらが本物だと思われるかな？」

ドノヴァンは肩をすくめ、じろりとベンジャミンを睨み付けた。

「殿下の名を騙るとは不届きな男だ。偽者を担ごうという連中ともども、主神に代わって成敗してくれよう」

「ぐ……」

ベンジャミンは落胆したように力なく膝を突いた。サティが慰めるようにその肩を撫でた。

「殿下、誰が何と言おうが本物はあなたですよ」

ベンジャミンはそれにには答えずに俯いたままだった。

アンジェリンは油断なく周囲を見回して剣の柄を握り直した。

シュバイツは強敵だし、ファルカも相当の手練れだ。ドノヴァンも弱くはなさそうである。あのメイドも油断できそうにない。偽ベンジャミンはそれほど強くはなさそうだが得体が知れない。カラスのハルとマルもこちらを威嚇するように鳴いている。

相手の手札が分からないのが一番まずいな、とアンジェリンは舌を打った。

自分だけならば切り抜けられる自信はあるが、ベンジャミンとサティを無事に、と考えると中々難しい。アンジェリンが斬り込むと見るや、手の空いた相手が即座に二人を狙うだろう。たとえ偽ベンジャミンとシュバイツを仕留める事ができても、サティとベンジャミンが殺されてしまっては何の意味もない。

偽ベンジャミンがけらけら笑いながら両腕を広げた。

「さてさて、弱い者いじめのようで気が引けるが……覚悟はいいかい？」

「ふん……ぐだぐだお喋りして、勝ったつもり？」

「へえ、まだ勝てるつもりでいるのかい？」

「当然。あなたはわたしたちを甘く見過ぎ……あの黒いコートの人はどうしたの？」

「ヘクター？　さあね。別の仕事を頼んであるだけだよ」

「……ふん」

アンジェリンはそっとサティの方を見て、小さく頷いた。サティは微笑んだ。アンジェリンは前を向き、剣の切っ先を偽ベンジャミンに向けた。

「もう謝っても遅いぞ」

「はは、怖い怖い」

じゃり、と靴底が地面を擦る音がしたと思うや、ファルカが矢のように跳んで、アンジェリンに斬りかかる。

アンジェリンは受けるかと思われたが、軽く身をかわしてファルカの腕を掴むと、その勢いのまま後ろに投げ飛ばした。

サティはファルカを避けるようにして、ベンジャミンを抱えて無理矢理横に跳ぶ。アンジェリンはそれを見とめると、ものすごい勢いで前に跳んだ。偽ベンジャミンたちは思わず目を剝いた。

アンジェリンはそのまま剣を振り抜こうとしたが、ドノヴァンが前に出て受け止めた。

「ぐぬっ！　なんという……！」

アンジェリンの剣撃の重みに、ドノヴァンは思わずたたらを踏んで顔をしかめた。

「殿下、お下がりを！」

フランソワも剣を抜いて前に出た。偽ベンジャミンは後ろに下がる。

アンジェリンは咄嗟にフランソワの首を飛ばそうとしたが、リーゼロッテの顔が頭によぎって手を止めた。そのまま即座に跳び退り、サティとベンジャミンの傍らに戻った。素直に切り伏せていい相手ばかりではない。やりにくくて仕様がない、とアンジェリンは舌を打つ。

向こうまで投げ飛ばされたファルカが剣を振り上げて戻って来ている。

サティが怒鳴った。

「アンジェ！　あの兎を相手して！」

「ん！」

アンジェリンはファルカの剣を受け止めて押し返した。サティはかかって来た虚ろな目のメイドの一撃を受け止めた。

ファルカは全身から愉悦をみなぎらせて剣を振るう。切り結ぶ度に妙な疲労感が襲って来るから、アンジェリンは顔をしかめた。そこで強引に剣を打ち払い、前に押してファルカの腹を蹴り飛ばした。ファルカは背中から倒れると思われたが、両手を突いて後転すると不思議そうな顔をして蹴られた腹を撫でた。

「不気味な奴……」

アンジェリンは口を尖らしたまま剣を構え直した。サティの方もメイドを押し返して、荒い息を整えていた。

「くそ、この程度で……」

「サティさん、無理しないで」

「無理しなきゃ勝てないよ、アンジェ。特にシュバイツを何とかしないと……」

アンジェリンは後ろの方に立つ白いローブの男を見る。動きらしい動きはないが、油断なくこちらを見据えているのが分かる。

不意に上空から羽音がした。アンジェリンはハッとして剣で防御する。鋭い爪が刀身を打ち据え、柄を握る手まで震えた。

「くっ……！」

「ハル！　マル！　わたしだよ！　分からないの!?」

サティが悲痛な声で叫ぶ。しかし二羽のカラスはぎゃあぎゃあと喚きながら襲い掛かって来るばかりだ。ファルカとメイドも挟撃するかのように前後から迫って来た。

「サティさん！　後ろ！」

アンジェリンはファルカの剣を受け止めた。サティもメイドを迎え撃つ。

さっきの一当てが効いたのか、ドノヴァンとフランソワは警戒して偽ベンジャミンを守っている。しかしこのままで攻めきれないのではジリ貧だ。

「アンジェ！」

不意にサティが反転してアンジェリンを押しのけ、見えない剣でファルカを弾き飛ばした。上空から急降下して来たカラスがその後を通り抜けて行った。

アンジェリンはサティと入れ替わるようにして、今度は後ろのメイドの攻撃を受け止めた。そのままカウンターで真二つにしようとしたが、メイドはすぐに後ろに引いてしまった。

アンジェリンとサティは再びベンジャミンを挟んで背中合わせになった。

まずいな、と舌を打った。相手はこちらが消耗するのを待っている。だからこちらも攻めきれない。こちらからも攻めたいが、攻勢に出れば守るべきサティたちが危ない。

ファルカはとんとんと踵で地面を蹴って、再び肉薄して来た。アンジェリンも踏み出して剣を交える。数合打ち合ったのち、アンジェリンは身を低くした。

「……！　そこっ！」

ファルカの大ぶりの一撃を掻い潜って、剣を逆手に持ち替えて脇腹を斬り裂く。鮮血が噴き出し、聖堂騎士の白い服を赤く染めた。

――浅い！

手応えの浅さを感じると同時に、ファルカは動きを緩める事なく上から剣の柄でアンジェリンの肩を思い切り殴った。鎧越しにも凄い衝撃で、アンジェリンは思わず膝を突く。

ファルカも後ろに下がり、脇腹の傷を撫でている。戦いで興奮状態なのか、ちっとも堪えた様子がない。

メイドの攻撃をからくも退けたらしいサティも、今までの疲労や傷も相まって辛そうだ。

自分ではそんなつもりはなくとも後ろが気になって気が散ってしまう。このままでは、と思った時、巨大な魔力の奔流を感じた。

『鋭く砥がれた病の風に　赤く染まったその床に　愚者の夢は舞い散り落ちる』

シュバイツの方から重く冷たい魔力が北風のように流れてアンジェリンたちを取り巻いた。

しまった、ここで大魔法か、とアンジェリンは舌を打った。みすみす相手に準備の時間を与えてしまった。魔力はまるで細かな針のようにちくちくと肌を刺した。

こうなってはせめてサティだけでも守らねば、とアンジェリンは身を翻してサティの肩を抱いた。そうして地面に押し倒すように倒れ込む。魔力は塊になって、嫌な気配を充満させながら覆いかぶさって来た。

その時であった。

『指の先に力連なり　糸はよりて紐となり　遠き頸木の頸を砕かん』

不意にらせん状に渦を巻く魔力を感じたと思ったら、それが弩で放たれた矢のような勢いで飛んで来た。それはアンジェリンたちにかぶさろうとしていた魔力とぶつかり、強烈な音を立てて炸裂する。何だか知っている大魔法だ。

「……ハルト・ランガの槍？」

「オラァ！　どきやがれ兎野郎！」

知っている声がした。

剣と剣がぶつかる音がする。

矢が空気を切り裂く音、稲妻がとどろく音がする。

アンジェリンは顔を上げた。その下で仰向けになっているサティは何が起こったのか分からずに呆気に取られている。ベンジャミンは両手で頭を押さえてうずくまっているが、怪我をしたわけではないようだ。

「アンジェ！　大丈夫か！」

また別の声がした。それを聞くや、アンジェリンの体の底から喜びと元気が湧き上がって来る。迷わず跳ね起きた。

「お父さん！　みんな！」

周囲では戦いが起こっていた。

マルグリットがファルカと切り結び、アネッサとミリアムが虚ろな目のメイドを相手取っている。カシムはシュバイツの前に立ちふさがり、自分たちと偽皇太子の間には、アンジェリンの大好きな背中があった。

アンジェリンはサティを助け起こした。サティはぽかんとしたまま前に立つ赤髪の男の背中を眺めていた。男は振り向いた。

「すまん、遅くなった……よかった。無事で」

「え、あ……」

サティは口をぱくぱくさせたが、やにわに大粒の涙を両目から溢れさせた。

「あは、あはは……おじさんに、なったねえ、ベル君……」

「……君はちっとも変わってないな、サティ」

ベルグリフはちょっと照れ臭そうに笑い、手に持った大剣を握り直した。

一二二　大剣の唸り声が、柄を握った手から

大剣の唸り声が、柄を握った手から全身に響いている。腹の底にずしんと来て、腰が据わるような心持だ。

ヴェール一枚隔てたようだった記憶の輪郭がはっきりして、的皪《てきれき》と輝きを増したように思われた。エルフであるサティはあの頃と変わらなかった。美しく滑らかな銀髪、柔和そうな顔つきなのに、意思の強さを窺わせる太い眉。だが顔立ちこそ変わっていないのに、なんだか大人びたように見えるのは互いに年を取ったからだろうか。

もっとまじまじと見つめたかったが、今はそう言ってもいられない。目の前の相手に集中しなくてはなるまい。

「ベル君、あのカラスたちは殺さないでね」

サティが言った。ベルグリフは目だけ上にやる。巨大なパセリの枝に二羽のカラスがいて、こちらを見ていた。ベルグリフはフッと口端を緩めた。

「分かった」

「ごめんね。本当はもっと別の事話したいのになあ」

サティがそう言って寂しそうに笑った。ベルグリフは微笑んだ。

「全部終わったら、ゆっくり話をしような」

「あはは、いっぱい聞きたい事があるよ。話したい事も」

ベルグリフは目を細め、周囲の戦いを軽く見やった。

ついさっき、と言っていいくらい前に会ったばかりの聖堂騎士たちの姿がある。

フランソワの後ろにいる男が噂の皇太子だろう。

カシムと向き合っている男はかなりの手練れのようだし、近距離は不得手とはいえアネッサとミリアムを一人で相手取っているメイドもただ者ではない。

皇太子の恰好をした男が小さく笑った。しかし目は笑っていない。

「白馬の王子、というには少し野卑だな。やれやれ、困ったもんだ」

そうしてベルグリフの後ろにこそこそと隠れている小さな影を見て、眉をひそめた。

「おい、マイトレーヤ。どうしてそっちにいるんだ？」

マイトレーヤは「ひっ」と小さく悲鳴を上げたが、思い直したようにベルグリフの陰から顔だけ出して、あかんべえと舌を出した。

「わたしは勝ち馬に乗る。それだけ」

アンジェリンが怪訝な顔をした。

「誰、あなた」

「わたしはマイトレーヤ。〝つづれ織りの黒〟の異名を持つ偉大なまほ――」

マイトレーヤが言い終わる前に、カシムとシュバイツの魔法がぶつかって大仰な音を立てた。ベンジャミンはやれやれと頭を振った。

「……君には失望したよ。いいさ、まとめて片付けてやろう」

ベンジャミンは目を閉じて何か小さく詠唱を始めた。ドノヴァンが眉をひそめて剣を構えた。

「まったく、お前には驚かされる……だが丁度いい」

「ドノヴァン殿、私とあなた方が争う理由は何もない筈ですが」

「ふん、帝国への反逆者の分際で何を言うか。お前の娘は殿下を偽者呼ばわりして剣を向けた挙句、その浮浪者を本物の殿下だとのたまいおった。処断するには十分だろう？」

ベルグリフは驚いて後ろを見る。アンジェリンとサティの横に、みすぼらしい恰好の男がうずくまっていた。ベルグリフがアンジェリンを見ると、アンジェリンは首肯した。

「この人が本物。ここに捕まってたの」

「そうか……」

思った通り、本物のベンジャミンを殺すわけにはいかなかったのだろう。何とかドノヴァンを説得したいと思うが、この状況ではそうも言っていられないかも知れない。戦うしかないか。

ドノヴァンも中々の腕のようだ。闇雲に切り込んで来るわけではなく、ベルグリフの様子を窺うようにしてじりじりと間合いを測っている。突如として現れた援軍の規模を確かめているようにも思われた。

ベルグリフも油断なくドノヴァンを見据え、一挙手一投足に反応して小さく動いた。

アンジェリンがハッとしたように目を見開いた。

「お父さん！　ちょっと行くね！」

アンジェリンは飛ぶように駆けて、ミリアムにナイフを突き立てようとしていたメイドを蹴り飛ばした。ミリアムは青ざめてぶるりと震えた。

「ああありがとアンジェ……死ぬかと思った」

「こいつはわたしが相手する。二人はお父さんの後ろを守って」

「分かった。やっぱり後衛が前衛の相手しちゃ駄目だな」

アネッサが苦笑しながら短刀を腰の鞘に戻して、ミリアムと後ろに下がった。

ベルグリフは剣を構え直した。

「……本当は言葉で解決したいが、そうも言っていられないようですな」

「ふん。あの獅子のような男はいないのか。剣は見事だが、お前如きに後れは取らんぞ……ファルカ！」

ドノヴァンが怒鳴ると、マルグリットの相手をしていたファルカが戻って来た。アンジェリンに斬られた脇腹の血はもう止まっている。

「いい折だ。奴を殺して剣を破壊しろ。あのエルフは私が引き受けてやる」

そう言って、ドノヴァンはファルカを追って来たマルグリットに向かって行った。

ファルカはベルグリフを見ると目に見えて嬉しそうに剣を構え、次の瞬間には飛びかかって来た。

上段からの斬撃である。大剣で受けると、ファルカの剣の魔力とぶつかって、魔力の欠片が火花のように散った。剣が唸り声を上げげた。

ベルグリフは怒鳴った。

「サティ！　走れるか!?」

「え、うん！」

「場所が悪い！　殿下を連れて森を出ろ！　ミリィ！　アーネ！　二人を頼む！　マイトレーヤ、みんなと一緒にいろ！」

ベルグリフはそう言うと、大剣を横なぎに振った。ファルカは後ろに跳んでそれをかわす。しかし剣は脇に立つパセリの大木をすんなりと切り倒した。木は音を立てて倒れ、前に来ようとしていたファルカの道を塞ぐ。

「走れ！」

頭上で羽音がした。カラスはサティたちを追いかけるようだ。

サティたちが後ろに駆けて行く気配を感じながら、ベルグリフは道具袋から閃光玉を取り出して放り投げた。それはパセリの枝を斬り払って来たファルカの眼前で弾けて、強烈な光を迸らせた。

「……ッ！」

夜の闇のさなか、不意に目を襲った閃光にファルカの視界は眩み、うろたえて立ち止まった。

その隙を逃さず、ベルグリフは前に跳び出し、剣の腹でファルカの腕を打ち据えた。ファルカは息を絞るような悲鳴を上げて膝を突いた。相当の衝撃の筈だが、それでも剣を取り落とさないのは剣士の意地だろうか。

「悪いがその剣とまともに切り結ぶ気はないんだ。少し眠っていてもらうぞ！」

ベルグリフは体勢を低くし、今度はみぞおちに掌底を叩き込んだ。ファルカの肺から空気が逃げ出し、ぐるりと白目を剝いてうつ伏せに倒れ伏した時、向こうで再び大魔法同士がぶつかって、大きな衝撃がパセリの木々を揺らした。

弾けた魔法の残滓が光の筋になって宙に散らばっている。それらは明滅しながら生き物のように動き回り、やがて溶けるように消えてしまう。

ぶつかり合った魔法の衝撃で舞い散ったパセリの葉の爽やかな匂いが、緊張するべき筈の場に不釣り合いで、カシムは山高帽子を押さえながら笑った。

「へっへっへ、腹が減っちゃうね、どーも」

相対するシュバイツは顔をしかめたまま一定の距離を保ってカシムを見ている。

カシムは指を回した。弾けて切れ切れに舞っていた魔力が渦を巻いて集まって来る。シュバイツがため息交じりに呟いた。

「……面倒な男だ」

「そりゃお互い様だろ」

カシムは指先をシュバイツに向けた。集まった魔力が矛のようになってシュバイツを指向する。

「オイラはお前じゃなくて友達と話がしたいんだけどな」

「そうか」

「結局お前らは何を企んでんの？　世界征服でもするつもり？」

シュバイツは冷笑を浮かべた。

「この世界にそんな価値があると思うか」

「思わなかったね、今までは。けど今となっちゃオイラは色んなものが愛おしいのさ。お前らが好き勝手しようってんなら、体張って止めてやろうってくらいにはね」

カシムが指先を小さく動かした。鋭い魔力の槍が幾つもシュバイツに襲い掛かった。

だがシュバイツは魔力の壁でそれらを受け止めてしまった。そのまま半透明の壁は膨らんでカシムの方に迫って来る。

カシムはひょいと後ろに跳ぶと、腕を振り上げ、振り下ろした。上の方に溜まっていた魔力の塊が、大金槌のように魔力壁を打った。強烈な振動に、中にいるシュバイツも流石に眉をひそめた。

「どーした、守るだけかあ？」

さらにカシムは両手を地面に付けた。体中の魔力が手を伝って地面に潜り込み、地中をものすごい勢いでシュバイツの方へと向かう。

シュバイツはピクリと反応して、十歩近い距離を一足で飛び退った。さっきまでシュバイツのいた所には、地面から槍のような魔力が突き出していた。

「流石、一筋縄じゃいかないね」

カシムはそう言ってにやりと笑った。シュバイツは黙ったまま指先を動かした。カシムの両脇の空間が、まるで彼を押しつぶすかのように質量を持って迫って来た。

カシムはハッとして身をかがめて脇へ飛んでそれを避ける。ぶつかり合った空間は少し揺らいだが、すぐに何事もなかったかのように元に戻った。息をつく間もなく、今度は地面が生き物のように波打って、カシムの足を捕まえた。頭上からは何かが覆いかぶさるような気配がする。

「やべっ」

カシムは素早く指先に魔力を集めて早口で詠唱し、足を摑んだ地面に触れた。

「崩壊しろ！」

途端に地面は泥細工のように易々と崩れ、カシムの足を手放した。カシムが後ろに転がるように逃げると、見えない何かがのしかかったように地面がぼこりとへこんだ。

カシムが不機嫌そうに顔をしかめる。隙ができたから慌てて構え直したのだが、シュバイツは向こうに突っ立ったまま手を出して来ない。カシムは舌を打った。

「なーんか、お前遊んでる感じがするなあ。別に本気出せとは言わないけど、やる気がないならどっか行けよ。オイラも暇じゃねーんだ」

「……少しの障害も、また流れを加速させるか」

「あん？」

「いいだろう」

唐突に、シュバイツの右腕が燃え上がった。真っ青な炎である。それが人魂のように次々とシュバイツの周りに浮かび上がり、銘々に動き回って威嚇するように勢いよく燃えた。

カシムは山高帽子をかぶり直した。

「なるほど、〝災厄の蒼炎〟ってそういう事ね……」

それぞれに浮かんでいた青い火が鎖のように連なったかと思ったら、蛇のように宙をのたくってカシムに向かって来た。触れたパセリの葉が燃え上がり、辺りは青白い光で照らされる。

「おいおい、森林火災でも起こす気かよお」

カシムは身をかわしながら魔力を集中した。

『地を穿つ　空を穿つ　魂を穿つ』

素早く詠唱し、大魔法を放つ。魔力の牙が炎の蛇に食らいついた。

しかし炎は変幻自在に形を変え、魔力の牙を包み込むようにして燃え盛る。カシムも魔力を注いで対抗するが、炎の勢いが強く、額には汗がにじんだ。悪名高い〝災厄の蒼炎〟の力は伊達ではないようだ。

決して楽観できる状況ではないのに、カシムの顔には笑みが浮かんだ。強敵と戦うのに心躍るのは冒険者の性であるらしい。

「へへ、オイラを魔法で押すとは流石だぜ……」

魔法で鍔迫り合いながら、カシムはもう片方の手で魔力の槍を準備する。炎の蛇がさらに強く燃え上がった時、カシムは一気にそれを撃ち放った。槍は細く強く、炎の一点を突き抜けてシュバイツへと向かい、そのまま肩に突き刺さった。

「むッ！」

シュバイツは顔をしかめ、少しよろめいた。炎の勢いが弱まる。

ここぞとばかりにカシムは魔力の牙に力を注いだ。巨大な獣の口のようなそれは、炎の蛇を噛み砕く。

「まだまだァ！」

カシムはさらに空中に魔弾を幾つも生成する。しかし通常の魔弾のように丸みがある形ではない。鋭く、矢のようだ。槍ほどの強度も長さもないが、生成に時間がかからない。一気に十数本生成されたそれらが、一斉にシュバイツへと放たれた。勢いの弱まった炎では、それらを食い止めるには及ばないようだ。

シュバイツは舌を打つと、炎の蛇を消し去った。押していた魔力が消えたせいで、カシムはバランスを崩してたたらを踏む。

蛇を消した代わりに右腕の炎の勢いが増した。シュバイツはまるでマントのように炎をまとったと思うや、それを振って迫って来た魔法の矢を受け止めた。矢は青い炎に焼かれて魔力に戻り、空中に溶けて消えた。

「見事だ〝天蓋砕き〟……」

シュバイツは炎に身を隠したまま、さらにそれを燃え上がらせた。周囲に林立する巨大なパセリの木に燃え移り、枝を伝っていよいよ火事になって来た。

辺りは青く照らし出され、目がちかちかする。炎に取り巻かれ、戦いどころではない。

「もう、カシムさん張り切り過ぎ……」

アンジェリンは顔をしかめて、炎の塊になった木々の間を縫って走った。燃えていて熱いのに、照らす光は青いのが何だか気持ちが悪い。

不意に背筋がぞくぞくして、剣を構えた。刀身に小さなナイフが当たった。

アンジェリンはナイフの飛んで来た方を睨むが、何かの影が素早く動いて炎に紛れるばかりだ。

「ええい、さっきからもう」

アネッサとミリアムに代わり、虚ろな目をしたメイドを相手取ったアンジェリンだったが、メイドは相手がアンジェリンだと見て取るや、決して近距離戦を挑もうとはせず、常に一定の距離を保ちながら死角を狙って移動し、暗器を利用した攻撃を加えて来た。熟練の暗殺者を彷彿とさせる見事な身のこなしで、追いかけようにもこの夜の闇に紛れられては、流石のアンジェリンでも攻めきれないほどだ。

周囲に木があるというのも相手に有利に働いている。さらに今は炎が邪魔して身動きが取りづらい。

「真正面なら絶対負けないのに」

アンジェリンはぼやきながら、またしても投擲《とうてき》されて来た細い針を剣で打ち払った。

こんな攻撃を食らう気はまったくしないけれど、防戦一方というのは気に障る。こちらをまともに相手にしようとしない敵は実にやりづらい。

炎はどんどん勢いを増し、林に沿って燃え広がって行く。

だがこれはチャンスでもある。このまま広い所に出られれば、相手は隠れる場所がない。障害物のないだだっ広い場所での戦いはアンジェリンの望む所である。

「うわっ、と」

今度は頭上から降り注いだ針の雨をかわした。パセリの葉の燃えカスが降って来る。

「ぐむ、枝の上を」

メイドは枝の上を猿《ましら》の如き動きで移動しているようだった。アンジェリンはスカートであんな所に上ったら丸見えだな、などとのんきな事を考えた。尤もこの状況ではスカートの中身など暗くて見えない。

どうやらあちらは先回りして、こちらを森から出さない算段のようだ。

それならば、とアンジェリンは素早く周囲を見回して、まだ燃えていないパセリの木に足をかけて飛び上がった。低い枝を足場にして一気に上へと昇る。途中でナイフや針が飛んで来たが打ち落とした。

炎の熱気が上がって来て、上の方が熱いくらいだった。しかし見通しは悪くない。メイドの姿も捉えた。

「鬼ごっこは終わりだ……！」

アンジェリンは枝を蹴ってメイドに肉薄する。逃げるかと思われたメイドだったが、意外にも真っ向からアンジェリンの剣を受け止めた。だが正攻法で戦うつもりは微塵もないらしく、受けたと同時に足で枝を思い切り揺らした。

アンジェリンは思わずバランスを崩す。

それを見逃さず、上から短刀が振り下ろされた。

「くぬっ！」

アンジェリンは腕を伸ばしてナイフを持つ手首を摑んで、すんでの所で刺突を避けた。メイドの虚ろな目に自分の姿が映るのが見える。さっきファルカに殴られた所がズキンと痛み、アンジェリンは歯を食いしばった。

その一瞬の隙を突いて、メイドはアンジェリンの足を払った。

だがアンジェリンもメイドの手首を放さない。二人はもつれ合うようにして枝から落ちた。

「この！」

アンジェリンはメイドを引っ張って無理矢理自分よりも下にすると、その体を踏みつけて跳んだ。

メイドは背中から地面に落っこちたが、かろうじて受け身を取ったらしく、よろよろと立ち上がった。

何とか勢いを殺して着地したアンジェリンは素早くメイドに近づくと剣を振りかぶった。

「……御慈悲を」

「！」

メイドの目からつつと涙が流れた。哀れを誘うその姿に、アンジェリンは咄嗟に剣を止めた。だがその瞬間、メイドはその表情のまま短刀を突き込んで来た。

「ぐっ！」

身をかわしたが、太ももに一筋の傷が走り鮮血が舞った。だがアンジェリンはひるむ事なく即座に剣を持ち変えると、今度は容赦なく一閃した。

メイドの首が宙を舞い、首から血が噴き出した。

倒れ込んだメイドの体が動かない事を確認して、アンジェリンは剣を収めた。

「……嫌な相手だった」

恐らく暗殺者としては一級だったであろう。最後の涙はアンジェリンもすっかり騙されてしまった。

突っ立っている場合ではない。アンジェリンは踵を返して、燃え盛る森から出ようと駆け出した。

森の外ではカラスが旋回して、下にいる獲物目掛けて幾度も急降下を繰り返していた。

ベンジャミンを庇うようにしてサティが立ち、アネッサとミリアムはそれぞれに武器を構えてカラスを睨み付けていた。

「くそ、動きが速いな……」

「どうしよー、捕獲系の魔法は不得意なんだよなー」

サティが申し訳なさそうに言った。

「ごめんね二人とも、無茶を言って」

「何言ってるんですか、わたしたちだって操られている子供を殺したくありませんよ」

「そうそう！　おーい、暴れてないで戻っておいでよー！　うわっと！」

カラスが矢のように降下して来て、ミリアムの脇を通り抜けて行った。二人ともカラスの爪やくちばしがかすって、服や肌に線のような傷を幾つもこしらえている。

サティが怒鳴った。

「ハル！　マル！　いい加減にしなさい！　あなたたちは黙って操られるような弱い子じゃないでしょ！」

カラス二羽は飛びながらぎゃあぎゃあと喚いている。アネッサが舌を打った。

「なんとか……動きさえ止められれば」

「アーネ、トリモチ持って来てないのー？」

「こんな状況になるとは思ってないから……くそ、参ったな」

普段はアネッサの装備の中にある先端にトリモチの付いた矢は、身軽にするためにと宿屋に置いたままだ。ミリアムの雷の魔法ならば命中するだろうが、殺してしまっては意味がない。

アネッサは見返った。

「マイトレーヤ、何とかならないか？」

ベンジャミンの隣で小さくなっていたマイトレーヤは目を細めた。

「……あのカラス、そんなに大事なの？」

「ちょっと、今はそんな事言ってる場合じゃないよお！　わあ！」

カラスのくちばしがミリアムの帽子を跳ね飛ばした。アネッサが威嚇の為に矢を放った。カラスはそれをかわして、矢を放って無防備になったアネッサに向かって来た。

「しまっ――」

だがカラスはアネッサをくちばしで突き刺す前に、何か打たれたように体勢を崩し、ぎゃあぎゃあと喚きながら舞い上がった。アネッサが呆気に取られて後ろを見ると、サティが片手を前に出していた。彼女の魔法か何かだったのだろうか。

サティは大きく息を吸って前に出た。

「ごめんね……もう大丈夫。やっつけよう」

「え、でも」

「わたしの我儘であなたたちを傷つけるわけにはいかないよ」

そう言ってサティはカラスを睨んで構える。マイトレーヤが言った。

「……大事じゃないの？」

「……子供みたいなものだけどね。でも仕方ない」

「そう」

マイトレーヤは立ち上がって両手を軽く開いた。魔力が渦を巻いて風のように服の裾を揺らす。

「地面に落としてくれれば捕まえられる。後で依頼料頂戴ね」

「もっと早くやる気出してくれよ！　ミリィ！　やれるな！」

「まかせろー！」

ミリアムは杖を振って、威力の低い魔弾を幾つも打ち出した。カラスたちはこの反撃に面食らい、慌てて回避する。

「よし！」

それを見たアネッサは矢じりを折ると、代わりに先端に布を巻きつけて素早くつがえ、放った。

矢はカラスが魔弾をかわした先に飛んで行き、その羽の付け根をしたたかに打ち据えた。カラスはぎゃっと悲鳴を上げ、もんどりうって地面に落ちる。すると、影がぐにゃりと伸びて鎖のようにカラスを絡め取った。

続いてもう一羽も同じように地に落ち、どちらのカラスも自らの影に拘束されて動けなくなっていた。

サティが呆気に取られて目をしばたたかせた。

「はは……流石はアンジェのパーティメンバーだね……ありがとう！」

「へへ、サティさんにそう言ってもらえるのは光栄ですよ」

「えへへー、ベルさんの仲間に褒めてもらえるってだけで嬉しいもんね。これでこっちは一件落着かにゃー？」

ミリアムは帽子を頭に乗せて辺りを見回した。森を燃やす青い炎がそこいらを照らしている。まだどこからか剣戟の音が聞こえて来る。まだ燃えている森の裾辺りでひゅんひゅんと空気を切る鋭い音を響かせているのは細剣だ。それが幅広の騎士剣を一方的に攻め立てて圧倒している。

防戦一方のドノヴァンに対して、マルグリットは余裕の表情で笑みさえ浮かべていた。

「おらおら、どーした。腰が引けてんぞ、おっさん」

「くっ、おのれ……」

ドノヴァンは乱暴にマルグリットの細剣を打ち払い反撃に出たが、マルグリットは涼しい顔をしてそれを避けて前に出ると、ドノヴァンの腹を蹴り飛ばした。ドノヴァンは後ろに数歩下がり、腹を押さえて歯を食いしばった。

「詰まんねえな。あの兎の方がよっぽど強かったぜ」

「野卑な……これが高貴な種族だというのか」

おとぎ話でよく聞かれる清廉なエルフの印象とは正反対の性格のマルグリットに、ドノヴァンも眉をひそめていた。しかし、周囲で燃え盛る青い炎に照らされるその容姿は、確かに物語から出てきたように凛として美しい。

だがそれ以上に強過ぎる。聖堂騎士として長く経験を積み、決して弱くはない筈のドノヴァンがほとんど手も足も出ない。

マルグリットは細剣を軽く振って、地面をとんとんと蹴った。周囲を見回し、着実に燃え広がる青い炎を見て眉をひそめる。

「ぼつぼつ終わりにしようぜ。これで焼け死んだら間抜けだしな」

「舐めた口を……ッ！」

その時、ドノヴァンの後ろから何かゾッとするような気配がした。マルグリットはもちろん、ドノヴァンも驚いたようにそちらを見る。

そこには黒い衣をまとった妙な者が立っていた。確かに人の形をしてはいるが、およそ生者の持つ命の気配というものはまったくない。代わりというように、肌に刺すような死の気配が全身から発され、見るだけで気分が悪くなるようだった。

黒い衣の怪物は、顔に当たる部分にある二つの赤い目でマルグリットを見た。ドノヴァンの方は見もしない。

「ノ、ノロイか……？　いや、しかしこれは……」

「ははっ、聖堂騎士ってヴィエナ教だっけ？　物騒なもん連れてんだな」

マルグリットは本能的に粟立つ肌を誤魔化すように陽気な口調で言った。ドノヴァンは舌を打った。

「……これが私に味方するというならばそれも主神の御心に相違ない」

「随分都合のいい神様なんだな。お前、案外信仰心ないだろ」

マルグリットはそう言って剣を構えた。

黒い衣の怪物は、地の底から響くようなうめき声を上げ、マルグリットに跳びかかった。衣の下からしなびた長い腕が伸びて来て、捻じれた爪の手がマルグリットの細剣を引っ掴んだ。

「この、キモいんだよ！」

マルグリットは力任せに剣を振り抜いた。しかし手は切り裂けず、怪物は地を這うようにしてマルグリットへと向かって来る。マルグリットは素早く体を捻って怪物に細剣を突き込んだ。しかし手ごたえがない。それだけでなく、刀身に何か絡みついて来るような嫌な感じがして、慌てて剣を引く。

「くそ、やりづれえ……」

青い火に照らされた怪物を見る。人の形をしているとはいえ、急所が同じとは限らない。むしろどこに剣を突き込んでも逆に危ないように思われた。

魔王すら屠って来たマルグリットであるが、この黒衣の怪物はそれとも違う妙な歪さを感じさせ、どうにも手を出す事をためらわせた。却って、以前の自分であれば躊躇なくかかって行ったかも知れないと思われ、皮肉気な笑みすら浮かぶようだった。

　怪物の陰からドノヴァンが斬りかかって来た。マルグリットは危なげなく受け止めるが、同時に怪物の方もかかって来る。武器らしい武器を持っていないのに、その手に触れられる事を想像すると肌が粟立った。

　手をかわし、ドノヴァンを押し返し、後ろへ距離を取ってマルグリットは息をつく。ドノヴァンは凶悪な笑みを浮かべて剣を構え直した。まるで怪物の力が体に乗り移っているようだった。

「……仲良しじゃねえか。暗黒騎士に名前変えたらどうだよ」

「その減らず口、すぐに叩けなくしてくれるわ！」

　またしてもドノヴァンと怪物は同時にかかって来る。仮にドノヴァンが二人ならば余裕で相手できるマルグリットだが、黒衣の怪物が厄介だ。あちらに集中すると格下のドノヴァンの剣すら危ないように思う。

　加えて火の手がより勢いを増している。このまま膠着状態を続けてはそちらの危険も高まって来るだろう。

　マルグリットは一瞬迷ったが、くるりと踵を返して駆け出した。ドノヴァンが目を見開く。

「逃げるか！　この臆病者が！」

「へん、ここで意地張って戦うとベルと大叔父上に怒られるからな！」

　マルグリットはあかんべえと舌を出してそのまま森の外へと向かって駆けた。

　ばちばちと音を立てて燃えるパセリの木々を縫って行くと、唐突に景色が開ける。月の光が遠い海に反射して、白く凪いでいた。

仲間たちと合流しようかと周囲を見回していると、森の方からドノヴァンが飛び出して来た。

「逃がさんぞ……！」

そのままマルグリットに斬りかかって来る。マルグリットはそれを受け止めて、素早く周囲を確認した。あの黒衣の怪物は見当たらない。これを好機と捉え、マルグリットは一気に攻勢に出た。ドノヴァンは泡を食って防御に回る。

数合打ち合った後、鍔迫り合いになった。体勢の整っていないドノヴァンは、体格の劣る筈のマルグリットに押されて背を逸らした。

「お、おのれぇ……！」

「あの化け物さえいなきゃ、お前なんか怖くねえんだ。今のうちに片付けてやるよ！」

「ふざけるな！　貴様のような下賤なエルフに！」

その時ベルグリフの怒鳴り声が聞こえた。

「マリー！　避けろ！」

マルグリットはハッとして後ろに跳んだ。

ドノヴァンの目が見開かれ、視線が下へと移った。その腹から剣が生えていた。ドノヴァンは口をぱくぱくさせ、次いで吐血した。

「がッ……な、なにが……」

がくんと膝を突き、ドノヴァンは後ろを見返った。

ファルカが立っていた。相変わらずの無表情で、ドノヴァンの背中に剣を突き通している。

「ファ、ルカ、貴様……」

ずるりと剣が引き抜かれ、ファルカは邪魔だとばかりにドノヴァンを蹴って傍らにどかした。

「な、仲間割れか……?」

呆気にとられたマルグリットだったが、突然脇腹に痛みを感じた。驚いて手をやるとべっとりと血が付いている。見ると脇腹が裂かれて血が溢れていた。

そうか、ファルカはドノヴァンを殺そうとしたわけではなく、ドノヴァンごと自分を貫こうとしたのか、と今になって理解が追い付いた。

何だか足に力が入らず、マルグリットはかくんと膝を突いた。

一二三　燃える青い火や白い月明かり

燃える青い火や白い月明かりの下では、赤い筈の血はどす黒く見えた。咄嗟に飛び退ったものの、ファルカの剣はマルグリットの脇腹を斬り裂いたらしい、急に燃えるような痛みが襲って来た。

「……痛い」

ファルカが歩み寄って来て剣を振り上げたのを見て、マルグリットは息を呑んだ。剣の柄が質量を増してファルカの腕まで侵食し、腕と剣が一体化していた。剣が振り下ろされるとほぼ同時にベルグリフが飛び込んで来て、大剣でそれを受け止めた。聖剣と魔剣、互いに声を上げて魔力が迸る。

ファルカは顔をしかめて後ろに飛び退いた。

ベルグリフは身をかがめてマルグリットの肩を抱く。

「マリー、しっかりしろ！」

「ベル……おれ……死ぬのか？」

「平気だ。ちゃんと後ろに避けたんだ、致命傷じゃない。力を抜くな」

「でも、血がこんなに……力も入んないし」

「あの剣は斬った相手の力を奪うんだ。力が入らないのもそのせいだ。気をしっかり持て。弱気になるな」

マルグリットはくっと唇を噛んでファルカを睨んだ。強さゆえに怪我をし慣れていなかったせいで必要以上に不安になっている。

情けない、とマルグリットは何とか体に力を込めて立ち上がった。少しふらつくが立てる。ベルグリフに言われてみれば、この程度の怪我で死んでたまるかという気になる。

「あいつは、どうしちゃったんだ？」

「分からん。だがあの剣がいいものではないのは確かだ」

ベルグリフは大剣を構えてマルグリットの前に立った。

「傷をしっかり押さえておけ。あっちにサティたちがいる。合流して手当てしておくんだ」

「……すぐ戻って来るからな！」

マルグリットは傷を両手で押さえ、足早に駆けて行った。

ベルグリフは息を吸って、改めてファルカの方を見た。当て身で気絶させたはずの少年は、今はまるで人の形をした怪物だ。右腕と同化した剣の刀身はぎらぎらと黒光りしている。

何か、昔こういったものに向き合ったような気がする。ボルドーの屋敷でシャルロッテとまみえた時、彼女の指輪が膨れ上がって腕を侵食した。ファルカの剣もあの指輪と同じ質のものなのだろうか。

ファルカを倒したベルグリフは先に司令塔を潰す、とそのまま偽皇太子の方へと向かったのだが、カシムとシュバイツの大魔法の衝撃で一瞬動きを止めた隙に姿を消されていた。その後に燃え上がった青い炎の事もあり、状況は混乱していたと言わざるを得まい。

そんな中、気絶していたと思われたファルカが立ち上がっていた。しかしその姿は気絶から目覚めたというよりは、何か別のものが体を動かしているという感じがした。

そんなファルカと数合やり合ったが、途中で何か別のものを感じたように駆けて行き、ベルグリフはそれを追って行った。そして見たのは、黒い衣を着た怪物と、それを斬り裂いて刃へと吸収するファルカ、そして腕を侵食して行く剣だった。

「……あの時に止められていたらな」

見誤った、とベルグリフは歯噛みする。自分の動きが遅かったせいでマルグリットが負傷し、ドノヴァンは死んでしまった。

今こうして相対するファルカは、無表情なのは同じだが、その目の光はより冷たく、生き物ではないような気配すら感じさせた。さながら剣のようだ。

「剣か……君は本当にファルカ殿か？」

グラハムの剣が唸り声を上げた。ファルカが地面を蹴って向かって来た。ベルグリフも前に出て剣を合わせる。

「……」

ファルカは無理矢理に力を込めてベルグリフを押して来た。ベルグリフよりも小柄な筈のファルカの力は、剣のせいなのか異様に強く、ベルグリフは左足を踏み締めた。

「く……」

明らかに力が増している。あの黒衣の怪物を吸収したのもあるし、もしかしたらドノヴァンの魔力すら吸収した可能性もある。そして、こうして鍔迫り合っているだけで体に疲労感がにじんで来た。

ベルグリフは左足を蹴り、右の義足を軸に回転した。押しっぱなしだったファルカは勢い余って地面を転がって行く。ベルグリフはそれを追って思い切り剣を振り下ろした。

「なにッ？」

だが仰向けになったファルカは大剣の一撃を右腕で受け止めていた。全身の力を込めている筈のベルグリフと腕の力だけで競り合って来る。ベルグリフは歯を食いしばり、脂汗をにじませて力を込めた。

「……」

不意にファルカが力を抜いて、横に転がった。大剣は地面を斬り裂いて炸裂させる。砕けた地面が飛び散った。

バランスを崩したベルグリフに、ファルカが剣を振り下ろす。

「お父さん！」

そこにアンジェリンが飛び込んで来た。剣を受け止め、ファルカを蹴り飛ばす。ファルカはくるくると回りながら飛んで行き、着地してふらふらと揺れた。

「お父さん、大丈夫!?」

「アンジェ……すまん、助かったよ」

「えへへ、マリーから聞いたの……あの兎、変になったの？」

「ああ。気を付けろアンジェ。どうも嫌な感じがする」

親子は並んで剣を構え直した。ファルカはゆらゆらと揺れながら二人を見ていたが、不意に矢のように跳ね飛んで距離を詰めて来た。

振るわれた刃を受け止め、ベルグリフは滑るように横に動いた。アンジェリンはその反対側に行き、ファルカを挟む形になった。

とんと地面を蹴って斬りかかる。

ファルカは受け止めて反撃しようとするが、アンジェリンが背後から来たので慌てて反転してそちらに対応する。

その隙を突いてベルグリフはファルカの背中を蹴り飛ばした。

「……！」

「やあッ！」

バランスを崩したファルカにアンジェリンが剣を振り下ろす。斬り裂かれるかと思われたファルカだったが、およそ人間とは思えないような無理矢理な体の動きで皮一枚斬るにとどめ、距離を取って膝を突いた。

一言もかわしていないのに、アンジェリンはベルグリフの思ったように動く。また自分もアンジェリンの意図がすぐに理解できた。こんな形で親子共闘になるとはな、とベルグリフは思わず微笑んでしまった。アンジェリンなどは目に見えて嬉しそうだ。

膝を突いていたファルカはよろよろと立ち上がった。しかし左腕が変な方向に曲がり、足首も挫いたようになっている。親子の連携をかわすのに、体を本来曲げてはいけない方に曲げたのだ。骨が外れる音すら聞こえたような気がする。

アンジェリンが剣を構える。

「どうする、お父さん？」

「……やはり剣が意識を乗っ取っているようだな。そうでなければあんな無理な動きはできない」

痛々しい姿で、それでも無表情に剣を構えるファルカの姿は、何だか見ていて辛いものがあった。

大剣が唸りを上げる。アンジェリンが眉をひそめた。

「……そうなの？」

「どうした？」

「剣が言ってる。あの汚い魔力の塊……多分兎の持ってる剣だけど、それを壊させろって」

「そうか……よし」

確かに、剣が意識を乗っ取っているならば剣を破壊すればいい筈だ。ベルグリフは大剣を構え、ファルカを見据えた。

「アンジェ、剣を狙うぞ」

「あいつは殺さない？」

「本来は敵対する必要なんかない相手だからね……でも自分の身が危ないと思ったら仕方がないな」

「……ねえ、お父さん」

「ん？」

アンジェリンはにまにま笑いながらベルグリフの顔を覗き込んだ。

「サティさんに会えて、嬉しい？」

「何言ってるんだ、こんな時に……ああ、嬉しいよ。とっても」

「ふふ……早く昔の話聞かせてね！」

アンジェリンは剣を構えてファルカに向かって行った。ベルグリフは苦笑してその後を追う。ファルカはふらついていたが、アンジェリンの一撃をしっかりと受け止めた。もはや単なる剣士というにはおかしな不規則な動きで、アンジェリンに向かって反撃する。

「くっ」

アンジェリンはそれを紙一重で避ける。追撃しようとしたファルカを、ベルグリフが突き飛ばした。そのまま刀身の付け根を狙って剣を振るう。しかしファルカもその意図を理解したのか、腕を引いて剣を交える事を避けた。

「くそ、悟られたか」

ベルグリフは舌を打ち、しかし諦めずに押した。だがファルカは守りの体勢に入って、ベルグリフの猛攻をものともしない。

不意に幻肢痛が疼いた。それほど強い痛みではないが、不意打ちのような痛みにベルグリフの動きが一瞬止まる。その隙に反応して、ファルカが一転、攻めの姿勢になった。

何とか剣を受け止めたベルグリフを飛び越えるようにして来たアンジェリンが、上段から剣を振り下ろした。ファルカは攻めるのを諦めて横に飛んでそれをかわす。追いかけようとするアンジェリンをベルグリフは呼び止めた。

「アンジェ、深追いするな！　何か変だぞ……」

距離を取ったファルカは相変わらずゆらゆら揺れていたが、剣と化した右腕がぐにゃりと動いたような気がした。刀身の部分は鋭く黒光りしたままだが、それより下がまるで蛇のような触手のような、不気味な動きでのたくっている。

アンジェリンが嫌そうな顔をした。

「気持ち悪い……」

「浸食が進んでいるのか……？」

いずれにせよ、早く勝負を決めてしまわねばなるまい。幻肢痛は治まったが、またいつ痛み出すか分からない。

ベルグリフは剣を握りしめ、娘と二人で前に出た。

ファルカは伸びた腕を鞭のように振るい襲い掛かって来る。刀身を交えるだけで強烈な衝撃が手を痺れさせた。

ベルグリフとアンジェリンは一瞬目を合わせて頷き合うと、パッと左右に分かれてファルカを挟み、同時に斬りかかった。ファルカはベルグリフの剣を右腕で受け止め、アンジェリンの一撃を紙一重でかわした。

ベルグリフは剣を引こうとしたが、動かない。ファルカの剣は刀身までもがぐにゃりと形を変えて大剣に巻き付いた。剣は唸って光るが、聖剣と魔剣の力は拮抗しているようで埒が明かない。

咄嗟に、ベルグリフは大剣を片手で持ち替え、右手を腰の剣にやった。この旅ではグラハムの剣に追いやられていた長年の相棒である。それの柄を握り、下から切り上げる。

鋭く砥がれた刀身がファルカの右腕を肩辺りから寸断した。ファルカは声にならない悲鳴を上げる。アンジェリンがファルカを抱きかかえるようにしてベルグリフから引き離した。

ベルグリフは後ろに飛ぶと同時に大剣を思い切り振った。巻き付いていた魔剣は滑るようにして地面に落ち、まるで陸に打ち上げられた魚のようにのたうち回った。

大剣が眩しく輝き、吼えた。

——**破壊しろ！**

そんな声が聞こえたような気がした。

ベルグリフは全身の力と魔力を込め、両手に持った二つの剣をのたうつ魔剣へと振り下ろした。地響きがするほどの剣撃が魔剣を粉砕した。

「——ッはぁ……」

何だかがっくりと力が抜ける。全身からエネルギーが放出されたような感じだ。ベルグリフは大きく息をついた。

魔剣の残骸は沸き立つようにじゅうじゅうと音を立てて溶け、黒く粘ついた水へと変わった。もう動きがないのを確認して、剣をそれぞれの鞘に収める。

アンジェリンが駆けて来て首元に抱き付いた。

「やった！　やっぱりお父さん凄い！」

「いや、アンジェのおかげだ……ありがとな」

ベルグリフは小さく笑いながらアンジェリンの頭を撫でた。そうして、少し離れた所に仰向けに倒れているファルカを見た。

「……彼は？」

「分かんない。気絶してるのか死んじゃったのか……」

ベルグリフはファルカに近づいて口元に手をやった。微かに呼吸している。腕の傷からはおびただしく血が流れていた。ベルグリフはひとまず紐で残った腕をきつく縛って止血すると、マントの一部を切り取って包帯のように巻いてやった。アンジェリンが目をぱちくりさせる。

「助けるの？」

「もう剣はない。無駄に殺す必要はないさ……それとも殺したいか？」

「ううん。わたしも人殺しは嫌い」

「うん。それならいい」

グラハムの剣も唸り声をひそめている。案外、ファルカ自身に危険はないのかも知れない。しかし念の為、足も縛って動けなくしておく。

そこにカシムが走って来た。

「おーい、大丈夫かー？」

「あ、カシムさん。もう、カシムさんが張り切るから大火事……」

「へへへ、ごめんごめん。けどこの火事はシュバイツのせいだぜ……その兎どうしたの？」

「無力化した。強敵だったが……アンジェのおかげでなんとかなったよ」

「カシムさん、マリーは？」

「ああ、平気平気。薬塗って包帯巻けばすぐ治るよあんな傷。まったく、お姫様は自分の血に慣れてないから駄目だねえ、へっへっへ……お、噂すれば」

カシムの来た方からマルグリットが来るのが見えた。その後ろにはアネッサやミリアム、マイトレーヤ、そしてサティにベンジャミンの姿もある。

ベルグリフは少し肩の力を抜いた。

「よかった……みんな無事だな」

「ベル！　あの兎野郎は!?」

「何とかなったよ。怪我は大丈夫か、マリー」

「おう、あんま深くなかった。サティが手当てしてくれたぜ」

マルグリットはそう言って、布の巻かれた腹に手をやった。ベルグリフはサティを見た。眠っているらしいカラスを二羽抱えている。無事に捕まえる事ができたらしい。

改めてサティの姿を見る。月明かりと炎に照らされる姿は、記憶の中の快活な少女と同じだ。

サティもベルグリフを見て嬉しそうにはにかんだ。

「ベル君、強くなったんだねえ。驚いたよ」

「……そ、そうかな？」

「あ、ベルさんが照れてる」

「照れてますにゃー。ふふ、可愛いー」

アネッサとミリアムがくすくす笑った。ベルグリフは困ったように頭を掻く。カシムが面白そうな顔をして髭を捻じった。

「オイラも強くなったんだけど、感想ないの？」

「カシム君は褒めると調子乗るからだめー」

「なんだとー？　へっへっへ、あー、なんだもう、変わってないなあ……」

カシムは笑いながら帽子をかぶり直した。何となく目が潤んでいるように見えた。アンジェリンがちょっと不満そうに口を尖らしている。

「あとはパーシーさんがいればよかったのに……」

「だよなあ。あいつ何やってんだろ？」

マルグリットも同意して頷いた。

何となく和気藹々とした雰囲気になりかけたが、ベルグリフはハッとして頭を振った。

「ゆっくり話がしたいけど、まだそうもいかないな。もうひと頑張りしようか」

カシムが頷いて髭を撫でる。

「そうだね。ひとまず手近な敵は何とかなったかな……シュバイツを仕留めたとは思えないけど」

「どうするの、お父さん？」

「偽皇太子だけは逃がすわけにはいかないだろう。本物の殿下が見つかった以上、あれを野放しにするわけにはいかない。そうですね、殿下」

「あ、ああ……しかし、いいのか？　僕なんかが今更戻って……偽者は優れた為政者だと聞いたよ？　僕が皇太子に戻っても……誰も、喜ばないんじゃ」

ベンジャミンは涙ぐみながら言った。ベルグリフは微笑んでその肩に手を置いた。

「今の言葉で、あなたが戻ってくださるべきだと確信しましたよ、殿下。自分の事を謙虚に理解しておられるなら、いくらでも変わって行ける筈です。過ちは正せばいい。自らが未熟だと分かっているならば努力だってできます。歩き始めるのに遅いという事はない」

ベンジャミンはしばらく唇を噛んでいたが、やがて涙を拭って頷いた。

「そうだね……それに君の娘と約束した。立派な皇太子になるとね……なあ、アンジェリン」

アンジェリンはにんまりと笑ってベンジャミンをよしよしと撫でた。

「いい子。ふふ……それじゃあ、偽者をやっつけよう！」

「だな。ありゃほっとくと碌な事しないね。大体さ、表向き良い面して裏でこそこそする奴に碌なのいないんだよ。お前ー、頑張れよホントにさー」

カシムに背中を叩かれて、ベンジャミンは苦笑いを浮かべた。

ごうごうと音を立ててパセリ林が燃え上がっている。その青い火が揺れる度に足元の影もちかちかと明滅した。熱気がこちらまで流れて来るようだ。

ベルグリフはひとまず森から離れようとファルカを抱き上げて歩き出そうとしたが、妙な気配を感じて足を止めた。大剣も怒ったように唸り声を上げる。

燃え盛る火の中から、幾つもの人影が歩み出て来た。アンジェリンが眉をひそめて剣を抜いた。

「あれは……」

「死霊魔術。偽皇太子の十八番」

マイトレーヤがそう言ってベルグリフの陰に隠れる。よろよろした足取りで歩いて来るのは、確かにアンデッドのようだ。

「またノロイも出て来そう。気を付けないと」

「ノロイ……あの黒い衣の怪物か」

実体を持った呪殺の化け物。帝都の宿でも現れたあの怪物は偽ベンジャミンの魔法によるものだったのだろうかと思う。相手の弱点を否応なしに突いて来るのか、あれと相対すると幻肢痛が疼くので、ベルグリフは苦手だった。

「ベルさん！」

アネッサが叫んだ。ベルグリフは後ろを見る。なんと、後方にある海からもアンデッドが現れてこちらに向かって来た。囲まれたらしい。

「やれやれ、派手にやってくれたねえ」

声がした。見ると少し離れた所にベンジャミンの偽者がフランソワを伴って立っていた。両脇に鎧を着たアンデッドと、首のないメイドが控えている。アンジェリンは目を見開いた。

「あのメイド……」

偽ベンジャミンはおどけたように肩をすくめた。

「君も残酷だねえ、アンジェリン。折角の可愛い顔がなくなっちゃったよ」

「残酷なのはどっちだ……！」

「僕はメイドの首を斬り落としたりはしないよ。ふふ」

偽ベンジャミンは手を上げて指を動かした。背後から人の背丈の倍はある黒い人影が出て来た。ベルグリフの幻の右足が小さく疼いた。だが背中の大剣が大きく唸ると、その痛みは消えた。

ベルグリフはファルカを地面に降ろし、大剣を引き抜く。剣は眩しく輝いて唸り声を上げ、近づいて来るアンデッドたちはひるんだように足を止めた。

偽ベンジャミンが顔をしかめる。

「〝パラディン〟の聖剣か。厄介だね」

「……君は何を企んでいる？　帝国を乗っ取って、それでどうするつもりなんだ？」

ベルグリフが言うと、偽ベンジャミンはからから笑った。

「そりゃ人々を幸せにしてやるのさ。知らないかい、僕がやった事をさ。昔よりも良くなったと誰もが言っている」

「でも格差が広がったとも聞いた。お前がやったのは見てくれだけ良いように取り繕っただけなんじゃないか？」

アネッサが怒ったように言った。偽ベンジャミンはにやりと笑う。

「誰だって自分の気に食わない事は悪しざまに言うもんさ。そういう連中はね、どんな状況になっても文句しか言わない。何かすれば足りないと騒ぎ、何もしなければ無能だと騒ぐ。そんな奴らは構ってやるだけ無駄だよ」

「それでも帝国の民に変わりはない。救う人間を選ぶ者は自らを支持する者に甘く、批判する者に厳しくなるものだ。そして自分に甘い者たちの御機嫌取りをする……少なくとも、俺は君が優れた為政者だとは思えない。弱い者を切り捨て、魔獣や魔王を利用して、その先に何が見えると言うんだい？」

「平和さ。強い力は他人を黙らせる。魔獣だろうが魔王だろうが単なる武器だよ。君たちの剣と変わらない。要は使いようなのさ」

「それを口にできるのは心を鍛えた人間だけだ。弱い心はどんなに強い力を持っても不安から逃れられない。結局、いつまでも力を求め続けていずれ破滅するだけだ。本当に必要なのは手を差し伸べる勇気じゃないのか？」

「理想論だね。そんな甘えた考えは現実的じゃないよ」

「現実は他人から否応なしに押し付けられるものじゃない。理想を持つ者が作り上げるものだと俺は思う。理想を捨て去った人間が語る現実こそ幻だ」

ベルグリフはそう言って唇を噛んだ。

夢を捨て、言い訳するようにこれが現実だと嘘笑いを浮かべていたあの頃。

だが、今はこうやって仲間との再会という夢をかなえる事ができた。片足を失い、トルネラから出る事無く老いて死ぬだけだという現実こそが幻だったのだ。

横に立つ娘を見る。それも彼女が運んで来た縁だ。

アンジェリンは諦めない。いつだって自分の夢と理想に向かって一直線だ。アンジェリンを育てる事で、自らも育てられていたんだ、と今になって分かる。

偽ベンジャミンは肩をすくめた。

「はは、どうも君とは折り合えないみたいだ……どうする？　君の理想じゃ僕とは戦えないんじゃないか？」

「いいや。俺は帝国がどうとか言う前に、いたずらに娘をかどわかそうとした君に怒ってるんだ。拳骨くらいは甘んじて受けてもらいたいが、どうだい？」

偽ベンジャミンは噴き出した。

「まったく、娘が娘なら親も親だな！　……まあいいや、どのみち君じゃ僕は殺せない」

偽ベンジャミンが小さく何か詠唱すると、アンデッドが再び動き出した。黒衣の化け物も這うようにして近づいて来る。マルグリットが怒ったように足踏みして、素早く駆けた。一番近かったアンデッド数体を瞬く間に切り伏せて戻って来る。

「ここにいるのはベルだけじゃねーよ！　ニヤケ野郎が！　おれがぶっ殺してやる！」

「マリー、怪我してるんだから無理するなよ……っと」

アネッサが矢を放つ。矢はアンデッドに突き刺さって炸裂し、砕いた。ミリアムも雷雲を呼び寄せ、雷を落とす。黒焦げになったアンデッドが倒れ伏した。

手近なアンデッドは片付いたが、その残骸を乗り越えてアンデッドは次々と現れる。アネッサが舌を打った。

「凄い数だ……矢が足りないかも」

「アーネ、無駄撃ち禁止ね！　数が多いのはわたしにまかせろー！」

ミリアムは次々に術式を展開してアンデッドを丸焦げにする。だがそれでも追いつかないくらいにアンデッドの数は多い。かつてボルドーの町中で戦った時とは桁違いの多さだ。

カシムが怒鳴った。

「ミリィ、避けろ！」

「へ？　わわっ！」

咄嗟に身をかわしたミリアムの服を短刀がかする。首のないメイドがアンデッドの間を縫って現れたのだ。さらに鎧を着たアンデッドも生者と遜色ない動きでかかって来る。マルグリットが舌を打った。

「動きの速いのもいやがんのか！」

「マルグリットちゃん！」

マルグリットの後ろから突き込まれたアンデッドの剣を、サティが防いだ。そのままサティが剣を振るうかのように腕を動かすと、アンデッドは袈裟に斬られ、さらに首が飛んだ。

「わ、悪い」

「気にしないで！　アンジェ！　メイドは任せたよ！」

「分かった……！」

アンジェリンは首なしメイドを相手取って、なるべく後衛組から引き離すように動いた。

サティは怪我を感じさせない動きを見せ、見えない剣でアンデッドを次々に片付けた。ノロイすら鎧袖一触というくらい簡単に吹き飛ばしてしまう。アネッサとミリアムが感嘆の表情を浮かべた。

「す、凄い……」

「サティさん、やっぱり強いんだ……」

近場のアンデッドを片付けたサティは、やや疲労のにじむ顔で見返った。

「カシム君、大丈夫？」

「へへ、ちょいとシュバイツ相手に魔力を使い過ぎたけどね。まだまだ行けるよ」

カシムはそう言って魔法を放つ。

だが、このままではジリ貧だ。アンデッドはまだまだ数が多い。吐き気を催す腐臭も段々辛くなって来る。偽ベンジャミンの近くのアンデッドを減らし、彼自身を叩くのが一番良さそうである。

ベルグリフは大剣を振り上げた。刀身の輝きは増し、唸り声はより大きくなる。そのまま力を込めて振り下ろすと、刀身から魔力を帯びた衝撃波が放たれ、前面から迫っていたアンデッドたちが消し飛んだ。

ベンジャミンが目を剝く。

「これは相性が悪いな。まったく、ヘクターは何をやっているのやら……フランソワ君」

怪訝な顔をして横に立っていたフランソワは、ハッとしたように最敬礼した。

「は」

「君に行ってもらおうかな」

「しかし」

フランソワは何か疑うような目で偽ベンジャミンを見返した。

「殿下は……本物であらせられますか？　僕を信じるか？」

「……反逆者の言葉を信じるか？　僕を信じるか？」

「……」

迷うように視線を泳がせるフランソワを見て、偽ベンジャミンは嘆息した。

「今更君がまともに戻れると思うな」

そう言ってフランソワの胸を指で押した。するとフランソワの体に異様な力がみなぎって来た。視界が明瞭になり、妙に凶暴な感情が腹の底から湧き上がって来る。息が詰まるような心持だ。

フランソワは目を剝いて偽ベンジャミンを見た。

「な……何を……」

「君さ、とっくに死んでるんだよ。ほら、行って来いって」

偽ベンジャミンの言葉に抗えない。フランソワは剣を片手に駆け出した。驚いた顔のベルグリフに斬りかかる。

「フランソワ殿！　あなたと戦う理由はない！」

「ぐ、う……」

大剣が怒ったように唸る。その唸り声がフランソワを苦しませた。

「僕は……僕、は……」

「剣を収められよ！　あなたが傷ついてはリーゼロッテ殿が悲しみます！」

「ぐうぅぅ……がぁあぁあ！」

フランソワは血走った眼でベルグリフを蹴り飛ばした。ベルグリフは後ろに引いて剣を構え直す。

フランソワは悲愴な顔で高笑いを上げた。

「結局！　僕はずっと無様なままだった！　愚かだな！　単に利用されていただけなのに……！　なんて馬鹿なんだ！」

大公家の乗っ取りをアンジェリンに阻まれてから、自分の歯車は狂ってしまったのだとフランソワは思った。しかし、今となってはそれが悪い気はしなかった。むしろ心のどこかでは、あの時止められたのはいい方向に向かったのではないかと思いすらした。

それでも、自分のこだわりや意地でアンジェリンを憎み続けた。それが存在意義だと思った。そうでなくては、今までの自分が否定されたような気分だった。今更新しい自分になるなどという事に恐怖していたのだろうと思う。

しかし、どうやら自分はとっくに死んでいたらしい。

そうだ、あの夜に川に放り込まれてからの記憶は曖昧だ。一緒にいた筈の部下たちはどうなったのだったか。そもそもどうして皇太子に抜擢される事になったのか。

思い起こせば怪しい事だらけだ。

そして目の当たりにした死霊魔術。それすら不審に思わなかったのも彼の魔法だろうか。パズルのピースが組み合わさったような気分だった。

体はまるで自分のものではないようだ。意思とは無関係に、まるで達人のような太刀筋で剣が振るわれる。聖剣を持つベルグリフをして防戦一方にさせるだけの剣閃である。

「く――ッおおぉ！」

ベルグリフが思い切り剣を打ち返した。フランソワは弾かれて後ろへ下がる。ベルグリフは肩で息をしながらフランソワを見る。

「フランソワ殿……どうか」

「はは、ははは、僕はただの道化だったわけだ……」

また体が意識とは無関係に剣を振り上げた。フランソワはそれを必死になって押し留めようとする。そのせいで動きが何だかぎこちなくなった。

「頼む、僕を、殺してくれ……せめて、最後くらいは正しくありたい……」

「く……」

ベルグリフは剣を引き、偽ベンジャミンを仕留める事を諦め、後ろに下がった。さっきファルカと戦った時の疲労が今になってのしかかって来る。

しかしアンデッドの数はかなり減った。流石に無限に湧いて来るわけではないらしい。後ろを見ると仲間たちの顔にも疲労がにじんでいるが、何とか押し切れそうだ。

首なしメイドを倒したらしいアンジェリンが大きく息を吸った。

「お父さん、大丈夫？」

「ああ、もう少しだな」

ベルグリフは偽ベンジャミンを睨んだ。何とかしてフランソワを助けたいと思った時、またしても妙な気配が膨らんだ。見ると、周囲のアンデッドから黒い塊が飛び出して偽ベンジャミンの方に集まっていた。それがどんどん融合して巨大な影になり、ついには人の形を取った。

マイトレーヤが小さく悲鳴を上げる。

「なにこのノロイ……大き過ぎ……やばい」

「駄目押しか……カシム、大魔法は」

カシムは黙って肩をすくめた。

「魔力がなー……ちょいと時間かかるよ」

「……やってみよう。最後まで諦められん」

ベルグリフは大剣を握り直す。剣は大きく唸って光った。偽ベンジャミンが笑った。

「終わりだね。ま、よく頑張った方かな」

巨大なノロイが体を広げて、上から覆いかぶさるように手を上げた。

来るか、と誰もが身構えたが、不意にノロイは動きを止めた。そうしてぶるりと震えたと思ったら真ん中から真二つに割れ、ざあと音を立てて黒い霧になって消えて行く。

ベルグリフたちはもちろん、偽ベンジャミンも呆気にとられた。

「は？　え、な、何が起きた？」

げほげほと咳き込む声が聞こえた。消え去ったノロイのいた辺りに、誰かが立っている。

アンジェリンが嬉しそうに叫んだ。

「パーシーさん！」

「おーう」

匂い袋を懐にしまい、パーシヴァルが手を振った。後ろにはトーヤとモーリンも立っている。

サティが呆れたように笑った。

「もー……またおじさんが増えたなあ。パーシー君、元気そうだね！」

「あ？　お……サティか!?　お前ら、俺を差し置いてもう合流してたのかよ、おい！」

「バカヤロー、君の来るのが遅いんだよ！」

カシムが笑いながら叫んだ。パーシヴァルがにやりと笑う。

「悪いな。ま、〝処刑人〟を片付けて来たんだ、大目に見ろ」

「な……ヘクターを？　馬鹿な……いや、だからここに来られたのか……」

偽ベンジャミンがうろたえたようにパーシヴァルを見た。パーシヴァルは眉をひそめて偽ベンジャミンを見やり、剣先を向けた。

「ははん、テメエが黒幕か。おいヒナ――トーヤ。こいつには何の遠慮も要らんな？」

「ええ」

「よし。さっさと片付けて飲み会だ」

偽ベンジャミンが顔を引きつらせる。

「ふざけるな……今更何人増えた所で関係あるか！」

素早く詠唱すると、今まで空に浮かんでいた三日月が回転しながら降りて来て、パーシヴァルに向かって飛んで行った。まるで鋭利な刃物のようだ。

だがパーシヴァルは避けるどころか前に出て、すれ違いざまに三日月をばらばらに切り裂いてしまった。

「な……」

「おら、どうした？　もう手札がねえか？」

「ふざけるな！　シュバイツ！　おい！　どこだ！　僕を助けろよ！」

しかし何の反応もない。

パーシヴァルは余裕の表情で、残ったアンデッドを切り伏せながら一歩ずつ近づく。ベルグリフたちも向かって来た。

「冗談じゃない……こんな所で終わってたまるか……！」

偽ベンジャミンはにやりと笑って胸に手を当てた。パーシヴァルがハッとしたように地面を蹴る。

「逃げる気か！」

「初めからこうしておくべきだったな。じゃあな！　君たちはここに永遠に閉じ込められていろ！」

偽ベンジャミンの姿が揺れかけた。だが、その胸を剣が刺し貫いた。

「が――ッ!?」

貫いたのはベルグリフでもアンジェリンでもパーシヴァルでもなく、フランソワだった。

偽ベンジャミンは目を見開き、口から血を吐いた。

「貴様ァ……！」

偽ベンジャミンが血走った眼で腕を振り上げるが、フランソワは歯を食いしばりながら剣を捻った。偽ベンジャミンはついに腕を振り下ろす事なく仰向けに倒れ、「かはっ」と最後に小さく息を吐いて動かなくなった。

フランソワは力が抜けたようにその隣に倒れ込む。パーシヴァルが怪訝な顔をして歩み寄った。

「おいおい、どうなってんだ？」

「フランソワ殿！」

ベルグリフが駆け寄って、フランソワを抱き起こした。フランソワは蒼白な顔で小さく笑った。

「はは、あいつ、うろたえたせいで僕を操るのを一瞬止めたんだ……」

「しっかり！　怪我はしておられません」

「いや、怪我のせいじゃない。僕はアンデッドだよ……はは、誰も気付かないなんて、こいつは余程優秀な死霊魔術師だったんだなあ」

「違うよ、あなたはアンデッドじゃないよ」

足早にやって来たサティが言った。そうして屈み込み、そっとフランソワの頭に手を置いた。

「眠りなさい。起きた時にはきっと悪夢から覚めてるよ」

フランソワは何か言おうと口をぱくぱくさせたが、フッと目を閉じて意識を手放した。ベルグリフはそっとフランソワを寝かせる。

「……終わった、のか？」

「うん」

サティはそう言うとベルグリフの頭を抱いた。力が抜けたように体重をかけて来る。

「あはは、何か、力抜けちゃったよ……」

そう言ってすんすんと鼻をすすった。

「……ありがとう、助けに来てくれて。ベル君が生きてててくれて、とっても嬉しい」

「ああ……」

ベルグリフは優しく微笑んで、そっとサティの頭に手をやった。

「俺もまた会えて嬉しいよ、サティ。辛かったな。ありがとう」

サティはぎゅうと目をつむって涙をこぼした。アンジェリンが感極まった顔でサティとベルグリフにまとめて抱き付く。

アネッサもミリアムもマルグリットも涙を浮かべて見守っている。トーヤとモーリンも穏やかな顔をしていた。ベンジャミンは目を伏せて何か感じ入っているようだった。カシムは山高帽を顔にかぶせていた。泣いているらしい。

パーシヴァルは目を潤ませながらも満面の笑みを浮かべた。

「これで全員集合だ！　とっととこの胸糞悪い場所から出るぞ！　チビ小悪魔《インプ》、転移魔法使え！」

「はいはい。まったく人使い荒い……依頼料は高いからね」

マイトレーヤは口を尖らして呪文を詠唱した。全員が影に沈む。

ほんの少しの間を置いて、ひやりとした空気が彼らを包んだ。ミリアムが身震いした。

「ひゃー、さむーい」

「ああ、でももう晴れたな」

「えへへ……わたしたちの勝ちだ！　祝杯だ！」

アンジェリンが嬉しそうにベルグリフとサティの間に入って二人の腕を抱いた。

長く降り続いていたらしい雨は上がっていて、夜空には星が輝いていた。

一二四　朝もやの間から

「英雄の器を持つ者があれだけ集まっていたのに、事象流はそれほど大きいものにはならなかった。あそこは終着点ではなかったという事だ」

「通過点であった事は確かなのだがな！　〝蒼炎〟よ、君の目にはどのような流れが見えている？　ソロモンへと至る道筋は未だ遠いか、それとも案外近いのか。いや、しかしあの少女が渦の中心である事は間違いない」

「ソロモンが空間を穿孔したのは魔術式によるものではない筈だ。恐らく一番の要因は狂気にも似た強い感情の爆発……いわゆる『悪』との戦いは単なる一因に過ぎない。すると、今回の騒ぎが終着点でなかった事は理解できる」

「そこに至る道筋もまた重要なのだ！　渦とは螺旋にも似た回転運動だ、その回転は同じ場所を回っているように見えて、上昇か下降かいずれにせよ変化し続けて速度を増している。爆発による先鋭化による空間の穿孔！　ソロモンの持っていた強大な力と魂の嘆きとが大事象の節目になったのだ！」

「……案外、それは英雄的な人間による小さな範囲で起こり得る事かも知れん。より小さな、一対一の人間関係において」

「君はどうするつもりかね」

「流れを観測し続ける他ない。必要なのは一押しのタイミングだ。それを見計らわねばならん」

「『鍵』だ。あれはまだ失われてはおらん。英雄の器を持つとはいえ、エルフ一人に破壊できる代物ではない！　流れに呑まれるな〝蒼炎〟、我が友よ！」

「誰が友だ。俺は行く。貴様は永遠にここで観測者を気どっていればいい」

○

朝もやの間から光が筋になって差し、濡れた地面がきらきらと光っている。あちこちの水溜まりは茶色く濁ってはいるが、それでも光を照り返して鏡のようだった。

泥のように眠っている仲間たちを部屋に残して、ベルグリフは宿の庭に出ていた。軒下の樽に腰かけて朝の空気を胸いっぱいに吸い込む。

支度を終えた早起きの旅人たちが出て行くのが見える。荷車の軋む音や馬の蹄が石畳を打つ音が聞こえている。

ベルグリフはそんなものを眺めながら、夢見心地の気分に揺蕩っていた。

流石に今日くらいは日課の素振りを休んでも罰は当たるまい。それでもつい起きて寝床を出てしまうのはもう癖だ。体はくたびれているし、まだ眠いような気もするのに、眠るのが惜しいような気もする。

年甲斐がないなと髭を捻じっていると、とんとんと肩をつつかれた。

「早起きだねー、〝赤鬼〟さんは」

「君こそ。寝てた方がいいんじゃないのか？」

サティはえへへと笑いながらベルグリフの横に腰かけた。

「なんか気が昂っちゃってね。すごく疲れてる筈なんだけど」

「ははは、俺も同じだ。どうも年甲斐がない。若い子の方がきちんと寝てる」

「ふふ、それじゃパーシー君とカシム君は若いって事かあ」

「……かもな。あいつらは中身が子供だから」

「大きな長男と次男か。ふふ、お父さんは言う事が違うね」

そう言って二人は顔を見合わせて笑った。

昨晩の長い戦いの後、宿屋まで戻った一行はまだ賑やかだった酒場に行って祝杯を挙げた。旧友四人の再会は、本人たちはもちろん、アンジェリンやその仲間たちも大喜びで、自分たちの事のように喜んでくれた。

積もる話はあったし、いつまでも起きていたいような気分ではあったのだが、命を懸けた激闘の後だったので、酒が入ると皆すっかり眠くなってしまった。最強クラスの冒険者たちも睡魔には勝てなかったらしい。

それで夜が明けて、今はこうして雨上がりの庭先に並んでいる。

ベルグリフは後ろの壁に背中を付けた。

「フランソワ殿は大丈夫なんだろうか」

「彼は自分がアンデッドだと思ってるみたいだけどね、本当にアンデッドだったらあんなにはっきりした意識は持たないよ。きっと仮死状態か何かの時に死霊魔術で意識を支配されたんじゃないかな。何とかなると思うよ」

「そうか……よかった」

リーゼロッテ殿が悲しまずに済むな、とベルグリフは小さく笑った。

「……でもすっかり元通りとはいかないよ。精神操作じゃなくて死霊魔術による肉体支配は、体は半分死んだような状態になる筈だから、手足のどれかは生命エネルギーを失っている可能性が高い。足か腕の一本くらいは失ってもおかしくないかな」

「ん……だが、命さえあれば何とかなるよ。足が一本なくてもね」

サティはふふっと笑った。

「あなたが言うと説得力があるなあ……その義足でそこまで動けるようになったんだもの」

「はは、君にそう言ってもらえるなら自信が付くよ」

「娘のアンジェはSランク冒険者だし、マリーは西の森のお姫様、しかも故郷に〝パラディン〟がいて剣を教わったなんてね。まったく、わたしの知らない所で沢山冒険してたんだね、ベル君」

「いや、殆ど故郷で畑を耕していただけなんだが……君は変わらないな。昔のままだ」

そう言うと、サティは頬を膨らました。

「んー？　それってわたしも子供っぽいって事？」

「いやいや、そうじゃなくて、見た目の話」

慌てるベルグリフを見てサティは噴き出した。そうして笑いながらベルグリフの頭をよしよしと撫でる。

「もー、相変わらず真面目だなあ、ベル君は。いい子いい子」

「からかわないでくれよ……」

「ベル君は変わったよ、良い方に。髭も似合ってるじゃない」

サティはにまにま笑いながらベルグリフの髭をつまんで捻じった。ベルグリフは困ったように笑った。

「そうかな？」

「うん。貫禄が出たね。同じ髭でもカシム君はもっと整えないと汚くて駄目だなあ」

そう言いながらサティは自分の顎を指でさすってみた。

「どう、髭って。あるとないとじゃやっぱり違う？」

「そうだな。何というか、つい触る癖が付くともう戻らないよ。剃ってしまえば同じなんだろうけど、やっぱり違和感があるな」

「そっかそっか……」

にこにことした笑い顔なのに、サティの目に涙が浮かび、困ったように指の背で拭った。それでも後から後から溢れて来るようで、とうとう嗚咽まで漏れて来る。

ベルグリフは驚いて背中をさすってやった。

「大丈夫かい？」

「うん……あのね──っこんな風にどうでもいい話がまたできるのが嬉しくて……パーシー君もカシム君も、あんな風に笑えるようになって、本当によかった……」

その言葉にベルグリフも思わず胸が詰まったような気分になった。目を伏せて、優しくサティの背中を撫でる。

「……君は大変だったんだな。あの連中とずっと戦っていたんだろう？」

「そう、だね……」

「まだ話すのは難しいかい？　……辛い事かも知れないが、君に何があったかは知っておきたいと思うんだが」

　サティは鼻をすすり、手の甲でくしくしと目をこすった。

「ううん、話しておかなきゃいけないと思う。わたし自身にけじめをつける為にもね」

　サティは大きく息を吸って、吐いた。

「あの時は……Aランクになった頃だったかな。パーシー君がいよいよ思い詰めちゃって、わたし喧嘩ばっかりしてて。売り言葉に買い言葉ってのもあるじゃない？　それでもう険悪になっちゃって、わたし飛び出しちゃった。あれ以上一緒にいてもいい事ないと思ったから……昨晩謝ってくれたけどね。今はもう気にしてないのに、変なとこで律儀なんだから」

　サティはそう言って小さく笑った。

「今思い出すと皆子供だったね。世界が狭かった……」

「いや、元はといえば俺が黙って出て行ったからだし……」

「こらこら、そんなの今更言いっこなしだよ。わたしに怒って欲しいとでも言うの？」

「む……すまん」

「……要するにさ、皆真面目だったんだよ。ベル君はもちろん、パーシー君もカシム君も、わたしだってそうだった。だからそれぞれ自分が悪いと思い込んでた。それくらいあなたたちの事が好きだったっていうのもあるけどね」

「うん……そうだな。確かにそうだ」

「……むしろわたしがあなたに謝らなきゃいけないと思うんだよ、ベル君」

「どうして？　君に何か落ち度があるなんて俺は思わないよ」

「わたしが自分で罪悪感を覚える事なんだ。謝るのも自己満足の為かも知れないけど……話進めるね？　ともかくパーティを飛び出して、でもあなたの足の事はどうしても諦められなかった」

オルフェンを出たサティは、まず東のティルディスを抜けてキータイに行った。東方諸国には西側と違った魔法があって、そこからヒントが得られないかと思ったらしい。しかし期待した収穫はなかった。

それからやや西に戻り、カリファ、イスタフとティルディスの大都市を回りつつ南下、ダダンの大都市バグワンやルクレシアなどにも行き、最終的にローデシアの帝都に行き着いた。遍歴の間に危ない橋を渡る事も多々あり、その頃には剣も魔法も熟練の技量に達していた。

「魔獣と戦う事は多かったけど、冒険者としての仕事はほとんどしてなかった。ランクの昇進もしなかったし、日銭を稼ぐくらいのものだったよ。エルフってだけで目立つし、派手な事して目を付けられるのも面倒だったから……最終的にはライセンスも返しちゃった」

サティはそう言って樽の縁に踵を乗せて膝を抱いた。

「覚えてる？　昔、どうして冒険者になろうと思ったのかって話、したよね？」

「ああ……それ以外考えられなかったって言ったな。俺も君も」

「うん。でもわたし、あの失敗で冒険者に対する憧れがすっかりなくなっちゃった感じがしたんだ。

だからといって故郷には帰りたくなかったし、ともかく何か自分がするべき事を見つけたかった。それであなたの足の事にしがみ付いていたのかも」

「分かるよ。悪い事だとは思わない」

「……それで、帝都でシュバイツに会った」

「シュバイツに……？」

　ベルグリフは眉をひそめた。

〝災厄の蒼炎〟シュバイツ。今回の騒動において、偽皇太子と並ぶ黒幕の一人だ。カシムとの戦いで姿を消したとは聞いているが、誰も仕留めたとは思っていない。

　サティは抱いた膝に口元を付けてふうと息をついた。

「その時はあいつの危険性なんかちっとも知らなかった。人間世界の事情に疎いエルフだったからね。〝災厄の蒼炎〟の異名は知ってたけど、そこまで恐れる相手じゃないって高をくってた」

「……どういうきっかけでシュバイツと？」

　サティは何となく嘲りを含んだような笑みを浮かべた。

「向こうから声をかけて来たんだよ。自分たちに協力しないかってね」

「……それじゃあ」

「そう、わたしは一時とはいえあいつらの研究に手を貸していた時があるんだ」

　サティはうんざりしたように目を伏せた。ベルグリフは黙って次の言葉を待った。

「……皮肉だけど、そのおかげで色んな事ができるようになった。旧神の意識の残滓を知ったのもそうだし、それを利用して空間作成や転移、疑似人格なんかの技術を習得できると知ったのもそこでだよ」

「旧神の意識だって？」

「うん。ソロモン以前に大陸を支配していた連中の事。ソロモンに滅ぼされたけど、でも力の残滓だけが残って漂ってて、魔力をやる事で利用できるの」

「……危険じゃなかったのか？」

「わたしみたいにほんの少し利用するだけなら大丈夫。残りかすみたいなものだから、魔力の供給を止めれば向こうもこっちに力を貸さなくなるだけ」

帝都周辺をしばらく離れると空間の維持も転移もできなくなる、とサティは言った。

「シュバイツたちと対立してからはあいつらの実験の邪魔をしてたから、結果的に帝都周辺から離れられなくなったんだ」

「そうか……それからはずっと一人で？」

「時期によって協力者はいたよ。大抵が助けた人たちだったけど、実験の後だったから体が持たなくてね、あまり長くは生きられなかった……」

サティはすんすんと鼻をすすった。

「シュバイツは用心深くてね、実験や研究の為の仲間同士ですら、不用意に顔を合わさせないようにしてたんだ。協力してる奴らも、一人一人思惑が違うようにも感じた。世界征服を企む奴もいたし、成り上がる事を狙っている奴も、個人的な恨みを果たす事を目指す奴もいた」

「シュバイツの企みに、それぞれの思惑で乗っかる者が多かったたって事か」

「そうだね。そして、シュバイツはそれを好きにさせていた。だからそれぞれの思惑が交差してごちゃごちゃして、組織全体として何を目指していたのかは曖昧だった。だからわたしも実験の全容は知らないし、皇太子の偽者に化けてた奴が誰なのかも分からない。そもそも最初は魔法の発展の為、ソロモンの遺物である魔王を研究するっていうお題目だったんだ。ソロモンや魔王関連はヴィエナ教では完全に異端だから、おおっぴらにはできない。だからひっそりとやってるんだろう、ってわたしも思ってた」

サティはふうと息をついた。目元に浮かんだ涙を指で拭う。

「ベル君は、奴らがやってた実験の内容、何となく聞いてるよね？」

「……たしか、魔王を人間に産ませるんだったか」

その話は一年ばかり前、ビャクから聞いた。彼もそうして生まれた一人だったのである。しかしその実験の成功というのは、生まれた子供から魔王の気配を完全に消す事だった筈だ。そうする事で、主を求めて狂気に陥っている魔王たちを支配しようという計画だったように聞いている。

「だが、魔王は色々形を変えるんだろう？　俺は指輪に変わった魔王も知っているし、恐らくファルカ殿の魔剣も同質のものだ。わざわざ人間にする意味はあるんだろうか？」

ベルグリフが言うと、サティは頷いた。

「確かにそうだね。実際、生まれた子供たちで失敗作と言われる子たちでも、きちんと個別の自我を持って、魔王ではなく一個の人格として存在していた。たとえ人間ではないにしても」

「ハルとマル、だったかな」

「うん。可愛いでしょ？」

サティの保護していた双子も、同様に魔王の魂を持って生まれた子供たちだ。だがその体はビャクよりも安定しておらず、元々の魔王の形――カラスを本質として持ちながら、普段は人間の形を取る事ができる、という具合のようだ。

一時はシュバイツによって操られていた二人だったが、今は人間の姿に戻って部屋ですやすやと眠っている。

「辛い目にも遭わせちゃったけど、結果的にあの子たちに外の世界を見せてやれたからよかった……」

サティは少し表情を和らげたが、すぐにまた引き締めた。

「シュバイツが魔王から完全な人間を作り出してどうするつもりなのか、それは分からない。恐らくシュバイツは今の世の中の魔法学とはまったく別個の視点で何かしようとしているんだと思う……」

「……大丈夫かい？」

言いながら抱いた膝に顔をうずめたサティの肩を、ベルグリフはそっと撫でた。サティはしばらく震えていたが、やがて顔を上げた。

「色んな人がいた。西側の人も、東方の人も、南部の人も、獣人もいた」

「サティ？」

「……エルフはわたしだったんだよ、ベル君」

サティは泣きそうな顔をして、ベルグリフを見た。

「わたしも魔王を孕んでいたんだ」

ベルグリフが何か言う前に、サティはまくし立てるように言った。

「気付いた時には、もうお腹に異変があった。どうしてそうなったんだか分からなかった。怖かったよ。どうしていいのか分からなくて、でもお腹は大きくなるし……」

「サティ、いいよ、辛いなら」

「ううん、ここまで来たなら全部言わせて。結局産む事を決意して、でも生まれた子供を奴らに渡すなんて絶対に嫌だった。失敗作の子たちは殺されて、魔王の核に戻されてたんだ。だからわたしは考えた。生まれてすぐにはまだ成功か失敗か分からない。その間は連中もぴったりくっついているわけじゃない。わたしはその時に旧神の残滓と契約した。それで空間転移を得たんだ」

空間転移は術者が知っている場所ならば行ける。知らない場所にも行けない事はないが、壁や木、或いは人などがいる場所、さらには谷間や高い場所などに転移してしまうと危険な為、基本的には知っている場所以外に使用する事は稀だ。

「でも、自分でも知らない場所なら奴らも追っていけないと思った。その頃のわたしは奴らの紐付きだったから、魔力を辿られる可能性もあった。悔しいけど子供とは一緒にいられない。それに帝都から離れ続けては力も失ってしまう。だから賭けだったんだ。幸い、無事に転移できた。森の中だったな。紅葉が綺麗で……遠くに煙が見えたから、きっと人がいると思った。転移の力も失われるし、連中に気取られるのも怖かったから、すぐに戻ったけど……」

サティは俯いた。

「それからはそこには行ってない。連中に知られるのも嫌だったし、あの子を探すにしても、ほんの数分で旧神の力――転移や空間構築は失われる。逃げればよかったのかも知れないけど、実験に使われた人たちを思うとそれもできなかった。だからその子がどうなったのか、結局今でも分からない……ごめんねベル君。わたしはずっとシュバイツたちと戦うのに夢中で、あなたの事を考えている余裕がなかったんだ」

「紅葉の森……」

黙って考え込んでいる様子のベルグリフを見て、サティは力なく笑った。

「……軽蔑したよね？　ごめんね、折角助けてくれたのに……」

「いや、違う」

ベルグリフはサティを真っ直ぐに見た。

「君は、俺がその程度で軽蔑するような人間だと思うかい？」

「んむ……いや、そんな事」

「赤ん坊は、エルフのように尖った耳だったか？」

「え？　いや、魔王の影響か、生まれた子は普通に人間だったけど……」

「……藤蔓で編まれた籠じゃなかったか？」

「え……」

「茂みの陰に置かれてた。赤ん坊は布で巻かれて……ローズマリーのリースがあった。干したハシバミの枝に干しイラクサの束」

「嘘……どうして？」

サティは驚きに目を見開いていた。

ベルグリフは何だか力が抜けたような顔をして、サティの頬に手の平を当てた。そうして優しく撫でて微笑む。

「……その子を拾ったのは俺だ。サティ。アンジェは、君の娘だったんだ」

「た、確かに黒髪で……え、でも、でも、そんな……」

サティは唖然として口をぱくぱくさせていたが、不意に大粒の涙がぼろぼろと目から零れ落ちて来た。そのままベルグリフに抱き付いて胸に顔をうずめる。

「――ッ！　奇跡って、あるんだね、ベル君……！」

「ああ……本当に」

ベルグリフはそっとサティの銀髪を手で梳かした。

○

王城の一室、絢爛な飾り付けがされたその部屋は皇太子の部屋である。

髭を綺麗に剃って、すっかり身だしなみを整えた皇太子ベンジャミンが寝床に横になったまま、脇に山と積まれた書類に目を通している。長い監禁生活の為に痩せ衰えていたのだが、ここ数日の療養で体調は戻って来た様子であった。

扉がノックされる。返事をすると杖を突いてフランソワが入って来た。相変わらず苦み走った顔つきだが、蠟のように不自然に白かった顔色には血色が戻っていた。

「殿下、あまり無理をなさいませんよう」

「無理じゃないさ、寝ながらだもの。しかし随分色々あるものだな」

ベンジャミンはそう言って手にしていた書類を脇にどかした。そちらには読み終えたものが積まれていて、それもかなりの数だった。

「遅れを取り戻さなくっちゃな。しかし偽者め、確かに分かりやすい成果は出ているけど随分無理なやり方だ。これじゃ数年後にしっぺ返しが来るよ」

「今からでも軌道修正はできるでしょう。忙しくなりますな……まずは体調を万全にしていただいてからですが」

「君にも頑張ってもらわなくちゃな。足の調子はどうだい？」

ベンジャミンが言うと、フランソワは添え木を当てて真っ直ぐに固定した左足を撫でた。

「妙ですね、あるのに感覚がないというのは……しかし片足義足であれだけの動きを見せられては、僕――私も泣き言を言っていられません」

「ははは、そうだな。〝赤鬼〟か……妙な連中だったなあ、彼らは。本当は帝都に残って僕の手助けをして欲しかったのだけど」

「……いつまでも冒険者風情に頼ってはいられますまい。貴族の意地を見せなくては」

「君も素直じゃないねえ、本当は感謝してる癖にさ。そんな風に突っ張らかってちゃアンジェリンに怒られるよ？　君だってあの子に性根を叩き直されたんじゃないのかい？」

「や……そういえば殿下、〝黒髪の戦乙女〟に求婚なされたそうですが」

露骨な話題逸らしだったが効果はてきめんだったらしい、ベンジャミンはバツが悪そうに視線を逸らし、苦笑いを浮かべた。

「……心底嫌そうな顔っていうのはああいうのを言うんだね。あの子は僕の鼻っ柱をことごとくぶち折ってくれるよ。皇太子っていう地位も顔の良さもあの子にはなんの価値もないんだな」

「まあ、所詮は冒険者ですから。あまりお気になさらぬ方が」

「その冒険者がいなければどうなっていたの」

別の声がした。ソファにマイトレーヤが偉そうに座っていた。隣には計算を済ましたらしい書類などが重なっていた。

フランソワが眉をひそめる。

「お前」

「文句あるの？」

「……いや」

フランソワは嘆息して目を伏せた。ベンジャミンがくつくつと笑う。

「君はみんなと一緒に行かなくてよかったのか、マイトレーヤ？」

マイトレーヤはテーブルの上の砂糖菓子を口に放り込んだ。

「わたしはシティガールなの。田舎に籠って土いじりなんてまっぴら御免。こうやってあなたたちの手助けをしてあげるんだから、もっと感謝して然るべき。兎ちゃんもそう言ってる」

ベンジャミンの寝床の近くに椅子があって、そこに片腕を失ったファルカがちょこんと座っていた。聖堂騎士の制服ではなく、近衛隊の制服を身に纏っている。

ドノヴァンが死に、魔剣の影響下から脱したファルカは大人しく従順で、それでいて隻腕であってもそこいらの兵士よりも剣の腕が立つ為、ベンジャミンの護衛として抜擢されたのである。本人は相変わらずぼんやりして一言も喋らないが、不満はまったくなさそうだ。

「はいはい、感謝してるよ」

ベンジャミンは笑いながら伸びをした。

「そろそろ彼らは出発しただろうか……見送りまで断られるとはなあ」

「殿下が見送りに立たれては大騒ぎになってしまうでしょう。それに、次に会う時は連中が驚くほどに我々も成長していなくては笑われます。別れを惜しんでいる場合ではない」

「へえ、また会うつもりはあるんだな？」

「いや……別に……」

フランソワはふいと視線を逸らした。ベンジャミンは笑って別の書類を手に取った。

「でも確かにそうだ。そうなっていたら、アンジェリンもプロポーズを受けてくれるかもしれないしな」

「〝赤鬼〟より良い男になる自信があるの？」

マイトレーヤが言った。ベンジャミンはぎくりとしたように視線を泳がした。

「……多分、きっと」

「滑稽」

マイトレーヤはまた砂糖菓子を一つ手に取った。そうしてひょいと放ると、ファルカが器用に口でキャッチした。

「あんなちんちくりんじゃなくて、わたしはどう。皇太子妃マイトレーヤというのも中々」

「フランソワ、アイリーン支部長の書簡を取ってくれないか」

「雑な無視やめて」

その時、とんとんと扉がノックされる。

「殿下、お見舞いに参りました！」

とリーゼロッテの元気な声がした。

ベンジャミンは慌てて姿勢を正して、髪の毛を手で撫でつけた。

○

あの激闘から二週間近く、傷の手当てや諸々の後始末を済ました一行は、それぞれの場所へと戻ろうとしていた。帝都滞在の時間は短かったが、その間に小さな観光を楽しむ事もできて、ベルグリフも他の皆もこれ以上長く帝都にいるつもりはないようだった。

アンジェリンとサティが手を握り合ってぴょこぴょこ跳んでいる。

「お母さん、お母さーん！」

「おー、アンジェ、我がむすめー」

カシムが面白そうな顔をしてそれを眺めている。

「事あるごとにやってるけど、やたら楽しそうだね。なにあれ」

「母親ができた娘と娘ができた母親の図だな……しかしまさか本当にそうなるとは驚いたぞ。なあベル、お前もなかなか色男だなあ」

カシムの隣に立っているパーシヴァルが言った。

「ああ、こらこら、髪の毛を引っ張っちゃ……え、なんだって？」

ベルグリフは両肩にそれぞれハルとマルを乗っけていた。双子は分厚い冬服でもこもこに着膨れている。

「おとーさん」

「これがおひげ」

双子は楽しそうにベルグリフの髪の毛や髭を引っ張っている。パーシヴァルは肩をすくめた。

「ったく、お前はすぐに父親の顔になるな。からかい甲斐がねえ」

「まあ今更新婚って感じでもないね。どっちも大人になっちゃってまあ……どうするパーシー、ガキなのは君とオイラだけだぜ」

「馬鹿言うな、お前だけだ」

「えー、そうかな?」

カシムはからから笑って頭の後ろで手を組んだ。

「さーて、帝都ともおさらばだね。色々あってくたびれたよ、オイラ。しばらくゆっくりのんびりしたいもんだね」

「そうさな……何だか色々と肩の荷が降りたような気分だ」

パーシヴァルも頷いた。

ばらばらだった四人の歩みが、また一つの道に戻って来た。まだ気になる事がないわけではないが、長い闘いの日々がようやく終わろうとしているのだ。

「気になるのはシュバイツだけど……どう思う? 何か仕掛けて来るかな?」

「さあな。だが逆にこっちに来るなら好都合だ。探す手間が省ける」

「へっへっへ、オイラ、君のそういう所好きだよ」

「それにトルネラには〝パラディン〟がいるんだろう？　帝都に籠ってるよりも余程安全だ……会うのが楽しみだぜ」

　パーシヴァルはそう言って笑った。カシムが少しはらはらした表情で言った。

「頼むから腕試しで村をふっ飛ばさないでくれよ？」

「……お前は俺を魔獣か何かと勘違いしてねえか？」

　カシムはそっと視線を逸らした。

　双子の攻撃にベルグリフが苦戦していると、ひとしきりアンジェリンと跳ね終えたサティが、思い出したようにやって来てベルグリフの肩の双子を抱き上げた。

「これこれ、お父さんをいじめちゃ駄目だよ」

　ベルグリフはホッとしたように肩を回した。

「やれやれ、ありがとう」

「まったく子供に懐かれるねえ、ベル君は……ん？　旦那様って呼んだ方がいい？」

「いや、いいよそういうのは。君だって言ってて落ち着かないだろう？」

「あはは、そうね。自然体が一番だ。ほれ大きい子、一人よろしくねー」

「はーい。ふふ、お姉さんだぞ……」

　サティにくっ付いていたアンジェリンが、マルを引き受けた。傍らで見ているミリアムがくすくす笑った。

「また家族が増えたねー、アンジェ」

「幸せ過ぎる……今のわたしは完全無欠だ」

アンジェリンはそう言ってマルに頬ずりした。マルは「やー」と言ってくすぐったそうに体をよじらした。

アネッサが腕組みした。

「けど、凄いよな。全然違うと思ってた事が一つにつながったんだもの」

「なー。ちょっと羨ましいぜ」

マルグリットもそう言って笑った。家族と不仲のエルフの姫にとっては、ああいった光景は何だか羨望を覚えるものであるらしい。

「……でも親子っていうよりは姉妹に見えるよな」

「確かに。サティさん若いし」

サティが本当に腹を痛めた子がアンジェリンだった、というのは当然ながら驚きを以て受け止められたが、アンジェリンはそれ以上に大喜びだった。自分が疎まれて捨てられたわけではない事も分かったし、本当の母親がベルグリフのかつての仲間であるというのはとても嬉しい事だった。そして何よりサティ個人にとても良い思いを抱いていたのだ。彼女に抱きしめられた時、不思議と懐かしく温かかったのは、自分の体が母の温もりを覚えていたからなのだろうか、と今になって思う。

しかしそうなるとアンジェリンは本当に魔王だという事になってしまうのだが、既にミトやビャクなどの魔王を由来とする子供たちを保護している事もあって、ベルグリフもアンジェリンも「それがどうした」という態度で、却ってサティの方が困惑したくらいである。

ともかくそういうわけで、なし崩しにベルグリフとサティは夫婦という事になったわけである。

しかしどちらも子持ちで四十過ぎ、精神的にもすっかり落ち着いてしまっているので、新婚の筈なのに熱っぽさはまるでなく、既に長年連れ添った夫婦のような穏やかな雰囲気が漂っていた。

「やあやあ皆さん、お揃いでー」

声がした。見るとモーリンとトーヤが連れ立ってやって来た。見送りだ。

ベルグリフは嬉しそうに微笑んだ。

「ああ、二人とも……ありがとう、色々と世話になったね。本当に助かったよ」

「いえ、こちらこそ。おかげで俺も少し変わる事ができそうですよ」

トーヤはそう言ってはにかんだ。パーシヴァルが目を細める。

「で、どうするんだ。そのままでいるのか？」

「……一度母と兄の墓参りに行こうかと。それで、名前を返すつもりです」

「そうか。まあ、お前なりのけじめだな」

「はい」

「？　何の話？」

トーヤは不思議そうな顔をしているアンジェリンを見、ベルグリフを見た。そうして少し寂しそうに微笑む。

「皆さんに会えてよかったです。本当に」

「そのうちオルフェンにも行きますね。おいしいお店、教えてくださいね！」

「モーリン、あのさあ……」

締まらないんだけど、とトーヤが額に手をやった。皆が笑い、口々に別れの挨拶を述べる。

アンジェリンがトーヤの肩を叩いて、手をぎゅうと握りしめた。

「元気でね。また会おうね。絶対」

「うん、アンジェリンさんも。お父さんとお母さんを大事にして」

「言われるまでもなし……」

アンジェリンはふんすと胸を張った。

ミリアムが杖に寄り掛かった。

「けど結局イシュメールさんには会えず仕舞いだったねー」

アネッサが頷いた。

「忙しくなっちゃったのかもな……でもきっと元気でやってるよ」

「なー、トーヤ。イシュメールに会ったらよろしく言っといてくれよなー」

「あはは、分かった。言っておくよ」

陽射しは暖かいが、風はもう冬のものだ。鳶が一羽、ひょろろろと鳴きながら、空で輪を描いている。

サティが腕まくりをした。

「さーて、最後の空間転移といこうかな。皆もっと寄って寄って」

「しかしサティ、本当に大丈夫か？」

「大丈夫だよ、あの風景は今でも鮮明に思い出せるもの」

サティは微笑み、小さく短い呪文を唱えた。ぐにゃりと目の前の風景が陽炎のように揺れた。見送りのトーヤとモーリンの姿が揺れて、薄くなって、消える。不思議な浮遊感に酔ったようになっていると、不意に視界が真っ白に染まり、ざぼっと何か冷たいものにはまり込んだ。

「うおっ、なんだこりゃ――ぶっ！」

パーシヴァルが素っ頓狂な声を上げたと思ったら、ばさばさと何か落ちる音がした。アンジェリンが笑い声を上げた。

「ただの雪だよ、パーシーさん」

頭上の木から降って来た雪をまともにかぶったパーシヴァルは、頭を振ってそれを払い落とした。カシムがからから笑う。

「ひゃー、こりゃ凄いや。ここで遭難しちゃ馬鹿みたいだね」

「その心配はないよ。こっちだ」

ベルグリフは膝まで積もった雪の中を歩き出した。枝ばかりになった木々の隙間から真珠色の空が見える。今は雪はやんでいるようだ。

帝都よりも遥かに冷たい寒風が肌を撫でた。だがこの寒さがベルグリフに帰郷の感を高めさせた。

雪は深い。かんじきがない分足取りは遅いが、だから却ってきちんと道が確認できる。

ベルグリフが振り返ると、家族や仲間たちが寒さにも笑いながら後をついて来る。とても不思議な感じがした。しかし、頬が緩んでしまう事は当然だという風に思った。

次第に村が近くなった。白一面の平原の向こうで、見慣れた家々が寄り添うようにして建ち並んでいる。

旅は終わった。家に帰ろう。

立ちのぼる煙が、おかえりと言っているように思われた。

書き下ろし

番外編

MY DAUGHTER
GREW UP TO
"RANK S"
ADVENTURER.

EX　足跡

　こんなに長い間馬車に揺られたのは初めてだった。硬い木の床にぺらぺらの布を敷いていたが、それでも尻は痛い。休憩時間になる度に、赤髪の少年は馬車を降りて体を伸ばし、突っ張らかった足や腰を伸ばした。旅に憧れてはいたが、これには辟易した。しかしこの先に待つ未知の風景を思うと、そんな疲れも吹き飛ぶような気がした。

　トルネラから下る道はすっかり木々が紅葉し、地面に散り始めていた。公国では最も冬の訪れが早いトルネラは既に風花が舞っていたのだから、南下すればそれも当然だろう。後にした故郷はもう根雪が降っているかも知れない。冬と共に南に下って行く心持だ。

　隣村のロディナでは嗅いだ事のないほど強い豚の臭いに驚き、ボルドーでは、トルネラよりもはるかに広い麦畑を見た。地平の彼方まで広がっているのではないかと思ったくらいだ。筋になって芽を出し始めている麦を見て、少年は早くも郷愁の念にとらわれかけたが、まだ早いと頭を振った。

　少年が同道したのは隊商である。馬車が四台あって、それぞれ商人が一人ずつに丁稚の若者が五人、護衛の冒険者が六人いた。冒険者たちは馬車に乗っている者が三人、馬に乗って周囲を行く者が三人いた。少年はまだ冒険者ではない。だから頭数には入っていないが、隊商のリーダーの近くに座っている事を求められた。いざという時は護衛として戦えという事なのだろう。尤も、実際は護衛というよりも囮としての側面が強い。そう言われたわけではないが、少年はそれを理解していた。その分、乗車賃をぐっとまけてもらったのだが。

同じく冒険者のリーダー格の男も、少年の近くにいた。彼も隊商のリーダーの護衛を担っているらしかった。隻眼で口髭を蓄えた中年の男だ。ランクはＡＡだと聞いた。口数は少なく、人を寄せ付けないような鋭い眼光を持つ男だったが、少年が冒険者を目指していると聞いてから、それとなく自分の経験を伝えてくれた。

ごとん、と音を立てて馬車が揺れた。大きな石を踏んだらしい。顔をしかめて腰をさする少年を見て、男がふっと笑った。

「まだ慣れないか」

「え、ええ、はい」

「いずれ慣れる」

赤ら顔の商人のリーダーがからからと笑った。

「若いんだから、すぐに慣れるだろう。冒険者になるなら馬車に乗る度にくたびれてたんじゃ、仕事にならねえぞ」

少年はもじもじしながら頷いた。商人はにやにやしながら乾燥果物を口に運んだ。

「その剣は、そのうち買い替えるんだろう？」

「まだ分かりませんが」

「そりゃそうだ。しかし命を預ける代物だ。トルネラよりもオルフェンの方が選択肢は多いに決まってらあね。もしよければ俺が見繕ってやってもいいぞ」

「いや、あの」

「若いのをあんまりいじめるな」

男が面倒くさそうに言った。商人はくつくつと笑う。

「分かってる分かってる。しかしあんたもそう思うだろう？　この剣で上に行けると思うかね？」

「人それぞれだ。経験を積むうちに自覚する。他人に言われて変えられるものじゃない」

「固い奴だ。まあいいさ」

「あの、もしその時は、よろしくお願いします」

と頭を下げた少年に、商人も男も面食らったように目を丸くした。商人はすぐに笑い出す。

「冒険者なんぞ目指すには惜しいくらい真面目な奴だ。おい、冒険者なんてやめてうちで働くか？　商人ってのも悪くないぞ」

「いえ、あの、俺は」

「わっはっは、冗談だ冗談！　ま、早く高位ランクになってうちの店を贔屓にしてくれよな」

「え、ええ、それは勿論」

少年は自分の知らない世界へと飛び出していく最中であり、また村という狭い世界で成立していた人間関係の外側の人ばかりに囲まれている、という状況にやや委縮していた。もともと慎重な性格である事も関係している。しかし、十五年の人生の中で感じた事のないものに、不思議な高揚感も覚えていた。

前を行く馬車から丁稚の若者が身を乗り出して大声を出した。

「旦那、もうじきですが」

「おう、そうか。準備しとけ」

商人の方も前に身を乗り出してあれこれと指示を飛ばし始めた。

少年も自分の荷物を確かめ、腰の剣の位置を直した。男がぽつりと言った。

「焦るな」

「え?」

「Eランクからアランクへは比較的簡単に上がれる。だが焦るな。無茶して突っ走る奴は早死にする。どうせいずれは上がる事ができるなら、そのランクで得られるものを残らず得てからにしろ」

「はい」

少年が頷くと、男は残った片目をつむった。

「片方の目は、そうやってDランクの頃に失った。少し無茶した。幸い生き残る事はできたが、両目で見ていた風景を懐かしく思う事がある。そんな後悔をしたくないなら、焦るんじゃない」

少年にこの言葉はとても重く響いた。変に浮き立っていた心が少し冷静になったような気がした。

少年は頭を下げた。

やがて隊商は都に入った。少年はたちまち圧倒された。背の高い建物に、驚くほどの人の多さと喧騒、埃っぽさや、嗅いだ事のない奇妙な匂い。見た事のない装いの人々。何もかもが少年の目に新鮮に映り、鮮烈な印象と感動を掻き立てた。

馬車の多く集まる広場で、少年は馬車を降りた。彼はここまでだ。隊商はここからさらに南へと下って行くらしい。

商人がにかっと笑って少年の肩を叩いた。

「じゃあ、ここまでだな。頑張れよ。縁があったらまた会おうや」

「お世話になりました」

少年は頭を下げ、それからちらりと冒険者の男の方を見た。男は麾下の冒険者たちと何か打ち合わせていて、少年の方を見ていなかった。

邪魔しちゃ悪いかな、と少年が踵を返しかけると、不意に「死ぬなよ」と声をかけられた。男が隻眼で少年を見ていた。少年は頭を下げた。

都はごった返していた。トルネラでは祭りの日でもこんなに人が集まる事はないだろう。その人々の間を縫って、目まぐるしく変わっていく街並みに眩暈を覚えながらも、少年は何とか冒険者ギルドへと辿り着いた。

ギルドは大きな建物だった。白亜の壁に西日が照っていた。遠目には白く美しく見えたのが、近づいて見るとあちこちに大小の傷があって、それが却って荘厳な気がした。

中も賑やかだった。少年が入って来ても誰も気に留めない。ひっきりなしに人が出入りしているからだろう。それが却ってよかった。あまり注目を集めるのも嫌な気がしていたからだ。

ロビーには冒険者らしいのがたくさんいた。鎧を着ていたり、剣や槍を携えていたり、あるいは分厚いローブを着込んで杖を持っていたりする。時折トルネラにやって来るような恰好の者が大勢ひしめいているのに、少年の胸は高鳴った。これから自分も彼らの仲間入りをするのだ。

何故か慎重になってしまう足取りでカウンターまで行くと、受付嬢が柔らかな笑顔で少年を出迎えた。

「こんにちは。どういったご用件でしょうか」

「あの、冒険者になりたいと思って」

一瞬受付嬢は値踏みするような目つきになったが、すぐに微笑んで書類を一枚、羽根ペンを添えてカウンターの上に出した。

「ではこちらにご記入ください」

読み書きはできるが、日常的に文章を書くという事をしないから、少し緊張する。少年は慎重な手つきで項目を埋めて行った。

「……これで」

「はい」

受付嬢は返された書類に目を通し、項目を一つずつ確認した。

「……はい、大丈夫です。Eランクからのスタートとなります。受けられる依頼の難易度は限定されますが、堅実にこなしていただければいずれ昇格となります。強制ではありませんが、安全面からも効率面からもパーティを組む事を推奨いたします。料金がかかりますが、希望者はギルド所属の教官による教習などもありますので、よければご利用ください」

受付嬢は他諸々の説明をした。少年は真面目な顔をして聞いていた。説明が終わった時、受付嬢はくすりと笑った。

「真面目な方ですね」

「は」

「他の皆さんは、大抵聞き流して行かれます」

「そ、そうですか」

それくらいぶっきらぼうな方が冒険者らしいのだろうか、と少年は頬を掻いた。田舎者だと思われたかと少し恥ずかしくなった。そんな少年を見て受付嬢はくすくす笑った。

「頑張ってくださいね、ええと……ベルグリフさん」

受付嬢は書類をちらと見て、言った。

少年——ベルグリフははにかんで頷いた。

○

「おい、何すんだよ！」

ベルグリフに後ろから抱き留められた男が怒声を放った。ベルグリフを振り払うようにして振り向き、胸倉をつかむ。

「なんで止めた！　もう少しで仕留められたのに！」

「違う、あれは罠だ！　もし剣が突き立っていたら毒針が飛んでたぞ！」

「うるせえ！　あいつが仕留められてりゃ素材も揃ったってのに、また振り出しじゃねえか！」

「けど、それじゃあ君は死んでた」

「死ぬわけあるか！　テメエが毒消しだって買ってただろうが！」

「毒の種類が違う。あの毒針は神経毒だ。そっちの薬も買おうって言ったのに、無駄遣いだって言うから……」

「いい加減にしろ！」

頬に衝撃が走ったと思ったら、じわりと熱くなった。殴られたらしい。

「もういい。お前といるとイライラするんだよ、臆病モンが。みんなそう思ってんだ。今日限りでお前には辞めてもらう。いいな！」

男はベルグリフを突き飛ばして乱暴に踵を返すと、周りにいたパーティメンバーと連れ立って去って行った。メンバーたちもベルグリフを一瞥したが、その目に哀れみの色はなく、むしろ清々したという感じだった。

ベルグリフは殴られた頬を撫でて、大きく嘆息した。どっかりと地面に腰を下ろす。どうしてこう上手く行かないのだろう、と思った。

都での生活は、トルネラのものとは何もかもが違っていた。

まず何をするにも金が要る。まともな寝床を確保するにも金が必要だし、食事も代金を支払う必要がある。まだ家を借りられるだけの資金がないベルグリフは安宿に起居し、薬草を始めとした素材集めの仕事を中心にこなして日銭を稼いでいた。

討伐依頼はなかなか受けられずにいた。Eランクのソロ冒険者が受けられる討伐任務はそう多くない。話によれば、そういった仕事をやり遂げられればDランクへの昇格が早まるそうだが、あの隻眼の冒険者の言葉が思い出されて、ベルグリフは踏みとどまった。村では腕自慢で通っていたかも知れないが、オルフェンの都で暮らすうちに、自分以上の腕前の者など山ほどいる事を思い知っていたのだ。焦ってはいけない。

それでも、同い年くらいの若い冒険者たちが溌溂として討伐依頼をこなしていく様子を見ると、流石にじれったいものがあった。自分だってあれくらいはできる筈だ。そんな事を思う。だが理性は焦るなと言う。それぞれの思いがぶつかって、何とも落ち着かない日々がしばらく続いた。

　ギルドにはパーティメンバーを募集する掲示板があった。名前と連絡先——多くは宿泊先の宿の名前や住所——が書かれた紙が沢山貼られていて、パーティを組みたい者、あるいは加入したい者はそこから選んで打診する。尤も、募集する側も条件を付けている事がほとんどで、一定のランク以上であったり、魔法使いや射手といった後衛に限定していたり、変なものでは年齢と性別を細かく指定しているものもあったりした。

　パーティの多くは、故郷から一緒に出て来た友人などが集まったものが多いようだった。そんなところに後から入って行くのは勇気が要ったが、そんな事を言っている場合ではない。ベルグリフは何とか前衛を探しているパーティに加入し、ようやく魔獣と戦う機会を得た。

　しかし初めこそ歓迎されたけれど、彼の慎重な性格や、何とか役に立とうと得た知識や行動は裏目に出て、次第に疎まれた。そうして結局仲違いし、パーティを追い出されるに至った。

「……死んでしまえば、おしまいなのにな」

　呟いた。どうして、誰も彼も自分は無事だという確信を持っているのだろう。誰だって簡単に死ぬ時は死ぬ。トルネラでだって、昨日一緒に仕事をした仲間が、倒木に当たって翌日には死んでいたという覚えもある。命は儚《はかな》いものだ。自分は大丈夫など、どうして言えるだろう？

　駆け出しの冒険者たちは、誰もが焦っていた。冒険者になるような者は食い詰め者か、あるいは高位ランクに憧れる者ばかりだ。好き好んでいつまでも下位ランクで燻っていようという輩はいない。ベルグリフももちろんその一人だが、あの隻眼の冒険者の言葉はずっと心に刻まれていたし、他人ほどがつがつと上を目指そうという気はなかった。それが、他の冒険者たちとの軋轢を生む要因にもなっているのかも知れない。

ここはオルフェンの都から小一時間離れた場所にある山岳地帯だ。危険度はそれほどでもないが、魔獣の生息地帯だから、一般人はあまり近づかない。陽が傾いているとはいえ、ここで一夜を明かすのは得策ではない。ベルグリフは立ち上がり、服の埃を払った。口の中が切れたらしく、吐いた唾に血が混じっていた。風が刺すように冷たい。

「……あぁ」

明日から、どうしようか、とベルグリフは思った。一人で動く限界はとうに知っているから、別のパーティを探さなくてはならない。しかし、自分の行動や性格が疎まれるならば、それを変えなくてはならないだろうか。彼らのように、後先考えずに前に出て剣を振るい、傷つく事を厭わずに、それこそ命をかけて……。

「いや、駄目だ。それじゃあ、駄目だ」

ベルグリフは頭を振った。高位ランクの、それこそ龍や大悪魔相手ならばそれもいいだろう。そんな相手ならば、むしろ命をかけなくては勝てはすまい。しかし、Eランクが下位の魔獣に命をかけてどうする？　町や村を守る為ならばともかく、高々素材を得る為だけに命や腕、目や足を失って、何の意味がある？

「……損な性格だ、まったく」

ベルグリフは自嘲気味に笑った。笑った筈なのに、風景が変に水っぽくにじんだ。

○

枯草色の髪の毛が風に揺れる。無精で伸ばしているだけで、特にこだわりはない。初めは額や首筋に触れるのがくすぐったかったが、それにももう慣れた。

少年は安物の剣を研いでいた。切れ味が悪ければ研げばいい。上等な砥石などないけれど、時間をかけて研ぎ上げれば、安物でもそれなりのものにはなる筈だ。尤も、魔獣と戦う度に研ぎ直さなくてはいけないのはいささか面倒だったが。

少年は小さな村の名主の家に生まれた。皆が畑を耕し、牧畜を飼い、時には狩りをして暮らしていた。穏やかな暮らしだった。時折魔獣が現れるものの、村には小さいながらも冒険者の立ち寄る宿と酒場があり、金さえ払えば彼らが首尾よく追い払ってくれた。

土地は肥沃で、骨を惜しみさえしなければ、畑は気前よく恵みをもたらした。畑に出、牧畜を追い、食事の度に主神に祈りを捧げる。どこにでもある、穏やかな小さな村だった。

しかし、少年にはそれが不満だった。穏やかさに、ではない。誰もがそんな生活を当然として、しかもそれを少年に押し付けて来るのが不快だった。名主の家の息子である分だけ、周囲は少年をそう扱ったし、両親も後を継いで然るべきだと頑なに信じて、少年が外の世界に憧れる節があると、厳しく叱責した。

——お前はここで生き、ここで死ぬ。それが定めだ。

農民は高望みするべきではない。両親も、村の人々もそう言った。だが、そんな事は誰が決めたんだ？　と少年は思った。

自分の人生は自分のものだ。他の誰かのものじゃない。

少年はそう憤った。叱責や説得を受けるほどに、却って少年の心は燃え上がり、ついにはある晩、荷物をまとめて村を飛び出した。

そうして幾日かの旅の末、話に聞くばかりだったオルフェンの都にやって来た。初めて見る都は眩暈がするほど大きかったが、少年の心はむしろ沸き立って、あらゆるものが輝いて見えた。

少年は研ぎ上げた剣を裏にして表にして見た。剣はランプの明かりを照り返してぎらぎらと光った。

「よし」

鞘にしまい、寝床に寝転がる。天井を見上げた。ランプの火が揺れる度に、天井で影がゆらゆらと踊った。

明日は合同の討伐仕事だ。Cランク以下の冒険者やパーティが幾つも集められ、異常発生した人型の魔獣を討伐する。今も魔獣たちはダンジョン周辺に集まっていて、それを高位ランク冒険者たちが見張っている。下位ランクの冒険者の経験の為、と敢えて高位ランク冒険者に依頼を出さず、ギルド主導で合同依頼にしたらしい。

お膳立てされている、と思うと癪に障る気もしたが、そんな事で突っ張らかっても仕方がない。

少年の剣の腕は確かだった。同世代の剣士を見ても、少年は負ける気がしなかった。しかし我の強い性格と、夢中になると視野が狭くなるのが災いして、今まで組んだパーティはどれも内輪揉めで失敗していた。当然、ランクなど上がりようがない。今回の合同依頼だってソロで受けている。

「……まともな奴がいねえからな」

と少年は寝ころんだまま足を組み直した。自分の事はともかく、今まで組んだ仲間内で、彼のお眼鏡に適う者はいなかった。経験不足という事もあったが、大抵はがつがつと上を目指しているものの、猪突猛進に突っ込むばかりの輩か、あるいは友達ごっこの延長で、面白半分、遊び半分でやっている輩ばかりだった。

少年はもっと上に行きたかった。流浪の民や吟遊詩人、旅の冒険者たちに聞いた英雄物語に憧れたし、龍や魔王といった存在と剣を交えてみたいと思っていた。

俺を、上手く動かしてくれる奴がいてくれりゃいいんだが。

少年は目をつむった。剣の腕には自信があったが、欠点も承知している。しかし自分の強さは欠点もあってこそのものだ。飛び込むべき時に躊躇せずに前に向かえる事が強さにつながっている。よく言えば迷いがなく、悪く言えば思慮に欠ける。それは両面だ。

そのタイミングと状況を把握してくれるような仲間がいれば、と少年は思った。自分の視野が狭くなる事は承知の上だ。今更直そうにも難しい。ならば、それを上手く理解してくれる仲間さえいてくれれば、自分はもっと暴れられる。

ないものねだりだろうか、などと考えているうちに少年は眠りに落ち、たちまち翌日がやって来た。研ぎ上げた剣を携えて、少年は集合場所に向かう。既に多くの冒険者たちが集まっていた。ギルド付きの高位ランク冒険者が指揮官となって、指示を飛ばしている。

下位ランクの冒険者たちは殺気立っているが、周囲で万が一を見越して待機している高位ランク冒険者たちは悠然たるものだ。余裕の表情で下位ランクの冒険者たちを眺めており、それだけで格の違いが見て取れるようだった。

今に見てろ、と少年は思った。いつか俺もあの場所に立ってやる。

枯草色の髪の少年は、辺りを見回した。見通しのいい平原だが、ところどころに緩やかな丘陵がある。向こうには魔獣たちが群れになってうなり声を上げていた。あちらもこっちの様子を窺っているらしい。

やがて戦いの幕が切って落とされた。冒険者たちは我先にと魔獣にかかって行く。魔獣たちも殺気をみなぎらせて前に押して来る。一番槍同士がぶつかったと思うや、辺りはたちまち混戦の様相を呈し、悲鳴や怒号、魔法の詠唱、剣戟のぶつかる音が耳を聾さんばかりに響き渡った。

少年はやや呆れ気味に、少し後ろの場所で飛び出してきた魔獣を相手取っていた。俺よりひでえや、と思った。手柄を立てたい気持ちは分かるが、こんな状況になってしまっては何が何だか分からない。第一、最初に指揮官が折角組んだ陣形が何の役にも立っていない。

「他人から見たらこうなのかなあ、俺……」

暴走気味に前へ前へと押して行くばかりの駆け出し冒険者。外から見ると俺も同じか、と少年はやや消沈しつつ、近づいて来た小鬼《ゴブリン》を相手取り、三回目で斬り伏せて顔をしかめた。あれだけ研いだのに、相変わらず切れ味が悪い。

「……！　まずい！」

ふと、近くにいた赤髪の少年が慌てたように部隊の側面に向かって駆け出した。

「こっちだ！　側面から来るぞ！」

枯草色の髪の少年がハッとして見ると、本隊から外れて大きく迂回して来たらしい魔獣の一団が、前に押すばかりの軍団の横腹に食らいつこうとしていた。近場の冒険者たちが声に反応して、慌てて防御態勢を取る。後手に回ったが、奇襲という形は逃れたらしい。

あの赤髪、この混戦の中で側面の奇襲に気付いたのか。

枯草色の髪の少年は、思わず口端を緩めた。こいつは逃がしちゃいけない。

やがて戦いは終わった。高位ランク冒険者のサポートもあって、冒険者側の圧勝で幕を閉じた。

ぞろぞろとギルドへ戻る人の間を縫って、枯草色の髪の少年は赤髪の少年を探した。

「うるせえ！　うちには役立たずは要らねえんだ！　今日限りで出てけ！」

怒声が聞こえた。見ると、赤髪の少年がくたびれた様子で肩をすくめていた。そうして荷物を担ぎ直して帰ろうとするので、少年は慌てて近寄って声をかけた。

「なあ」

声をかけると、赤髪の少年は立ち止まって振り返ったが、よもや自分に声をかけられたと思っていなかったらしい、不思議そうな顔をして周囲を見回してから、少年を見返した。

「……俺？」

「ああ。お前、凄いな」

「はっ……？　なにが？」

「なにがって……あの側面の奇襲だよ。よく気付いたな」

「や……まあ」

赤髪の少年は照れ臭そうに口をもぐもぐさせた。

間違いない。こいつはいい奴だ。それも滅茶苦茶有能だ。こいつと組めば絶対に上に行ける。枯草色の髪の少年は快活に笑みを浮かべた。

「気に入ったぜ！　お前、俺のパーティに入らないか？」

「はっ？　えっ、君の、パーティ？」

「おう！　ちょっと見てたが、お前今フリーなんだろ？」

「そう、だけど……」

赤髪の少年は頭を掻いた。

「でも、俺は今まで幾つかパーティに入って、全部追い出されてるんだ。あまり、君の期待通りに働けるか分からないな……」

「何言ってんだよ！　今日お前があの奇襲に気付かなかったら、間違いなくもっと被害が出てたぞ！　俺はちゃんと見てた。お前は大した奴だ。組んでくれよ、なあ」

赤髪の少年はしばらく困惑気味に視線を泳がしていたが、やがてぎこちなく笑みを浮かべて頷いた。枯草色の髪の少年は笑い声を上げてから、手を差し出した。

「パーシヴァルだ。パーシーって呼ばれる事もある。剣じゃ誰にも負けねえ。よろしくな」

「ええと、俺はベルグリフ。よろしく、パーシー」

ベルグリフはおずおずと、しかししっかりとパーシヴァルの手を握り返した。

○

オルフェンの都は雑踏で溢れている。通りは人々が行き交い、大通りは荷車や馬車も進む。石畳は陽光を照り返し、空気は埃っぽく乾いている。

パーシヴァルと組んだベルグリフが最初に面食らったのは、彼が一人だったという事である。俺のパーティ、などと言うから他にも誰かいるのかと思ったのに、「これから作るのさ。お前が一人目だ」と悪びれなく言われては返す言葉がなかった。

　パーシヴァルは今まで組んだパーティの人間とは違った。そもそもが、彼の方がベルグリフの事を評価して引き入れた形である。最初から評価されている、というのが何となく不思議であり、そうしてむず痒かった。

　パーティを組んだ翌日には、パーシヴァルの方がベルグリフの起居している宿に移って来た。倹約家であるベルグリフは宿もなるべく安く、それでいて劣悪ではない所を選んでいたから、パーシヴァルの方がいい宿が見つかったと喜んでいたくらいだ。

　こんな風に生活の場まで近しくなった相手は初めてだったから、ベルグリフは少し緊張した。しかしパーシヴァルは嫌みがなく快活でよく笑い、話していても楽しかったから、ベルグリフもたちまち打ち解けて、この少年と組めるのは嬉しい巡り合わせだと思うようになった。

　それで色々の話をしながら、早速剣を交えてみた。が、ベルグリフはまったく歯が立たず、パーシヴァルの実力に唖然とした。

「……強いな、君は」

「言っただろうが、剣じゃ誰にも負けねえってな」

　パーシヴァルはにやりと笑って木剣をくるくる回した。

「お前も筋は悪くねえが、どうも自信なさげだな。剣に覇気がねえぞ」

「うん、分かってはいるんだけど……」

　ベルグリフは苦笑いを浮かべ、地面に転がった木剣を拾い上げた。パーシヴァルは欠伸をした。

「さて、早速ギルドにでも行ってみるか。新生パーティのお披露目だ」

「いや、二人でパーティってのも……しかもどっちも剣士だし」

「なあに、お前が後ろを守ってくれてりゃいいさ」

そう言ってパーシヴァルはずんずんと歩き出す。大丈夫かなあと思いつつ、ベルグリフも後に続いた。

結果から言うと、最初の依頼の成績は散々だった。魔獣の討伐も兼ねてというパーシヴァルの主張で赴いたのだが、魔獣の数が多く、倒す事はできたものの、倒す方に必死になってしまい、素材として使えるものがほとんど残らなかった。その上、やたら硬い甲殻を持つ魔獣が混じっていて、パーシヴァルの安物の剣が見事に折れてしまった。

パーシヴァルの腕前は確かだった。物怖じせずに前に押し、素晴らしい身のこなしで次々に魔獣を屠ったが、毛皮が必要だというのに滅多切りにするものだから、結局依頼を完遂するというところには至らなかった。その上剣まで折れてしまったので、大失敗と言って過言ではない。

「元々切れ味が悪かったんだよ。だから力込めて何度も斬らねえと仕留められねえだろ」

と宿の部屋でパーシヴァルは言い訳した。ベルグリフは嘆息した。

「君は仕事をやり遂げたいのか、魔獣を倒したいだけなのか、どっちだ？」

「そりゃ仕事だ。まだ最下位ランクなんだし、仕事がやれなきゃ上に行けねえだろ」

「だったら今のやり方じゃ無理だよ。腕はあるんだから、毛皮を狙う依頼なら一撃で首を狙うとか、もっといい方法があると思う。それで、もう少しいい剣を買おう。道具が悪いと折角の腕前が生かせなくて勿体ないよ」

「よっしゃ、それじゃ次は上手くやるぜ。景気づけに酒でも飲み行かねえか？」

「剣を新調するまでは駄目。それに討伐依頼もしばらくお預け。まずは資金を貯めるところから」

「えー、お前の剣を貸してくれればいいじゃねえか」

「……それじゃ俺はどうすればいいのさ」

「あー……そうだな。わかったよ、しゃーねーな」

結局、それでまずは先立つものを貯めねばという事で、ベルグリフ主導で堅実な仕事を多くこすようになった。専ら薬草を始めとした素材採集の仕事である。パーシヴァルはぶつぶつと文句を言ったが、どのみち剣は使えないし、ベルグリフの言う事に理があるのは分かっているのか、愚痴をこぼすだけで仕事はきっちりとこなしていた。

そんな風にしばらく過ごし、もう少しでパーシヴァルの剣が新調できそうになって来たので、二人は下見も兼ねて武器屋へ向かって通りを下っていた。

「ようやく武器が戻って来るな。やれやれ、素材集めばっかりで飽きたぜ」

「でも随分手際がよかったな。正直驚いたよ。君はそういうのが得意じゃないと勝手に思い込んでたから」

「あー、まあな。お前こそ大したもんだったぜ。元々そういう仕事か？」

「ん……小さな村だったから……君もか？」

「まあな。それが嫌で飛び出して来たんだが」

互いに少し黙った。どちらもあまり故郷の話はしたくないのは明白だった。

奇妙に気まずい空気になりかけた時、不意に素っ頓狂な声がした。

「待てや、このクソガキがあ！」

見ると、裏通りから汚い身なりの少年が茶髪をなびかせて飛び出して来た。その後ろから前掛けをした中年男が息を切らして現れた。

「だ、誰かあのガキを捕まえてくれ！　食い逃げだ！」

「へえ、面白れぇ。捕まえりゃ謝礼でももらえっかな！」

パーシヴァルが勇んで少年の前に立ちはだかった。剣こそないが、パーシヴァルは徒手空拳も中々の腕前を誇る。

「おら、チビ助！　怪我したくなきゃ大人しくしろ！」

茶髪の少年は一瞬驚いたように目を見開いたが、すぐに嘲笑に似た笑みを浮かべ、パーシヴァルに手の平を向けると、ボールを下手に投げるように一気に振り抜いた。

「うおっ！」

途端、薄青色の魔力の塊がパーシヴァルに襲い掛かり、正面からまともに受けたパーシヴァルはそのまま通りの端に吹っ飛んだ。その脇を駆け抜けた茶髪の少年は、ちらとパーシヴァルを横目で見て鼻を鳴らし、呆気にとられているベルグリフにあっかんべえと舌を出して、そのまま駆けて行った。

「魔弾……あの年で」

ベルグリフは独り言ちたが、ハッとしてパーシヴァルの傍らに駆け寄った。

「パーシー、大丈夫か？」

「いてて……くそ、魔法使いとは思わなかったぜ」

パーシヴァルは頭をさすっていたが、やにわに立ち上がった。

「あいつ、中々の腕だな。俺を吹っ飛ばすとは気に入った。おい、あいつを探すぞ。パーティに引っ張り込む」

「はっ？」

「見た感じスラムのガキだろう。孤児院にいるならもうちょいマシな恰好するだろうし、かといって冒険者って感じでもねえ。あの年であれだけの魔法が使えんなら、これから絶対伸びる。他に取られる前に捕まえるぞ」

「いや、ちょ、ちょっと待って」

「なんだよ、後衛が欲しいって言ってたのはお前だろ」

「そりゃそうだけど……いや、本気か？　だって、どんな奴かも分からないのに？」

「つべこべ言うんじゃねえよ。ベル、お前だって俺がどんな奴か分からない時にパーティ組んだだろうが。同じだ同じ」

こうなったパーシヴァルは止められない。ベルグリフは苦笑交じりに息をつき、頭を掻いた。

「分かった。まあ、君は人を見る目はあるだろうし、任せるよ」

「よっしゃ。そうと決まればまずはあいつを探し出すぞ！」

○

少年は親の顔を見た事がなかった。物心付いた頃にはスラムのゴミに紛れたねぐらにいた。

スラムには大人も大勢いたが、同じくらい子供の数も多かった。育てられずに捨てられた赤ん坊もいたし、親を亡くして路頭に迷い、ここに行き着いた者もいた。

大人にも様々なのがいた。大怪我をして仕事を続けられず、帰る故郷もない元冒険者や、犯罪者として追われ、息をひそめている魔法使い、仕える主人に追い出された元召使、不衛生な小さなテントで客を取る娼婦など、あらゆる人生が交差していた。

少年のくすんだ茶髪は親譲りなのだと思われたが、少年の周囲にいた誰もが、彼の親の事を知らなかった。育ての親の老人が生きていた頃、その話をする度に歯のない口を開けて笑った。

「捨てられてたのさ。冬の晩だ。雪が降ってた。俺が拾ってなきゃ凍えて死んでたぜ」

「……同じ話を何度もさあ」

少年は読んでいた魔導書から顔を上げ、うんざりした様子で壁に寄り掛かった。

老人は酒浸りで、時折都のゴミを漁って目ぼしいものを見つけ出し、それを古道具屋に売り払ったり、時には物乞いをして暮らしていた。育ての親ではあったが、少年は老人の事があまり好きではなかった。だから死んだ時も大して悲しくなかった。ゴミ漁りも物乞いも嫌いだった。どうせなら他人のおこぼれではなく自分の力で何かを得たかった。

スラムは犯罪者も多い。生活の糧を得る為という理由が大半だが、年頃の子供たちは犯罪行為を英雄視する部分もあり、まるで力を競い合うように窃盗や食い逃げなどを繰り返した。少年もそんな子供たちの一人だった。子供たちは子供たちなりにグループを作っていたが、少年は人見知りな性格もあって、そこには属さず一人で行動していた。子供の社会だろうと、はみ出し者は疎まれる。少年は子供内でも仲間がおらず、このままずっと一人で生きて行くのだろうと思っていた。

彼の運命を変えたのは、道端の露店から盗み出した一冊の魔導書だった。いつもならばどこかで売り払って金に換えてしまう本に、少年は妙に惹かれてページをめくった。

言葉の読み書きだけは、スラムに暮らしていた大人に習っていた。だから魔導書も何とか読む事ができた。読み進めるうちに、少年は摩訶不思議な魔法の世界にすっかり魅せられていた。何度も読み返し、自己流で練習をするうちに、簡単な魔法は使えるようになった。そうなると、何だか世界が違ったように見えて来るのだった。

少年は魔導書を閉じて外に出た。土がむき出しになった地面は凸凹して、泥が溜まっている所もある。臭くて汚くて埃っぽくて、さっきまで逍遥していた魔法の世界から一気に現実に引き戻されたような気分になった。

ここで生まれ育った。それでも、故郷という感じがしない。それでも、ここ以外で生きて行く術を知らない。だからすがるように魔法に没頭し、それを試すために悪さに手を染めた。それはそれで面白い。馬鹿な大人を魔法でからかうのも楽しい。

「冒険者、ねえ」

少年は呟いた。先日立ちはだかった、自分より二つか三つばかり年上の少年たちの事を思い出す。剣を持っていたし、冒険者なのだろう。

ギルドには行った事がある。冒険者の登録に制限はない。スラムで暮らす孤児たちも、仕事を得る為にギルドに出向く事は珍しくない。少年もひとまずは冒険者として仕事が受けられるような状態にはなっている。

しかし登録できたからといって、まともな武器も持たない子供に回してくれる仕事は少ない。大人の冒険者だって、下位ランクでは仕事の取り合いになる事もある。まして子供同士では少ない仕事の奪い合いだ。仕事にありつけない日も多い。だから自分が冒険者であると思った事はなかった。

少年も好き好んで悪さをしているわけではないが、かといって町の掃除や薬草集めなどを淡々とするのは生い立ちや性格的な事を考えても無理だ。人見知りだから誰かに教えを乞う事もできない。結果的に食い逃げや窃盗などの悪事に手を染めなくては生きていけない。

あんな風に正義漢ぶって自分の前に立つなんて、身の程知らずだ、と少年は思い出し笑いに頰を緩めた。オイラの魔法には剣を持った冒険者だって敵いやしないぞ、と思った。

しかし、魔導書一冊だけでは限界があった。魔法の世界にのめり込んで行くほどに、少年の好奇心はむくむくと膨らんだ。そうなると、こんな風に生きている事がひどく物足りないように思われた。

「見つけたあっ！」

急に響き渡った声に、少年は思わず身をすくませた。見ると、枯草色の髪の少年が嬉々とした顔をして駆けて来る。

「げっ！」

あいつはこの前の！

まさかこんな所まで追って来るなんて、と少年はうろたえたが、ここで捕まっては堪らない。慌てて逃げるように駆け出した。

「逃げるなあっ！　大人しくしろ！」

「く、来るなー！」

少年は必死になって走ったが、追って来る少年の勢いたるや尋常ではない。絶対に捕まえてやるという強固な意志が人の形になって追っかけて来るようだった。

たかが一回魔法で吹っ飛ばしただけなのに、こんな執念深いなんて大人げない、と茶髪の少年は歯噛みした。捕まったらどうなるだろう。ぼこぼこにされるか、兵士に突き出されるか、あるいはその両方か、ともかく碌な事にはならないだろう。魔法が使えるとはいえ、現役の冒険者、それも剣士らしいのを相手に喧嘩をして無事に済むと思えるほど、少年は楽観的ではなかった。

茶髪の少年は勝手知ったるスラムの裏道を縦横無尽に駆け回り、時には魔弾を放ったりして、ようやく枯草色の髪の少年を振り払った。逃げ切った事に気付いた少年は膝を突き、ばくばくと音を立てる心臓と、荒くなった息を整えた。

「はあ、はあ……ちくしょー、なんて奴だよ」

少年は息を整えると、辺りを警戒しながらそっとねぐらに戻った。

それから二日ばかり経ったが、少年は先日の事を警戒して身を潜めていた。泥棒も食い逃げもやらなかった。というよりやれなかった、と言う方が正しい。何かの拍子にあの枯草色の髪の毛が現れそうで、少年は気が気でなかった。

そんな風に少年が大人しいのは珍しいので、スラムの子供たちはひそひそとささやき交わした。既に先日、少年を追っかけて来た冒険者がいる事は噂になっている。

「ビビってるんだぜ、あいつ」

「へん！　ちょっと魔法が使えるからって調子に乗ってたからさ。捕まって兵士に突き出されちまえばいいんだ」

陰口は叩かれている者の耳に入るもので、そんなささやきが交わされている事に憤慨した少年は外に出た。誰がビビってるっていうんだ、と思った。

出てみるとスラムはいつもの通りだ。誰かが待ち伏せしているわけでもなかったし、兵士の一団が巡回しているわけでもない。少年はふんと鼻を鳴らした。怖がっていた自分が馬鹿みたいに思われて腹が立った。憂さ晴らしに何か悪さでもしてやろうか。

少年は市場へと向かった。市場もいつも通りで、沢山の人が溢れていた。人が多い方が何かをするにもやりやすい。

露店の間を縫うようにぶらついていると、魔道具を揃えた店が目についた。魔導書も何冊かあるようだ。腹が減ったような気もしていたが、やはり好奇心の方が勝つ。少年は商品を物色しながら、ちらりと店主の方を見た。店主は小太りの男で、目を閉じてうつらうつらと舟を漕いでいた。不用心な奴、と少年は魔導書を一冊手に取り、他の商品も選ぶふりをしながら、こっそりと他の客の陰に隠れ、そうして少しずつ店の前から遠ざかる。ある程度離れてしまえば後は脱兎の勢いだ。

こんなの楽勝だ。これで新しい魔法が覚えられる、とほくそ笑んだ少年の顔に、一気に驚きが広がった。持っていた魔導書から急に紫色の光が出たと思ったら、それが縄のようになって少年の足に絡みついたのだ。当然転倒した。光の縄はすっかり少年を縛り上げてしまった。

「困るねえ、お客さん。きちんと代金を払ってもらわなきゃ」

さっきの露店の店主が、にこにこ笑いながらやって来た。しかし目は笑っていない。

「魔法の道具を盗もうなんて、馬鹿な奴だねえ。泥棒除けの魔法があるって思わなかったの？」

少年は身をよじらせた。

「ま、待って待って！　オイラ、別に盗もうと思ったわけじゃなくて！」

「泥棒はみんなそう言うんだよねえ」

店主は冷ややかな目で少年を見下ろしたまま、指先をついと振った。すると光の縄がぎゅうと締まり、少年は悲鳴を上げた。

「さぁて、どうしてやろうかね。このまま兵士に突き出してもいいけど」

「ご、ごめんってば！　返す！　返すから！」

「ダメダメ、それはお高い魔導書なんだ。お前みたいなのに触られただけでも気に食わないね」

丁度巡回の兵士がやって来るのが見えた。少年は絶望に顔を染めた。まさかこんなくだらない事で捕まってしまうなんて。店主がそれを呼び止めようとした時、どたどたと慌ただしい足音がして枯草色の髪の毛が割り込んで来た。

「おー、ちょっと待った！　そいつをしょっぴかれちゃ困る！」

「うげっ、お前は！」

「やっと見つけたぞ、何やってんだ、馬鹿」

枯草色の髪の少年は、茶髪の少年を呆れた目で見降ろした。少年は必死に身じろぎして逃げようとしたが、やはり逃げられない。前門の虎後門の狼である。

「執念深過ぎだろ！　ちょっと吹っ飛ばしたくらいで……」

「だからだろうが！　今度こそ逃がさねえぞ！」

「うわー、やめろやめろ！」

茶髪の少年は地面に転がったまま海老のように体を曲げたり伸ばしたりしたが、悪あがきにもなっていない。魔道具屋の店主が怪訝な顔をした。

「誰だい君は。こいつの友達？」

「ちげえよ。別に誰だっていいだろ。ともかく勘弁してやってくれよ、何ならその魔導書、色付けて買い取ってもいいから」

「え？　な、なんで……？」

と呆気にとられる茶髪の少年を見、枯草色の髪の少年を見、魔道具屋の店主は顎を撫でた。

「売れるんなら別にいいけどさ。こっちも面倒はご免だし。でも高いよ？」

「おう、いくらだ？」

店主がぼそぼそと値段を言うと、枯草色の髪の少年の顔色が変わった。

「そんなにするのかよ……」

「やめとく？　ま、それならこいつは牢獄行きだけどね。おーい――」

また兵士を呼ぼうとする店主に、今度は赤髪の少年が歩み寄った。

「これで」

「ん？　お……おお」

差し出されたらしい貨幣を数えて、店主の表情が変わった。明らかに上機嫌になり、急に愛想よくにこにことして、赤髪の少年を見た。

「こんなに、いいのかい？」

「迷惑料だと思ってください。代わりにこいつの事、勘弁してやってくれませんか」

「するする、いいよ。いやあ、今日はいい日だなあ」

店主が指を振ると、紫色の光は消え失せた。そうして軽い足取りで露店の方に戻って行った。

茶髪の少年は呆然としたまま立ち上がり、抱えた魔導書を抱き直した。

「あの、あの、なんで……」

「バカタレ、お前が捕まっちまったらパーティに引き込めねえだろうが」

枯草色の髪の少年に頭をはたかれ、少年は目を白黒させた。

「パーティ、って何の話？　オイラ、冒険者じゃないんだけど……」

「だから冒険者になれって言ってんだよ。この前もその話をしに行ったのに逃げやがって、おかげでここ数日はお前を探してばっかりで仕事ができなかった」

「だって、だってオイラ、捕まって兵士に突き出されるとばかり……」

「俺がそんなくだらねえ事するわけあるか！」

憤慨する枯草色の髪の少年に、赤髪の少年が呆れ気味に言った。

「パーシー、あの剣幕で追いかけたら誰だって逃げるよ。そう言っただろ」

「うるせーな、しょうがねえだろ。逃げるこいつが悪いんだよ」

「またそんな無茶を……」

「それにしてもベル、よく金があったな」

「……君の剣の予算だよ」

「……なあにぃ!?」

枯草色の髪の少年は赤髪の少年に詰め寄った。

「なんで使っちまったんだ！」

「だってこの子を勧誘したかったんだろう？　払わなきゃ、今頃捕まってたよ」

「そりゃそうだけど……だからって、俺の剣……」

さっきまでの勢いが完全に失われて消沈している枯草色の髪の少年を見て、茶髪の少年は思わず笑ってしまった。それを見て、枯草色の髪の少年が眉間にしわを寄せた。猛然と詰め寄ってまた頭を叩いた。

「痛い！　何すんだよ！」

「うるせえ！　元はと言えばお前のせいだ、馬鹿野郎！　うちのパーティできっちり働いてもらうからな！　逃げんじゃねえぞ！」

「わ、分かったよ……でも、オイラでいいの？」

「そうでなきゃここまでしてやるわけねえだろ。その魔導書、くれてやるからもっと腕磨け。俺らはいずれ高位ランク冒険者になる。生半可な腕前のままだったら置いてくぞ」

茶髪の少年はドギマギしながら赤髪の少年を見た。

「そ、そうなの？」

「はは、君がいてくれたら行けるかも知れないね」

そう言って赤髪の少年は肩をすくめた。茶髪の少年はもじもじしながら二人を見た。

「その……助けてくれてあんがと。オイラ、カシムってんだ。よろしく」

「カシムか、俺はパーシヴァルだ。パーシーって呼べ」

「俺はベルグリフ。よろしく、カシム」

二人に肩を叩かれ、カシムは照れ臭そうに笑った。パーシヴァルが腕を振り上げた。

「よっしゃ、こいつの加入祝いに酒でも飲みに行こうぜ！」
「いや……だからさっきので財布は空っぽだってば。当分飲み会はお預け」
「えー」

○

大陸北部に東西に広がるエルフ領は広大だ。その大部分は森が広がり、種々の木々に覆われている。そうして一年の大半が寒く、降雪量も多い。

エルフ領はその名のごとくエルフたちの住まう地だが、彼らは国家のごとく大勢で寄り集まって暮らす事を好まず、広大な国土に点々と集落を作って暮らし、時折行き来していた。氏族ごとに王はいたが、エルフ領全土を統括する王はいない。領土が広大な分だけ、場所によって気候や環境も違うため、集落によって生活の様式は様々であった。

少女が生まれ育ったのは東エルフ領の山の麓の集落だった。山から下りて来る冷気は厳しく、夏の盛りにも山肌の雪は消えない。比較的人間の国と近いその集落のエルフたちは、時折人間の市場へと出向いて行く事があった。

エルフは精神的な部分に重きを置いて生活する種族である。それでも、物質としての肉体を持っている以上、日常の営みは必要だ。食わなければ腹は減るし、服も着なくてはならない。専ら農業と狩猟採集の自給自足であらゆるものを賄っているものの、他から手に入れなければならないものもある。エルフ同士で交換し合う事も多かったが、時には人間とも取引した。

人間にとって、エルフ領の素材は垂涎物だ。人間領では人跡未踏の地やダンジョンでなければ手に入らない素材が、エルフ領では手に入る。薬の材料になるルメルの木も大木になっているし、霊樹と呼ばれるオーマの樹も林立し、どれも太く立派にそびえている。そんなものから樹液や葉を採取し、エルフたちは人間たちと塩や鉄、布、麦や野菜の種と交換した。

市場は国境にあった。広場に露店がいくつも並び、あちこちからやって来た行商人や流浪の民たちが東西南北の様々な品を並べ、音楽や踊りや大道芸があり、さながらお祭りのような賑やかさである。

エルフたちの露店も大賑わいだ。中々手に入らないエルフ領の品々を、行商人たちはこぞって買い求める。エルフたちも対応に追われてくたびれた顔をしていた。

そんな騒ぎの中、少女はフードを目深にかぶると、こっそりとエルフの一団を抜け出した。そのまま人ごみに紛れて、確かめ確かめしながら関所へと向かった。

少女はエルフ領での生活に飽き飽きしていた。自身の内面と向き合いながら、日々の仕事をつつましく行って生きて行く。エルフならば誰も疑問に思わない生活が、彼女には味気なく退屈なものに思われて仕方がなかった。

元々、伝統的な生活に対して、漠然とした不満を抱いていた事は確かだ。確かに自分はエルフだ。しかしだからといってどうして生き方まで決められてしまわなくてはならないのか？　そんな思いが日々少女の心にもやもやとした影を落とした。

それが弾けたきっかけは同族の英雄譚である。エルフの中から〝パラディン〟と呼ばれるほどの英雄が現れ、広く人口に膾炙《かいしゃ》している事を聞いた時、自分の中に遠く知らない場所への憧憬が芽生えた。それは最初は小さなものだったが、こうして市場で様々な人間を見る度に、その思いはますます膨らんだ。

勿論葛藤はあった。不安もあった。しかしそれ以上に憧れと好奇心が勝った。雪深い森の景色だけではない、どこか遠くへ行きたかった。〝ここ〟から離れたかった。狩猟生活で鍛えた剣と魔法の腕も自信がある。若さゆえの無鉄砲さも手伝って、ついに彼女はエルフ領を飛び出した。

関所を越え、キータイの山道を抜け、ティルディスの平原をそのエメラルド色の瞳に映した時、少女の胸は高鳴った。

もっと遠くに行ってみたい。

理由はなかった。とにかく遠くに行きたかった。そうだ、〝パラディン〟はどこで冒険していたんだっけ？　確か西の国だった。東とは違った世界が広がっているらしい。そこまで行けば、遠くへ来たという気持ちになれるだろうか。

少女は馬車に揺られ、時には歩いて、西へ西へと進んで行った。剣で金を得る事を覚え、酒の味を覚えた。日々あらゆる事が新鮮で、良くも悪くも心の休まる暇がなかった。エルフである事は当然人目を引き、あちこちでおかしな連中に絡まれる事も多かったが、それも何とか切り抜けた。経験を積んだという事にはなったけれど、ティルディスとエストガルの国境を越える頃には、少女は人間が鬱陶しくなりつつあった。

「いたたたた！　ちょ、勘弁勘弁！」

腕をねじられた男が悲鳴を上げ、這う這うの体で逃げて行った。断ったのにしつこく付きまとって来るからだ、とエルフの少女はふんと鼻を鳴らした。

「うるさいんだから、もう」

主神ヴィエナの愛され子、と形容される事もあるエルフは、ほぼ例外なく美しく整った容姿をしている。その上滅多に人間の前に姿を現さないので、変に崇拝されたり、過度に期待されたり、逆に侮られて横柄に来られたり、ともかく少女はあまり碌な目に遭っていなかった。

エルフって事でしかわたしを見ない人ばっかり。

少女はそれが不満だった。剣も魔法もいっぱしのものだ。東から国を跨いでやって来た実力は偽物ではない。それなのに、誰も彼も自分の実力を見もせずに勧誘して来る。男なんかは下心が見え見えだ。気付いていないとでも思っているのだろうか。

「バカバカしい」

西の果てまで来たのに同じだ。いったいいつになったら遠くへ来たと思えるんだろう。少女はため息を一つついて、気を取り直して顔を上げた。ひとまず一仕事して日銭を稼がねばならない。

出会う人間にはうんざりしていたが、人間の町や都はエルフの少女には眩暈がするくらい大きかった。エルフの集落は、氏族の長が住まう場所でない限りは小さく、人数も少ない。人間たちはこんなに沢山寄り集まって暮らしている。建物は高く頑丈そうで、あちこちに様々な意匠が凝らしてある。ここオルフェンの都は今までで一番だった。人の多さにくらくらし、入り組んだ街並みはエルフにとっては迷宮と同じだった。

何とかギルドに辿り着いた。今まで入ったギルドよりも大きく、入る時にドキドキした。

行き交う人々が皆視線を向けて来る。やはりエルフは珍しいのだろう。慣れたような気もしたが、いい気分のするものではない。

さて受付に行ってみようとするや、前に背の高い男が突っ立った。

「なあ、あんたエルフだろ？　もしかして冒険者か？」

「そうだけど。何か用？」

男は後ろにいる仲間らしい連中と囁き交わし、それから少女に向き直った。

「見たところ一人だろ？　ここらで冒険者やるならパーティ組んだ方がいいぜ。どうだ、うちのパーティに」

「おい待て」

男が言い終わる前に、横から別の男が割り込んで来た。

「こいつのパーティは碌なもんじゃないぞ、うちの方がいい」

「なんだと！」

「お嬢さん、こいつらの言う事を真に受けちゃ駄目だよ。僕らのパーティが一番」

いつの間にか隣に立っていた若い男がそれとなく腕を取って来たので、少女はにべもなく振り払って舌を出した。

「お断り！　他を当たって！」

「なんだよ、こっちが親切にしてやってんのに！」

「テメエはお呼びじゃねえんだよ、どいてろ！」

「なにすんだコラ！」

段々と場の雰囲気が物騒になって来たと思ったら、とうとう喧嘩が始まった。

なんでこうなるの？　とやや困惑しながらも、暴れまわる冒険者たちの拳をよけ、ぶつからないように体をかわしていると、不意に腕を引っ張られた。

「ふえっ？」

「来い！」

「えっ、わ、わわ」

ぐいと引かれたまま人ごみの間を抜けた。視界が開けると、枯草色の髪をした少年がしっかりと手を握って引っ張っていた。あんまり急だから頭が追い付かない。しかも少年はかなり力が強い。そのまま引っ張られていくと、目を丸くした赤髪の少年と茶髪の少年の姿が見えた。

「おい、行くぞ！　今日は退散だ、退散！」

「あ、ああ……っておい！　その子！」

赤髪の少年が驚いた声を上げると、枯草色の髪の少年はにやりと笑った。

「あの渦中にいちゃ不味いだろと思ってさ」

「君って奴は……ええい、とやかく言ってる暇はないな」

まだ頭が追っつかない。少女が目をぱちくりさせていると、茶髪の少年が手を伸ばして頬に触れて来た。そのままむにむにと指先で撫で回した。

「へー、凄いや。肌が絹みたいにすべすべだ」

「ちょ、やめてよ。というか誰なの、あなたたち」

ようやくそれだけ言い返せたが、枯草色の髪の少年は意に介さずにまた腕を引っ張った。

「誰だっていいだろ。いいから行くぞ」

そのままギルドの外に引っ張って行かれた。抵抗してみたものの、頭が混乱しているのと少年の力が強いのとで、思うようにならなかった。

やがて人通りのない所まで来た。空き地で、周囲に建物はあるが、しかし空は開けていて陽がよく当たる。

ずっと駆け足だったから、息が上がっていた。少女ははあはあと息をしながら、胸に手を当てて呼吸を整えた。浅い息が次第に深くなる。

「……大丈夫かい？」

ふと声をかけられた。顔を上げると、赤髪の少年が気遣うような顔をしてこちらを見ていた。

呼吸を整えるうちに、混乱も収まった。どうやらこの少年たちも冒険者らしい。ギルドにいたのだから当たり前だろう。そうすると、こいつらもわたしをパーティに引っ張り込もうとしているらしい、と思い当たり、急に嫌な気分になった。

「何か用なの？」

つっけんどんな調子の声が出た。赤髪の少年は面食らったような顔をしたが、枯草色の髪の少年はまったく臆さずにひらひらと手を振った。

「助けてやったんだよ。お前、あの連中全員相手にしたらただじゃ済まなかったぜ？」

「ふんだ。誰も助けてくれなんて言ってないよ」

つんとそっぽを向く。別に一人でも切り抜けられんだ、と思った。枯草色の髪の少年の眉がつり上がった。

「ああ？　テメエ、何だその態度は」

「恩を売ろうったってそうはいかないんだから。どうせあなたたちだって、わたしがエルフってだけで近づいて来ただけでしょ？　皆して馬鹿みたい。勧誘するにしても実力見てからにすればいいのに」

「誰が勧誘してるってんだよ。お前みたいなひょろひょろ、こっちから願い下げだ」

これにはエルフの少女もかちんと来た。憤然と少年の方を見返して言い返す。

「な、なんだとー！　そっちこそ弱そうなのが揃ってるじゃない！　偉そうに！」

「弱そうだとぉ！　コノヤロウ、言わせておけば！」

枯草色の髪の少年は腰の剣に手を伸ばす。少女も素早く剣の柄に手をやった。

「やるつもり？　いいよ、ぶっ飛ばしてやるんだから！」

「ちょ、待て待て！　二人とも落ち着いて！」

慌てた様子の赤髪の少年が割り込んで来たが、乱暴に押しのけた。同じように赤髪の少年を押しのけた少年が怒鳴った。

「下がってろベル。この馬鹿女に身の程を思い知らせてやる」

「それはこっちの台詞！　ちょっと痛い目を見てもらうよ！」

二人は腰の剣を鞘ごと引き抜くと、同時に打ち掛かった。上段から打ち下ろした剣が少年の頭を打った、と思った瞬間、少女は腰に衝撃を感じた。鈍痛が体の奥の方まで響いて来て、少女は膝を突いて悶絶した。少年の方も頭を押さえて「ぐおおお」と唸っている。

「ぐ、ぐうう……」

少女は涙目になって顔を上げた。とても痛い。こんな風に反撃されたのはエルフ領を飛び出して初めてかも知れない。

茶髪の少年が腹を抱えて笑っている。赤髪の少年は呆れて嘆息した。

「何やってるんだか……」

「べ、ベル、タンコブの薬……」と枯草色の髪の少年が呻いた。

「身から出た錆だろうに……まったくもう」

赤髪の少年は荷物から薬瓶を取り出すと、布にしみ込ませて枯草色の髪の少年の頭に当てた。それから薬瓶を持ったまま少女の方を見た。

「ほら、君も。痛かっただろ？」

「べ、別に……」

「強がるんじゃねえよ、俺の一撃だぞ？　……まあ、お前も中々やるな。ひょろひょろだと思ってたが、結構な剣筋じゃねえか。なあベル？」

「ああ。見事なもんだったよ。剣を取ってから打つまでが流れるようだった」

「む、むう……」

少女は頬を染めて俯いた。何だか、剣を褒められたのはとても久しぶりな気がした。赤髪の少年がおずおずと近づいて来た。

「それで、ええと、薬、塗っといた方がいいと思うけど」

「……平気だもん、これくらい」

「いや、放っとくとしばらく痛いよ。パーシーの一撃は強烈だし」

少女はもじもじしたが、服をめくって打たれた所を出した。内出血したのか紫色になっている。

「……塗ってくれる？」

「え、俺が？」

「うん」

　少女は頷いた。赤髪の少年は口をぱくぱくさせたが、やがて意を決したように布に薬をしみ込ませて緊張気味に肌に当てた。薬はひんやりと冷たく、すーっとして、思わず「ひゃっ」と声が出た。

赤髪の少年が慌てたように手を引っ込めた。

「ご、ごめん。痛かった？」

「ううん、大丈夫。それ、湿布になるかな？」

「あ、ああ。そうだね。その方がいいかな……」

　少年は手早く湿布をこしらえて、腰に貼ってくれた。痛みが引いた、というほどではないが、かなり和らいだ。少女はふうと息をついて、転がっていた丸太に腰を下ろした。

「……あなたたちも、冒険者なの？」

「まあな。お前もか？　まあギルドにいたんだから当たり前か」

　地面に腰を下ろした枯草色の髪の少年の言葉に、少女は頷いた。茶髪の少年が腕組みした。

「エルフの冒険者かあ。オイラ、おとぎ話だけの事かと思ってた」

「それって〝パラディン〟の事？」

「そうそう」

「知ってるんだ」

　思わず少女は破顔した。自分より年下に見える少年もエルフの英雄の事を知っている。なぜだかそれが無性に嬉しかった。茶髪の少年が恥ずかしそうに手を揉み合わした。

「会ったことあるの？　その……〝パラディン〟に」

「ううん、ない。でも〝パラディン〟に憧れて、冒険者になりたいなって思ったの」

「じゃあ、お前もSランク目指してんのか」

枯草色の髪の少年が言った。

「も、って事はあなたたちも？」

「当たり前だろ。俺たちはもっと上に行く。違う景色を見に行くのさ」

——違う景色を。遠い景色を。

エルフの少女は高鳴る胸を押さえた。呼吸が短くなって、何だか頬が熱くなってくるような気がした。彼らとなら、あるいは。赤髪の少年が心配そうな顔をしている。

「大丈夫かい？　具合が悪い？」

「ううん、違うの」

少女は少し逡巡したのち、顔を上げた。

「あの、さっきは早とちりしてごめんなさい。もしよかったら、わたしも仲間に入れてもらえないかな？」

「え？　お前を？」

「わたしも、違う景色を見てみたい。駄目……かな？」

少年たちは困惑したように顔を見合わせていたが、やがて枯草色の髪の少年がふうと息をついて、ぎこちなく笑いながら手を差し出した。

「パーシヴァルだ。パーシーって呼んでくれ」

「オイラはカシム。よ、よろしく」

茶髪の少年は照れたように赤髪の少年の陰に隠れながら、そう言った。エルフの少女は微笑んで、パーシヴァルの手を握った。

「パーシー君に、カシム君だね。あなたは……薬、ありがとう。確かベルって」

「あ、ああ。ベルグリフ。ベルでいいよ」

さっきまで普通に話してたのに、突然みんなして緊張しちゃって変なの、とエルフの少女はくすくす笑った。エルフ領を出て初めて友達が、仲間ができた。少し〝ここ〟から離れられたかな、と思った。

「わたしはサティっていうんだ。三人とも、よろしくね」

○

行き詰まりを感じていたオルフェンでの日々が、次第に色彩を帯びて広がって来た。四人揃った新しいパーティに、ベルグリフは今までのパーティには感じた事のない不思議な連帯感と信頼感を覚えていた。リーダーのパーシヴァルといい、最年少のカシムといい、エルフのサティといい、誰もが一癖も二癖もあるのに、集まって一緒に何かをするのは楽しく、同じ時間を共有する事がとても愛おしく思えるのだった。

とはいえ、だから楽だという話ではない。パーシヴァルは暴走しがちだし、サティも同じく無鉄砲なところがある上に、互いに何かと張り合うものだから、余計に事がややこしくなった。カシムはいたずら好きで、パーシヴァルやサティが悪乗りを始めると、たちまちそちらに与して暴走に拍車をかけた。

その辺りを押しとどめ、歯止めをかけ、諸々の調整や段取りを行うのはベルグリフが担った。他にやれる者がいない、という事もあったが、ベルグリフはどちらかというと進んでその役目を任されていた。

仲間たちは三人とも確かな実力を持っている。四人になって幾度か仕事に赴いたり、軽い手合わせや模擬戦などをしたりしてベルグリフが得た確信がそれだ。オルフェンに出て来てからというもの、自分以上の実力者を目の当たりにし続けていたが、三人は将来性も含めて群を抜いていた。

そうして、その確信は、どうしても自分はそこに追いつけそうもない、という暗い思いを抱かせるにも至った。しかし、もともと自己評価の高い方ではないベルグリフは、それも当然だと思い直し、なれば自分のできる役割を精一杯務める他あるまい、と思った。実際、三人がそういった面で自分に信頼を置いてくれている事が、ベルグリフにとっては救いだった。今までのパーティでは押し付けられてやっていたような仕事が、今のパーティではこれが自分の役目だと思えるようになっていた。多少の劣等感はあったものの、彼らの助けになれるのが嬉しかった。

「やばっ、一匹抜けた！　ベル、頼む！」

パーシヴァルの間をすり抜けて、エインガルが一頭駆けて来た。大型犬くらいの大きさの鹿のような魔獣で、華奢な見た目と裏腹に凶暴で、頭から生えた角は硬く、突かれると危ない。

ベルグリフは剣を構えて、角を向けて駆けて来るエインガルを迎え撃った。とはいえ、パーシヴァルやサティのようにすれ違いざまに切り裂くなどという芸当はできない。力を逃がすように上手く受け止め、後ろにいたカシムに叫んだ。

「カシム！」

「あいよっ」

素早く身をかわしたベルグリフの後ろから魔弾が飛んで来た。攻撃を受け止められて硬直していたエインガルはそれをまともに受けて転倒した。すかさずベルグリフが喉に剣を突き込む。エインガルは暴れたが、やがて動かなくなった。

「これで済んだかな……」

ベルグリフは息をついて周囲を見回した。五頭ばかりいたエインガルのうち、三頭が倒れており、二頭は逃げたようだ。パーシヴァルとサティは一人で一頭倒したらしい。カシムがにやにやしながらやって来た。

「へへへ、いい連携だっただろ？　オイラ、役に立つだろ？」

「もちろんさ。おかげで助かったよ」

ベルグリフは笑いながらロープを取り出した。

「解体するから、吊るすのを手伝ってくれる？」

「いや、オイラ力仕事は……あ、パーシーが来るよ、ほら」

「ん」

見ると、パーシヴァルが剣をしまいながら近づいて来た。

「ちょっと逃がしたな。ま、依頼の内容分は足りるだろ？」

「ああ。解体するから手を貸してくれ」

「あいよ」

エインガルを吊るしていると、向こうからサティも早足でやって来る。何となく興奮気味である。足を止めてからも、腕をぶんぶんと振っている。

「くぅー、これぞ冒険者って感じだね！　やっぱこうじゃなくっちゃ！」

「この程度で満足してんじゃねえよ、こんなの序の口だ」

と言いつつもパーシヴァルの顔もにやけている。採集依頼とはいえ、ようやくまともに魔獣と戦う機会が来たのだ。

ベルグリフは解体用のナイフを取り出した。エインガルの肝臓の採集が今回の依頼だった。魔法薬の材料になるらしい。もちろん、毛皮や肉、角も素材としてギルドが引き取ってくれる。依頼外でも小金になるのが、魔獣討伐のうまみの一つだ。

サティが加入した頃はパーシヴァルの剣を新調したばかりで、パーティには金がなかった。だからしばらくは細々とした依頼を受けて金を貯めつつ、少しずつ装備を整えた。一人と四人では揃えるべき装備も変わる。ほとんど着の身着のままのカシムや、細々した装備を持たないサティなど、必要とするべきものは多い。霊薬は高過ぎて手が出ないが、それでも数種類の薬を揃えたし、煙玉や発光弾などの小道具もいくらかあった方がいい。

それらが揃うまではベルグリフはなるべく危険な依頼は受けようとしなかったし、節制を旨とした。当然酒場で飲み会などできない。安酒一本を分け合うささやかな酒宴の他は何もできていない。他三人はぶうぶうと文句を言ったが、それだけは譲らなかった。

ともかく、そういう紆余曲折はあったが、ようやく装備も整い、いよいよ今回が新生パーティの初実戦といったところだった。

　魔獣と戦う必要のある依頼は、他の依頼よりも報酬が割高である。ちまちま稼ぐよりも、どんと大きく稼ぎたい、というのは年若い冒険者たちの誰もが抱く欲望で、そのせいで身の丈以上の仕事を受けて死ぬ者もある。ギルド側でもある程度抑制しようとはしているが、現場での行動まで責任を負う事はできない。

　そんな心配があって、ベルグリフは過剰ともいえるくらい周到に準備をしたが、エインガル相手に一対一で勝てるパーシヴァルやサティを見ると、必要なかったかなとも思ってしまう。しかし、そんな油断が危ない。あの隻眼の冒険者の言葉を思い出し、ベルグリフは小さく頭を振ってナイフを握り直した。

　手際よく解体を行っていると、不意に静かになった。変だなと思ってベルグリフが顔を上げると、他の三人がじっとベルグリフを見つめていた。

「……なに？」

「いや……今回の報酬と、素材を売った金を合わせたら、余裕が出るよな？」

「そうだな」

「余裕、出るんだね」とサティが言った。

「ね。使える金があるって事だよね」とカシムも言った。

「……」

　ベルグリフは黙ったままエインガルの内臓を分け、肝臓を大事に布に包んでから、さらに油紙で包んだ。そうしてようやく口を開いた。

「いいよ。今夜は酒場に行こうよ」

緊張気味にベルグリフを見つめていた三人の表情がたちまちほころんだ。

「よっしゃ、財布係のお墨付きだ！　今日は飲むぞ！」

「いや、ほどほどにしてくれよ……？」

心配そうに言うベルグリフをよそに、三人はすっかり盛り上がっている。

「へへへ、嬉しいなあ。オイラ、まともに酒場に入るの初めてだよ」

「どこ行くかな。安くていい所を聞いとかないとな。ベル、お前どっか知ってる？」

「まあ、酒も飲める食堂って感じでいいなら、安い所は知ってるけど」

「えへへ、嬉しいな。ベル君は話が分かる！　大好き！」

突然背中からサティに抱き付かれて、ベルグリフは危うくバランスを崩しそうになった。

「ちょ、ナイフ持ってるから！」

「ごめーん」

と言いつつもサティはえへへえへへと笑いながら、ベルグリフの頬をむにむにとつねった。そうしてひょいと前に回って自分も腰からナイフを抜いた。

「解体手伝うよ。わたしもできるし」

「あ、助かるな。パーシー、カシム、周りを警戒しといてくれるか？」

「おうよ。さっさと済まして宴会だ」

「そうと決まれば、あっちの死骸もこっちに持って来ようぜ」

そう言って、カシムとパーシヴァルが駆けて行った。ベルグリフはそれを横目で見、それからナイフを持ち直して解体途中のエインガルに向き直った。

◯

そんな風にして、彼ら四人の日々が本格的に始まった。受ける依頼も安定して来て、ダンジョンにも潜るようになって来た。カシムはどんどん新しい魔法を習得するし、パーシヴァルやサティは競い合うようにして腕が上がっており、一足先にDランクに昇格していた。ベルグリフは色々と振り回される事が多かったが、それが楽しいと思えるくらいに、パーティは馴染んでいた。四人揃ってからまだ半年ばかりしか経たないのに、竹馬の友もかくやというほどのものを感じた。

日々を重ねるうちに、互いの性格もよく分かって来た。しかし、不思議と四人とも故郷や生い立ちの話はしたがらなかった。誰もが自分のいた所から飛び出して来たのだ。過去を振り返るよりも、待ち受けている未来を見つめる方が忙しかった。

ベルグリフは、初めはいずれトルネラに帰るだろうと思っていた。少なくとも、不自由しないくらいに稼げるようになったら、故郷に錦を飾るのも悪くはないと思っていた。しかし、こんな風に百年の知己を得てみれば、それを捨て去って故郷に戻ろうなどとは思いもよらなかった。冒険者としての才能には限界を感じていたが、それでも仲間たちと関わりながら生きて行きたい、と思った。

ともあれ、それはまだまだ先の話だ。劣等感こそあるけれど、ベルグリフもまだ十六歳そこそこである。才能がないという思いの別のところでは、何かのきっかけに自分も上に行けはしないだろうかという淡い期待もあった。そして、日々剣の鍛錬は怠らなかった。それでもパーシヴァルやサティには歯が立たなかったが。

「へくしっ」

隣を歩いていたサティがくしゃみをした。

「大丈夫？」

「うん」

サティはすんすんと鼻を鳴らした。

「寒いのには慣れてる筈なんだけどなあ」

「エルフ領に比べればこっちは暖かいだろうね。でもその分体が驚いたんじゃないか？」

「そうかも。なんかこう、暖かいから油断したー、みたいな」

今日は少し遠出だった。オルフェンから馬車で二日離れた町に来ていた。小さいけれどダンジョンがあって、そこを探索しようとパーシヴァルが言ったのである。

しかし移動はくたびれるもので、到着してすぐにダンジョンに乗り込もうという風にはならなかった。着いたのは昼過ぎであるし、その日は休んで、体調を整えてから翌日向かう、という事で話はまとまり、半日の休みができたわけである。昼食を終えたパーシヴァルは部屋でぐうぐう眠っており、カシムは持って来た魔導書を読んでいる。ベルグリフは少し散歩でも行こうと思って外に出た。それにサティもついて来たのである。

当然エルフであるサティは人目を引いたが、サティは慣れたもので、絡んで来る輩も軽くあしらった。男である自分が彼女を守ってやるべきか、とベルグリフは思わないでもなかったが、単純にサティの方が強いので、変に手を出したりせず、大人しくしていた。

今も、ベルグリフが少し離れた間に冒険者らしい男に絡まれて、サティは面倒臭そうに手を振っている。

「いいじゃねえか、ちょっとくらい付き合ってくれよ」

「間に合ってますー。あんまりしつこい男は嫌われるよ？」

しかし男の方も引き下がらない。

「だって一人だろ？　か弱いエルフが一人きりじゃ危ないぞ？」

サティは一瞬ムッとした表情になったが、すぐに何か思いついたようないたずら気な表情になり、少し離れて立って見守っていたベルグリフを引き寄せた。

「残念でしたー、一人じゃありません。ちゃんと連れがいるもんね」

「えっ、ちょ」

ぎゅうと腕に抱き付かれて、ベルグリフは困惑した。連れってそういう意味？

「は？　い、いや、そんな冴えない男より……」

「なんだとー？　わたしの彼を馬鹿にするなー、とりゃー」

サティはわざとらしく怒ったと思うや、軽い身のこなしで飛び上がり男に蹴りをかました。男はひっくり返り、這う這うの体で逃げて行った。サティはくすくす笑った。

「ふふ、面白いねえ」

「サティ……」

ベルグリフは呆れたように嘆息し、俯いた。しかし本当は呆れたというより、赤くなっているであろう顔を隠そうという意図が強かった。サティはにまにましながらベルグリフの顔を覗き込んだ。

エメラルド色の瞳に映る自分の姿が見える気がした。

「照れちゃった？　ベル君？」

「からかわないでくれよ、もう……」

「もー、相変わらず可愛いんだから」

サティは笑いながら背伸びして、ベルグリフの頭をよしよしと撫でた。どうにもこの子には敵わないな、とベルグリフは苦笑した。

小さな町だから、少し歩けば外に出られる。町の外は岩の多い平原だった。もう茶色くなりつつある草の間から、大小の岩がそびえて、それが陽の光を照り返している。岩に近づくと、陽光で温められているのかほんのりと熱を帯びていて、風は冷たいけれど、不思議と暖かい感じがした。

二人は岩に寄り掛かるようにして腰を下ろした。空は青かったが、西の方に鱗雲がかかり、それが次第にこちらに流れて来るらしかった。

「寝ちゃいそう」

とサティが言った。

「寝てもいいよ」

「でもそうしたら夜に寝られなさそうなんだもの」

それはそうかも知れない。ベルグリフは水筒を取り出し、温かいお茶を携帯用のコップに注ぎ、サティに差し出した。

「ありがとう。この辺りは静かだね。ダンジョンがあるのは町を挟んで反対だっけ」

「うん。古い埋葬地がダンジョン化したらしいよ。地下になるのかな」

「んー、じゃあ相手はアンデッドが中心かな？」

「そうだね。発光弾は多めに仕入れてるし、聖水もある。低ランクダンジョンだから、そう難しくはないと思うけど」

「冒険者に絶対はない、もんね？」

ベルグリフは頬を掻いた。いつの間にか口癖のようになっていた言葉である。サティはふふっと笑ってお茶をすすり、ほうと息をついた。

「ダンジョンに潜ったり、魔獣と戦ったりするのも好きだけど、こういう時間もいいね。静かなのが嫌でエルフ領を飛び出したつもりなのに、変な感じ」

「別にそれでいいと思うよ。どっちにもそれぞれの良さがある。どっちかにこだわる必要もないんじゃないか？」

「大人だなあ、ベル君は」

とサティはもそもそと膝を抱いた。何だか声の調子が少し静かになった。

「……わたしはね、夢中になって走ってる最中にね、こうやって落ち着いちゃうのが怖いような気がするんだ。ふと冷静になってしまった時、自分はいつまでこうしていられるのかなって」

「そうなのかい？」

ベルグリフが言うと、サティはハッとしたように顔を上げた。

「いや、別にわざといつもうるさくしてるわけじゃないよ？　あれはちゃんと素だからね？」

「……それはそれで俺は大変なんだが」

「えへへ、でもベル君は何だかんだ許してくれるから好き」

サティはそう言ってベルグリフの肩を優しく小突いた。

——簡単に好きなんて言われちゃこっちは気が気でないんだけどな。

とベルグリフは苦笑した。そうして自分もお茶を一口飲んだ。

「俺は、こういう時間も好きだよ。不安になんかならないな。こういう時間が、ずっと先にも持てたらいいなって、そういう風に思うよ」

サティは一瞬きょとんとしてから、くすくすと笑ってより深く岩に背をもたれた。

「ベル君ってば、本当にパーシー君と同い年なの？　落ち着き過ぎだよー、何だか皆のお父さんみたい」

「そんな事言われても……」

ベルグリフは頭を掻いた。自分が父親になる日など来るのだろうか。

少しずつ日が傾いて、風もより冷たくなって来た。二人は立ち上がって、連れ立って宿へと戻った。

部屋に戻ると、起きていたパーシヴァルとカシムがチェスをやっていた。

「おう、お帰り。下見か？」とパーシヴァルが言った。

「いや、ただの散歩だよ。チェスなんて持って来たのか？」

「宿が貸してくれたんだよ。いい暇つぶしになるよ」とカシムが言った。

「どっちが勝ってるの？」

とサティが盤を覗き込む。

「オイラだよ」

「生意気言うな、俺だ」

「どっちがどっち？」

「オイラが黒」

「じゃカシム君の勝ちだ。ねー、わたしにもやらせてよー」

「この勝負が終わったらな」

とパーシヴァルが椅子に突っ張ったが、サティはその肩を両手でぐいぐい押した。

「もう終わったようなものでしょ。ほら、パーシー君、どいてどいて」

「そうだよ、パーシーは弱くてつまんないや。サティと代わってよ」

「お前ら、もう少しリーダーを敬いやがれ。くそ、勝手にやってろ」

口を尖らしたパーシヴァルの代わりに、サティがカシムと向かい合って駒を並べ出した。ベルグリフはくつくつ笑いながら、リュックサックから道具を取り出して一つずつ確認する。その横にパーシヴァルがやって来た。

「相変わらず丁寧に確認するな」

「たまに瓶が割れかけてたり、袋が破れてたりするからね。使う頻度の高い道具は上の方に入れておきたいし、あと、まとめて持って来た発光弾と聖水を四人で分け持っておかないと」

「発光弾はお前が多めに持っておけよ。一番タイミングよく使えるのはお前だし、分かりやすく合図してくれるから目も閉じられる」

「そうするよ。地下ダンジョンだから黒眼鏡をかけるわけにもいかないしね」

パーシヴァルはふっと笑った。

「まったく、俺はお前と組めてよかったよ。ここまでしっかりしてくれる奴はそういねえ」

「そ、そう？」

　ベルグリフは少し照れ臭くなって、俯き気味に手を動かした。

　翌日もいい天気だった。早朝に剣を振り、それから荷物を点検して、朝食を取って宿を出る。ダンジョンのすぐ傍に小さなギルドがあり、同じようにダンジョン探索に赴く冒険者たちが多く出入りしていた。

　受け付けを済まし、ダンジョンの入り口に立つ。

「さーて、いっちょ行きますか」

　とパーシヴァルが剣の柄に手を置いた。サティもカシムもわくわくした表情で頷く。

「いつもみたいに俺が前に出る。サティを挟んでカシム、殿がベル。ま、その辺は適時判断して動けよ。ベル、何かあるか？」

「狭いかも知れないから、同士討ちに注意しよう。あまり剣を大きく振り回さないように」

「ねえねえ、オイラ、魔力探知の魔法を試してみたいんだけど」

「いいよ。でもまだ試しなら、過信しないようにした方がいいな」

「ねえベル君、大振りが駄目なら、突き主体がいいかな？」

「可能ならね。でもそれにこだわって動きがぎこちなくなっちゃ意味ないから、その辺は臨機応変に。周りを良く見ていれば、大丈夫だと思うよ。いいかな、パーシー？」

「そうだな。よっしゃ、行くぞ」

　パーシヴァルが大股で歩き出す。サティが続き、カシムがその後を行く。

殿に続くベルグリフは、三人の背中を見た。四人になってから、この背中をずっと見続けている。今はそれが嬉しかった。

「どうした？」

「いや」

笑いが漏れたらしい。パーシヴァルたちが不思議そうな顔をしてベルグリフを見、それからまた前を見た。

ダンジョンの中は暗いが、ランプと明かりが壁に反射してそれなりに明るい。パーシヴァルがサティと何か話している。カシムは頭の後ろで手を組んで、辺りを見回すようにして歩いている。ベルグリフは後ろに目をやった。沢山の冒険者が出入りするから、地面は大小の足跡が残っている。古い足跡は新しい足跡に塗り潰されて行く。その幾つもの足跡の中に、自分の靴の跡がはっきりと分かるような気がした。

あとがき

後書きも九回も書いていると段々と書く事がなくなって来る。

帝都での冒険を終えたベルグリフ達の話でも聞こうかと思ってトルネラに出かけて行ったが、半年経っても帰ってこないから、グラハムたちと一緒に家の中で膝を抱えているうちに雪に閉ざされて帰る事が出来なくなった。前後編のつもりで書いたなどと前巻の後書きで書いたけれど、そういう事情で後編に当たる九巻の刊行がおおよそ半年越しになってしまったのはまことに遺憾である。

作者は九州の大分県に住んでいるから、トルネラみたいに寒さの厳しい所は慣れていない。尤も、子供の頃は山梨県にいて、冬は道路が凍るような所だったから、慣れてしまえば大した話ではないが、前巻の刊行が初夏の五月で、そういう服装だったから、凍えて死ぬところであった。

それはともかく、何とか無事に九巻の刊行と相成った。こんな所まで続いているのは、書いている身ながら何だか不思議な気がする。次巻で二桁に乗るというのも変な話である。書くだけならいくらでも出来るけれど、書籍という物質になって世の中に散らばって行くのは、結局読者諸賢が買い支えてくれているからに他ならない。いつもありがとうございます。

前巻は前後編の間という事で巻末の書下ろしはナシの方向にさせていただいたが、その分今回は巻末にかなりの文量を書き足したと自負している。全編過去話だからアンジェリン始め少女たちの出番は全くないけれど、そういうものだと思って楽しんでいただけると有難い。おじさんおばさんが少年少女だった頃の話を読むのもまた一興であろう。

　今巻も様々な方のお力添えで何とか形になった。

　私がトルネラで雪に埋もれている間に、アース・スターノベルの方も何だかどたどたしていたようで、担当の編集さんが交代になって、その引継ぎが色々大変だったようである。それにかこつけ、私が自分の仕事の遅さを棚に上げて大きな顔をしていたから、担当のIさんは苦労なされたであろうと思う。それでも何とか刊行に漕ぎ着ける事が出来たのだから、感謝感激。作者は頭が上がらない。

　毎度の通り、toi8さんの美麗なイラストが物語を彩ってくだすっている。こんな所までお付き合いいただいて、まったく望外の喜びである。引く手数多の売れっ子のイラストレーターであるから、時間を割いていただくのが申し訳なく思うと同時に、どうだ凄いだろうと自慢したくなるのである。

　また先日（2020.8.12）に漫画版の四巻も発売していた。こちらは原作で言えばまだ二巻時点の物語であって、これから先、まだまだ楽しみが残っている。原作に忠実ながらも、漫画独自の演出に溢れていて、作者もいつも楽しみにしている。

　次は十巻。次は今までのシリアス展開と違った牧歌的な雰囲気にしたいと思っている。結末までもう少しだが、ここまで来たならば是非とも最後までお付き合いいただけると幸いである。

二〇二〇年九月吉日　門司柿家

まだまだ大変ですが
超がんばれ!!

令和2年
吉日

toi8

がココにある。
私、能力は平均値でって言ったよね!
私の従僕
二度転生した少年はSランク冒険者として平穏に過ごす
～前世が賢者で英雄だったボクは来世では地味に生きる～
転生したらドラゴンの卵だった
～最強以外目指さねぇ～
戦国小町苦労譚
領民0人スタートの辺境領主様
毎月15日刊行!!
https://www.es-novel.jp/

あなたの"好き"
反逆のソウルイーター
～弱者は不要といわれて
剣聖（父）に追放
されました～
転生した大聖女は、
聖女であることをひた隠す
冒険者になりたいと
都に出て行った娘が
Sランクになってた
即死チートが
最強すぎて、
異世界のやつらがまるで
相手にならないんですが。
人狼への転生、
魔王の副官
アース・スター ノベル
EARTH STAR NOVEL

EARTH STAR NOVEL

冒険者になりたいと都に出て行った娘が Sランクになってた　9

発行 ―――― 2020年10月15日　初版第1刷発行

著者 ―――― 門司柿家

イラストレーター ―――― toi8

装丁デザイン ―――― ムシカゴグラフィクス

発行者 ―――― 幕内和博

編集 ―――― 今井辰実

発行所 ―――― 株式会社 アース・スター エンターテイメント
〒141-0021　東京都品川区上大崎 3-1-1
目黒セントラルスクエア　8F
TEL：03-5795-2871
FAX：03-5795-2872
https://www.es-novel.jp/

印刷・製本 ―――― 中央精版印刷株式会社

ISBN 978-4-8030-1456-3